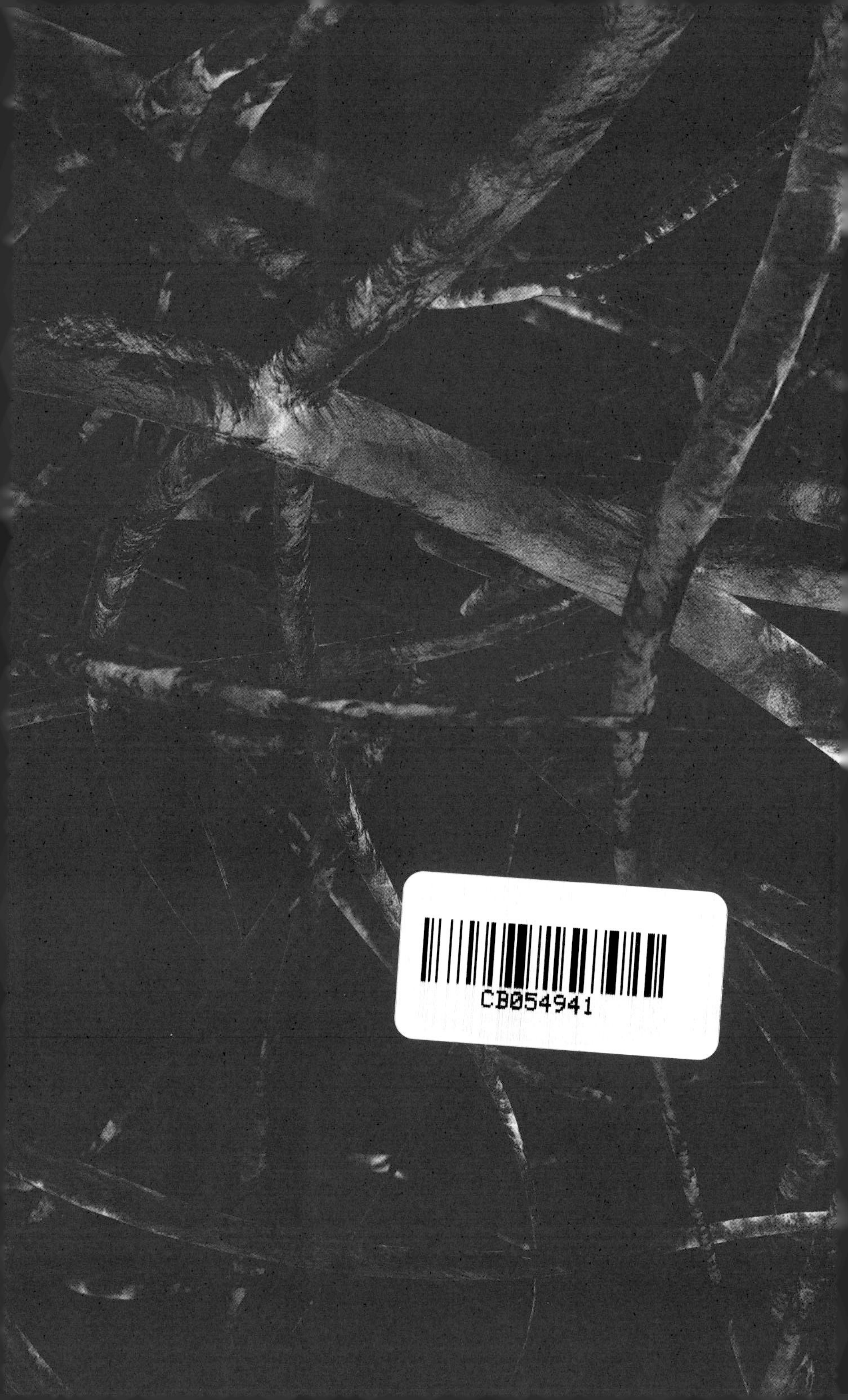

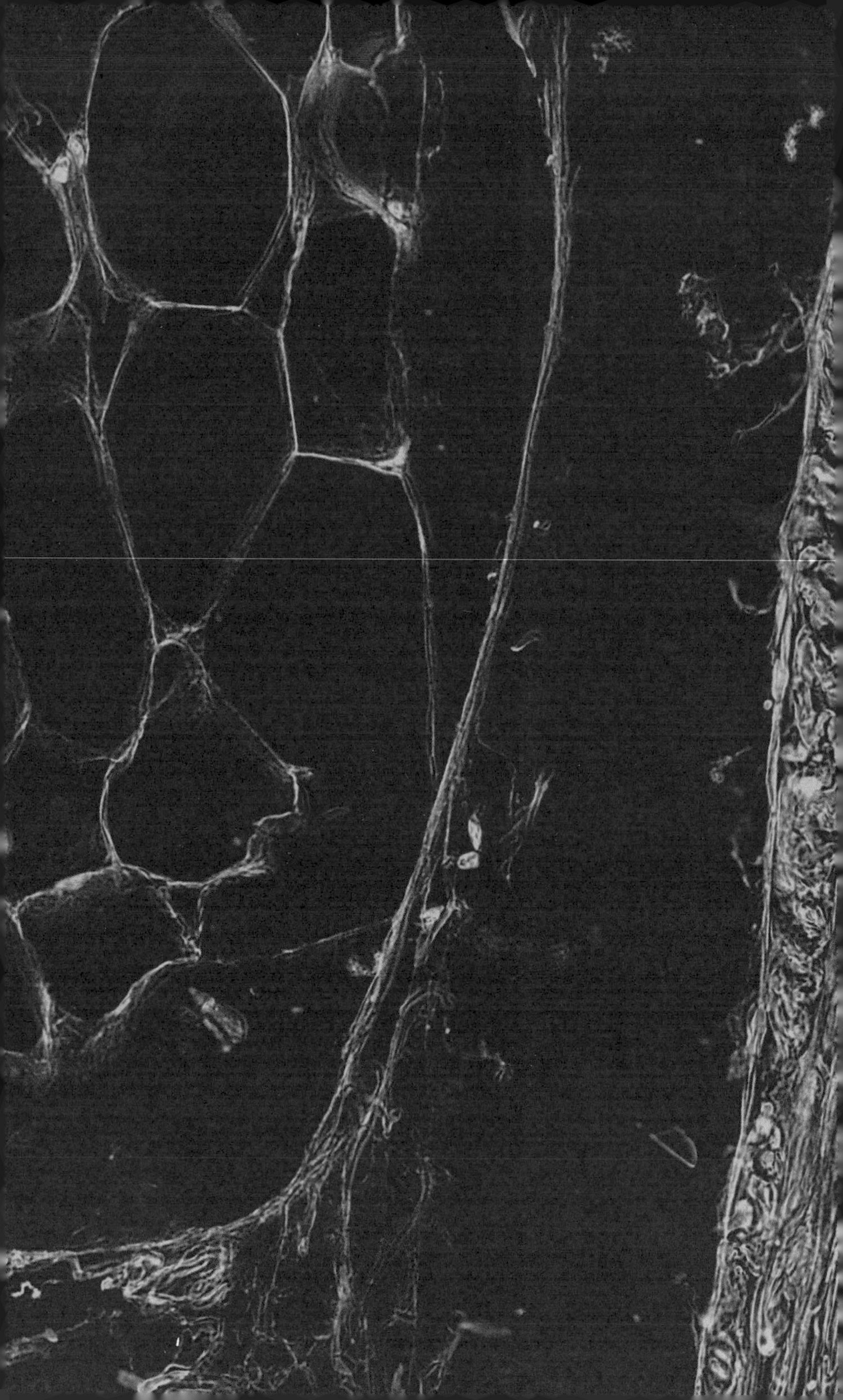

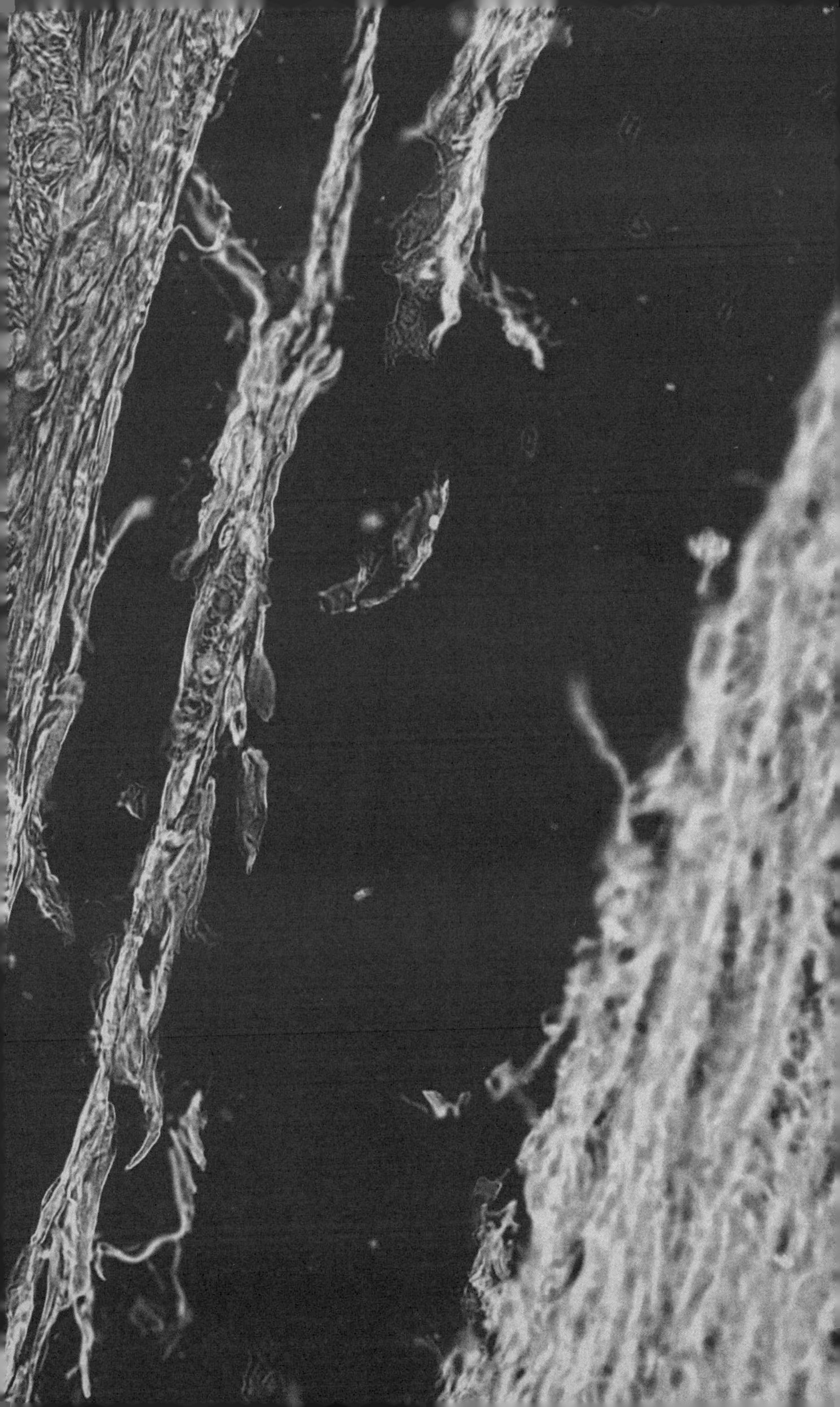

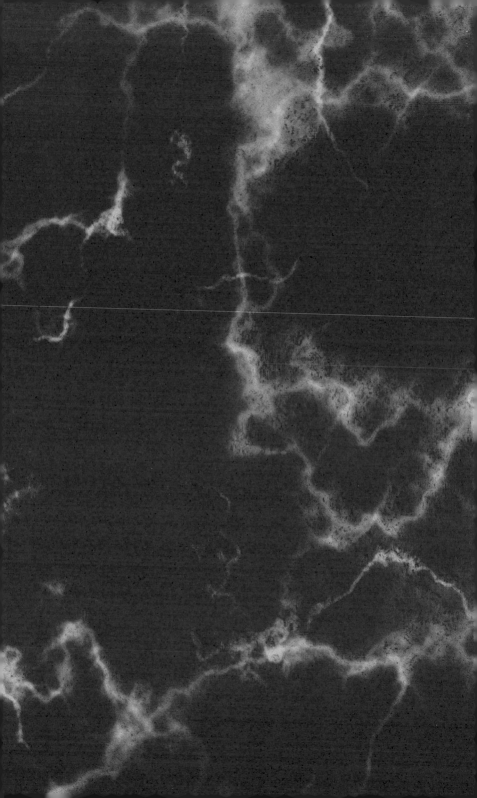

OCTAVIA E. BUTLER

ARCA DE CLAY

O PADRONISTA VOL. 3

TRADUÇÃO
HECI REGINA CANDIANI

MORRO BRANCO
EDITORA

Título original: Clay's Ark

Direção editorial: Victor Gomes
Coordenação editorial: Aline Graça
Acompanhamento editorial: Lui Navarro e Thiago Bio
Tradução: Heci Regina Candiani
Preparação: Marina Constantino
Revisão: Bárbara Waida
Design de capa: © Hachette Book Group
Adaptação de capa e projeto gráfico: Beatriz Borges
Diagramação: Eduardo Kenji Iha
Imagens de miolo: © Adobe Stock e © Unsplash

Dados Internacionais de Catalogação na Publicação (CIP)

B985a Butler, Octavia Estelle
Arca de Clay / Octavia E. Butler ; Tradução: Heci Regina Candiani –
São Paulo : Morro Branco, 2023.
272 p. ; 14 x 21 cm.
ISBN: 978-65-86015-74-4
1. Literatura americana – Romance. 2. Ficção científica. I. Candiani, Heci Regina. II. Título.
CDD 813

MORROBRANCO EDITORA

Todos os direitos desta edição reservados à:
EDITORA MORRO BRANCO
Alameda Santos, 1357, 8º andar
01419-908 – São Paulo, SP – Brasil
Telefone (11) 3373-8168
www.editoramorrobranco.com.br

Impresso no Brasil
2023

Em memória de Phyllis White.

PARTE UM

MÉDICO

PASSADO 1

A nave fora destruída cinco dias antes. Ele não se recordava como. Sabia que agora estava sozinho; sabia que tinha retornado para casa, não para a estação, como planejado, nem para a base emergencial em Luna. Sabia que era noite. Por longos intervalos de tempo, não soube de nada mais.

Ele caminhou e escalou de forma automática, quase sem enxergar a areia, a rocha, as montanhas, atento apenas às plantas que poderiam lhe ser úteis. A fome e a sede o impulsionavam. Se não encontrasse água depressa, morreria.

Escondeu-se por cinco dias e duas noites, pois nas outras três andou sem destino, sem um objetivo que não fosse comida, água e companhia humana. Durante esse período, matou lebres, cobras e até um coiote, usando pedras ou as próprias mãos. Comeu-os crus, ingerindo o máximo possível do sangue, que respingou em seu macacão roto. Mas encontrou pouca água.

Agora ele podia farejá-la como um cachorro ou um cavalo. Não era mais uma sensação nova. Havia se acostumado a usar os sentidos de formas consideradas não humanas. Em sua mente, questionava sua própria humanidade há algum tempo.

Ele caminhou. Quando alcançou as rochas na base de uma cadeia de montanhas, começou a escalar, percebendo a mudança no terreno apenas porque o avanço passou a exigir mais empenho, mais da força que aos poucos se dissipava.

Por alguns instantes, ficou alerta, sentindo o granito áspero, fruto da erosão, sob as mãos e os pés, ciente de que havia pessoas na direção que havia escolhido. Não era uma surpresa. No deserto, as pessoas se reuniam em torno da água ou levavam água consigo. Por um lado, ele estava ansioso para se juntar a elas. Precisava da companhia de outras pessoas quase tanto quanto precisava de água. Por outro lado, esperava que elas já tivessem se afastado da fonte quando a alcançasse. Conseguiu distinguir o cheiro de mulheres entre o grupo e começou a suar. Esperava que ao menos as mulheres tivessem ido embora. Se elas ficassem, se alguém ficasse, correriam risco de morte. Algumas certamente morreriam.

PRESENTE 2

O vento começou a soprar antes que Blake Maslin saísse de Needles para o oeste, a caminho do Enclave de Palos Verdes e de casa. Como um homem da cidade, Blake não se preocupava com o clima. Sua filha Keira o avisou de que os ventos do deserto poderiam arrancar os carros da estrada e a chuva de areia causada pela ventania poderia remover a pintura dos veículos, mas ele a tranquilizou. Havia adquirido o hábito de tranquilizá-la sem realmente dar ouvidos aos medos da filha, que eram muitos.

Dessa vez, no entanto, Keira estava certa. Tinha de estar. O deserto sempre esteve entre seus interesses, e ela o conhecia melhor do que o pai. Aquela viagem de carro, feita como nos velhos tempos, aconteceu porque ela conhecia e amava o deserto. E porque queria ver os avós, os pais de Blake, em Flagstaff, no Arizona, uma última vez. Queria visitá-los pessoalmente, não apenas vê-los pela tela de um telefone. Queria estar com eles enquanto ainda estava bem o bastante para desfrutar de sua companhia.

A vinte minutos de Needles, o vento tornou-se um vendaval. Havia nuvens pesadas e ondulantes à frente, pretas e cinzentas, cortadas pelos raios, mas ainda não chovia. Nada para abaixar a poeira e a areia.

Por algum tempo, Blake insistiu em continuar. No banco de trás, Keira dormia, respirando profundamente, quase roncando. Ele se inquietou quando não conseguiu mais ouvir o som dela em meio à ventania fustigante.

Sua primogênita, Rane, estava no assento ao lado dele, sorrindo de leve, observando a tempestade. Enquanto ele se esforçava para controlar o carro, ela se divertia. Se Keira tinha muitos medos, Rane tinha muito poucos. Ela e a irmã eram gêmeas bivitelinas, diferentes em aparência e comportamento. De alguma forma, Blake tinha adquirido o hábito de pensar em Rane, mais forte e impulsiva, como sua filha mais nova.

Uma rajada de vento bateu na lateral do carro, quase tirando-o da estrada. Por vários segundos, Blake não conseguiu enxergar nada à frente, exceto uma parede de poeira e areia pálidas.

Por fim amedrontado, ele saiu da pista. Seu Jeep Wagoneer blindado e de suspensão elevada era um passatempo, uma relíquia cuidadosamente preservada de uma antiga era, em que se esbanjava petróleo. Já fora movido 100% a gasolina, embora agora usasse etanol. Era maior e mais pesado do que os outros poucos veículos na estrada, e Blake dirigia bem. Mas já bastava, ainda mais com as garotas a bordo.

Depois de estacionar em segurança, olhou ao redor e viu que outras pessoas também estavam parando. Do outro lado da estrada, parecendo fantasmagóricos em meio à poeira e à areia, havia três grandes caminhões, veículos caros de caminhoneiros autônomos, transportando sabe-se lá o quê: qualquer coisa, de pertences domésticos de pessoas ricas, que ainda podiam se permitir o luxo arcaico de se deslocar pelo país, a itens necessários nos poucos enclaves desérticos e estações de beira de estrada remanescentes, até drogas ilegais, armas ou coisa pior. Vários metros à frente, havia um Chevrolet amassado e um ou outro carrinho elétrico. Atrás, ao longe, pôde ver outro caminhão particular estacionado em um ângulo tão estranho que logo soube que havia sido arrastado da estrada, quase saindo de controle. Só alguns aventureiros prosseguiam, em seus velhos ônibus de excursão.

Blake não havia percebido antes que, saindo do deserto por uma estrada de terra, vinha outro carro, avançando em direção à rodovia. Fixou os olhos nele, imaginando de onde poderia ter saído. Aquele trecho da estrada era margeado, dos dois lados, por alguns dos desertos mais sombrios que Blake já tinha visto: colinas vulcânicas deterioradas e nada mais.

A incoerência era o carro, um Mercedes lindo e antigo, cor de vinho, a última coisa que Blake esperaria ver saindo do deserto. O automóvel passou por ele na areia, viajando para o leste, embora só pudesse acessar as pistas que conduziam para o oeste. Blake se perguntou se o motorista seria tolo o suficiente para tentar atravessar a estrada na tempestade. Pôde ver três pessoas no carro, mas não sabia se eram homens ou mulheres. Viu-os desaparecer na poeira atrás dele, então os esqueceu com os gemidos de Keira enquanto dormia.

Ele a olhou; sentiu, mais do que viu, que Rane também se virou para olhar. Keira, magra e frágil, continuava dormindo.

— Lá em Needles — disse Rane —, ouvi uns caras falando sobre ela. Achavam que era muito bonita e frágil.

Blake assentiu.

— Também ouvi. — Ele balançou a cabeça.

Keira tinha sido bonita. Quando era saudável, quando ainda se parecia tanto com a mãe que o fazia sentir dor. Agora ela era etérea, não exatamente deste mundo, diziam as pessoas. Tinha apenas dezesseis anos, mas tinha leucemia mieloide aguda — uma doença adulta — e não estava respondendo ao tratamento. Ela usava peruca porque a terapia epigenética que deveria ter feito com que seus mieloblastos voltassem ao normal não funcionou, e o médico, em desespero, recorreu a uma quimioterapia antiquada. Isso fez com que a maior parte do cabelo dela caísse. E havia perdido tanto peso que nenhuma de suas roupas caía bem. Ela disse que conseguia ver a si mesma desvanecendo. Blake também podia vê-la desvanecendo. Como médico clínico, não podia deixar de ver mais do que queria.

Ele desviou o olhar de Keira e, com o canto do olho, percebeu algo verde brilhante se mover na janela de Rane. Antes que pudesse falar algo, um homem que pareceu surgir do nada abriu a porta dela, *que tinha sido travada*, e forçou o caminho para se sentar ao lado de Rane.

O desconhecido foi rápido, e era mais forte do que dois homens juntos seriam, mas também tinha compleição leve e acabou se desequilibrando. Antes que ele pudesse voltar a se firmar, Rane gritou uma obscenidade, encolheu as pernas junto ao corpo e as estendeu como uma mola para que o atingissem no abdome.

O homem se dobrou e caiu de costas no chão, sua camisa verde tremulava ao vento. Imediatamente outro homem tomou seu lugar. O segundo homem tinha uma arma.

Assustada, Rane recuou na direção de Blake, que pegou o próprio rifle automático, embainhado de viés na porta do motorista, e congelou, olhando para a arma do intruso. Ela não estava apontada para ele. Estava apontada para Rane.

Blake levou as mãos ao alto, mantendo-as no ar, claramente vazias. Por um longo instante, não conseguiu falar. Só conseguia olhar para a carabina preta curta e fosca mirando a filha.

— Pode ficar com minha carteira — balbuciou por fim. — Está no meu bolso.

O homem pareceu ignorá-lo.

O Mercedes vermelho parou ao lado do carro de Blake, que agora pôde ver que havia apenas uma pessoa lá dentro. *Uma mulher*, pensou. Conseguia vislumbrar o que pareciam ser fartos cabelos longos e escuros.

O homem de camisa verde se ergueu e sacou uma arma. Agora havia duas armas, ambas apontadas para Rane. Bandidos psicopatas. O de camisa verde deu a volta no carro em direção ao lado de Blake.

— Destrave a porta — ordenou o outro. — Apenas a trava. Para ele entrar.

Blake obedeceu, deixou o Camisa Verde abrir a porta e pegar o rifle. Então, em um movimento desumanamente rápido, o homem estendeu a mão por cima de Blake e puxou o telefone.

— Rico da cidade! — murmurou com desdém enquanto Blake atinava com o que o homem tinha feito. — Lerdo e burro da cidade. Agora pegue e me dê a carteira.

Blake entregou a carteira para Camisa Verde, movendo-se devagar, observando as armas. Camisa Verde puxou a carteira, bateu a porta e voltou para o outro lado, onde os dois carros emparelhados ofereciam proteção contra o vento. Lá, ele abriu a carteira. Por incrível que pareça, não verificou o bolso de dinheiro, embora Blake tivesse mais de dois mil dólares. Ele gostava de carregar pequenas quantias quando viajava. Camisa Verde passou os olhos pelos cartões de computador de Blake, puxou a carteira de identidade do Enclave de Palos Verdes.

— Doutor — falou. — Quem diria. Blake Jason Maslin, médico. Conhece alguém que precisa de um médico, Eli?

O outro homem armado deu uma risada sem graça. Era um homem negro alto e magro cuja pele ficara cinzenta por algum motivo além da poeira do deserto. A saúde dele podia estar melhor do que a de Keira, pensou Blake, mas não muito.

Por sinal, o Camisa Verde, mais baixo e de ossos menores, também não parecia saudável. Era loiro e tinha a pele bronzeada sob a camada de poeira, embora o bronzeado parecesse estranhamente cinzento. Estava ficando careca. Em sua mão, a arma tremia ligeiramente. Um homem doente. Ambos estavam doentes — estavam doentes e eram perigosos.

Blake colocou o braço ao redor de Rane, protetor. Graças a Deus Keira conseguira permanecer dormindo durante tudo aquilo.

— O que é isso, afinal? — Eli quis saber, olhando para Keira e depois fixando os olhos em Rane. — Que tipo de berço andou roubando, doutor?

Blake petrificou-se, sentiu Rane petrificada contra ele. Sua esposa Jorah era negra e ele, Rane e Keira já haviam passado por aquela situação antes.

— Elas são minhas filhas — respondeu Blake friamente. Se não houvesse armas, ele teria dito mais. Se não estivesse segurando Rane pelo ombro, ela teria dito muito mais.

Eli pareceu surpreso, então assentiu, aceitando. A maioria das pessoas levava mais tempo para acreditar.

— Certo — falou. — Vem aqui, garota.

Rane não se moveu; não conseguiria, mesmo que quisesse. Blake a segurou no lugar.

— Pai? — sussurrou ela.

— Você pegou meu dinheiro — argumentou Blake a Eli. — Pode ficar com tudo que queira. Mas deixe minhas filhas em paz!

Camisa Verde olhou para Keira, no banco de trás.

— Acho que essa aí está morta — comentou, em tom casual. A intenção era fazer uma piada sobre o sono profundo de Keira, Blake sabia, mas não conseguiu se abster de olhar para ela depressa, só para ter certeza. — Ei, Eli — continuou o Camisa Verde —, elas são filhas dele mesmo, sabe.

— Estou vendo — confirmou Eli. — E isso facilita nossa vida. Tudo o que precisamos fazer é pegar uma delas e ele é nosso.

Começou a chover — gotas grossas, empoeiradas e fustigadas pelo vento. Ao longe, um trovão bramiu mais alto do que o vento uivante.

Eli falou tão baixo com Rane que Blake mal conseguiu ouvir.

— Ele é seu pai?

— Você acabou de admitir que sim — respondeu Rane. — Que diabos quer?

Eli franziu a testa.

— Minha mãe sempre dizia "pense antes de falar". Sua mãe nunca disse nada parecido para você, garota?

Rane desviou o olhar, calada.

— Ele é seu pai? — repetiu Eli.

— Sim.

— E você não ia querer que ele se machucasse, ia?

Rane manteve o olhar afastado, mas não conseguiu esconder o medo.

— O que você quer?

Ignorando-a, Eli estendeu a mão para Camisa Verde. Depois de um instante, Camisa Verde entregou a carteira a ele.

— Blake Jason Maslin — leu. — Nascido em quatro-sete-setenta e sete. "*Oh, say, can you see.*" — Olhou para Rane. — Qual é o seu nome, meu bem?

Rane hesitou, sem dúvida repugnada pelo casual "meu bem". Normalmente ela enfrentava pessoas que a tratavam com condescendência.

— Rane — murmurou, por fim. O trovão quase abafou sua voz.

— Rain? "Chuva", como essa coisa suja caindo sobre nós agora?

— Não é *rain*, é Raa-ny. É norueguês.

— Ah, é? Bem, escute, Rane, está vendo aquela mulher ali? — Ele apontou para o Mercedes vermelho ao lado deles. — O nome dela é Meda Boyd. Ela é doida de pedra, mas não vai machucá-la. E se fizer o que mandarmos sem causar problemas, não vamos machucar seu pai ou sua irmã. Entendeu?

Rane assentiu, mas Eli continuou olhando para ela, esperando.

— Entendi! — concordou. — O que você quer que eu faça?

— Entre no carro de Meda. Ela vai dirigir. Eu vou atrás com seu pai.

Rane olhou para Blake. Ele conseguia sentir que ela tremia.

— Ouçam — começou a dizer —, vocês não podem fazer isso! Não podem simplesmente...

Camisa Verde encostou a arma contra a têmpora de Rane.

— Por que não? — perguntou.

Blake puxou Rane, afastando-a. Foi um reflexo, um risco que nunca teria corrido se tivesse pensado por um minuto. Abaixou a cabeça dela contra o próprio peito.

No mesmo instante, Eli puxou a mão armada de Camisa Verde, torcendo-a para que, se houvesse um disparo, a bala atingisse o para-brisa.

A arma não disparou. Deveria, Blake percebeu mais tarde, considerando o tremor do Camisa Verde e o movimento repentino de Eli. Mas tudo o que houve foi algum tipo de troca breve e sem palavras entre Eli e Camisa Verde. Eles olharam um para o outro, primeiro com raiva real, depois com compreensão e um pouco de constrangimento.

— É melhor você dirigir — disse Eli. — Deixe Meda cuidar das garotas.

— É — Camisa Verde concordou. — Às vezes o passado se vira contra nós.

— Tudo bem com você?

— É...

— Ela é uma garota forte. Bom material.

— Eu sei.

— Bom material para quê? — questionou Blake. Ele soltou Rane, mas ela ficou perto do pai, olhando para Eli.

— Olha, doutor — explicou —, a última coisa que queremos é matar um de vocês. Mas não temos muito tempo ou paciência.

— Deixem minhas filhas ficarem comigo — pediu Blake. — Vou cooperar. Vou fazer o que vocês quiserem. Só não...

— Estamos deixando uma com você. Não nos faça levar as duas.

— Mas...

— Ingraham, traga a outra garota aqui. Acorde-a.

— Não! — gritou Blake. — Por favor, ela não está se sentindo bem. Deixe-a em paz!

— O quê? É enjoo de movimento?

— Minha irmã tem leucemia — revelou Rane. — Ela está morrendo. O que você vai fazer? Ajudá-la?

— Rane, pelo amor de Deus! — sussurrou Blake.

Eli e Ingraham, o da camisa verde, olharam um para o outro, depois para Blake.

— Achei que já existia cura para isso agora — disse Eli. — Não existe um tipo de remédio com proteína que reprograma as células?

Blake hesitou, imaginando quanta piedade os detalhes da enfermidade de Keira poderiam causar nos pistoleiros. Ficou surpreso que Eli soubesse tanto quanto ele sobre terapia epigenética. Mas o conhecimento de Eli não importava. Se não se comovesse com a morte iminente de Keira, provavelmente nada mais os sensibilizaria.

— Ela está sendo tratada — afirmou.

— E não é suficiente? — perguntou Ingraham.

Blake encolheu os ombros. Doía contar a verdade. Ele não conseguia se lembrar de tê-la dito em voz alta.

— Merda — resmungou Ingraham. — O que devemos fazer com uma garota que já...

— Cale essa boca — ordenou Eli. — Se cometemos um erro, agora é tarde demais para lamentar. — Ele olhou novamente para Keira, depois encarou Blake. — Desculpe, doutor. Azar dela, e nosso. — Suspirou. — Agora é aceitar o bem e o mal. Não vamos fazer nada com ela se você e Rane obedecerem.

— O que você vai fazer com a gente? — perguntou Blake.

— Não se preocupe com isso. Vamos, Rane. Meda está esperando.

Rane agarrou-se a Blake como não fazia há anos.

Eli olhou para ela com firmeza, e ela o encarou de volta, mas não se moveu.

— Vamos, garota — disse ele, calmamente. — Facilite as coisas.

Blake queria dizer a ela para ir, antes que aquelas pessoas a machucassem. Mas a última coisa que desejava era que a filha se afastasse dele. Tinha pavor de nunca mais reencontrá-la se a levassem. Ele encarou os dois homens. Se tivesse sua arma, teria atirado neles sem pestanejar.

— Use a cabeça, doutor — Eli falou. — Deslize para o lado do passageiro. Eu vou dirigir. Você fica de olho em Rane. Vai se sentir melhor assim. E vai agir melhor também.

De repente, Blake cedeu e moveu-se, empurrando Rane. Queria acreditar no homem negro de pele cinzenta. Teria sido mais fácil acreditar nele se tivesse alguma ideia do que aquelas pessoas queriam. Não eram só uma das gangues locais que usavam carros, indecentemente chamadas de famílias de estrada. Ninguém tinha olhado para o dinheiro na carteira. Na verdade, enquanto ele pensava na carteira, Eli a jogou no painel como se não estivesse interessado. Será que queriam mais dinheiro? Resgate? Não era o que parecia. E eles pareciam estranhamente resignados, como se não gostassem do que estavam fazendo, quase como se eles mesmos estivessem sob a mira de uma arma.

Blake abraçou Rane.

— Tenha cuidado — disse, tentando parecer mais firme do que se sentia. — Seja mais cuidadosa do que de costume, pelo menos até descobrirmos o que está acontecendo.

Blake observou Ingraham seguir Rane pela chuva lamacenta, viu-a entrar no Mercedes. Ingraham disse algumas palavras para a mulher, Meda, depois trocou de lugar com ela.

Quando isso aconteceu, Eli relaxou. Enfiou a arma na jaqueta, deu a volta no Wagoneer de forma tão casual quanto um amigo de longa data e entrou. Nunca ocorreu a Blake tentar algo. Uma parte dele fora junto com Rane. Seu estômago revirava de raiva, frustração e preocupação.

Depois de um instante com as rodas girando em falso, o Mercedes avançou depressa, atravessou toda a rodovia e entrou em outra estrada de terra. O Wagoneer o seguiu com facilidade. Eli fez carinho no painel, como se fosse um ser vivo.

— Carro leve de dirigir — falou. — Grande. Não se encontra mais um desse tamanho. Que pena.

— Que pena?

— Esse é o carro de aparência mais robusta que vimos parado pela estrada. Não queríamos um pedaço de lixo que ia enguiçar ou nos atrapalhar. Um tanque cheio e outro quase cheio de etanol. Muito bom. Nós fazemos etanol.

— Quer dizer que era o carro que vocês queriam?

— Queríamos um carro bom com duas ou três pessoas saudáveis e bem jovens. — Ele olhou para trás, em direção a Keira. — Não se pode ter tudo.

— Mas por quê?

— Doutor, qual é o nome da garota? — Apontou o polegar para Keira por cima do ombro.

Blake o encarou.

— Diga a ela que pode se levantar. Está acordada desde que Ingraham pegou sua carteira.

Blake se virou depressa, viu-se observando os olhos grandes e assustados de Keira. Tentou se acalmar, por ela.

— Está se sentindo bem? — perguntou.

Ela assentiu com a cabeça, provavelmente mentindo.

— Sente-se — disse. — Sabe o que aconteceu?

Outro movimento de cabeça. Se Rane falava demais, Keira não falava o suficiente. Mesmo antes que a enfermidade se manifestasse, sempre foi uma garota tímida, fácil de assustar, fácil de intimidar, aparentemente lenta. A paciência e a observação revelavam sua inteligência, mas a maioria das pessoas não daria nada por ela.

Ela sentou-se devagar, olhando para Eli. A cor dele estava tão ruim quanto a dela. Ela não pôde evitar perceber isso, mas não disse nada.

— Quer saber mais? — Eli perguntou a ela.

Keira desviou do olhar dele o máximo que pôde e não respondeu.

— Sabe, a sua irmã está naquele carro ali na frente com uns amigos meus. Pense só.

— Ela não lhe oferece nenhum perigo — Blake falou, com raiva.

— Faça com que ela lhe entregue o que tem na mão esquerda.

Blake franziu a testa, olhou para a mão esquerda de Keira. Ela estava usando uma túnica longa, multicolorida, de algodão, uma peça de roupa com mangas compridas e volumosas. A intenção era esconder seu corpo extremamente magro. No momento, também escondia a mão esquerda.

O rosto de Keira congelou em uma expressão feia e determinada.

— Kerry — sussurrou Blake.

Ela piscou, olhou para ele, depois tirou a mão esquerda das dobras do vestido e, junto com ela, a grande chave de fenda manual que estava escondendo. Blake se lembrava de ter perdido a chave de fenda e não ter tido tempo de procurá-la. Parecia grande demais para os dedos finos de Keira. Blake duvidou que ela tivesse força para causar algum dano com aquilo. Mas com um instrumento menor e mais afiado, no entanto, ela poderia se tornar perigosa. Qualquer pessoa com a expressão que tinha agora, doente ou saudável, poderia ser perigosa.

Blake pegou a chave de fenda e segurou a mão dela por um instante. Queria tranquilizá-la, acalmá-la, mas pensava em Rane, sozinha no carro à frente, e nenhuma palavra saía. Não tinha como ficar tudo bem. E ele sempre achou difícil mentir para as filhas.

Depois de um tempo, Keira pareceu relaxar — ou, pelo menos, desistir. Ela se recostou, quase como uma forma invertebrada, e deixou o olhar vagar de Eli até o carro à frente. Apenas seus olhos pareciam vivos.

— O que querem com a gente? — sussurrou. — Por que estão fazendo isso?

Com o vento fustigante e o assovio da chuva, Blake achou que Eli não a ouvira. É óbvio, Eli tinha muito o que fazer, tentando manter o carro na estrada de terra sem perder o Mercedes de vista. Ignorou completamente a chave de fenda longa e potencialmente mortal que Blake puxou depressa e depois deixou cair. Ele era jovem, Blake percebeu, tinha uns trinta e poucos anos, talvez. Parecia mais velho, ou melhor, parecera mais velho até Blake olhá-lo de perto. Sob a camada de poeira, o rosto dele era fino, com rugas prematuras. Seu ar de resignação cansada sugeria um homem mais velho. Ele parecia mais velho, pensou Blake, da mesma forma que Keira parecia mais velha. A doença a envelhecera, como pelo visto envelhecera Eli, qualquer que fosse o seu problema.

Eli olhou para Keira pelo espelho retrovisor.

— Garota — respondeu —, você não vai acreditar em mim, mas o que eu mais queria era deixar vocês irem.

— E não pode por quê? — questionou ela.

— Pelo mesmo motivo que você não pode se livrar de sua leucemia só porque quer.

Blake franziu a testa. Aquela resposta não fazia mais sentido para Keira do que para ele, mas ela respondeu. Lançou um olhar demorado e pensativo a Eli, moveu-se lentamente em direção ao meio do assento, saindo de seu refúgio atrás de Blake.

— Você sente dor? — perguntou Keira.

Eli se virou para olhar para ela; na verdade, diminuiu a velocidade e perdeu o Mercedes de vista por um instante. Então, enquanto se ocupava em alcançá-lo, ouvia-se apenas o som da chuva batendo contra o carro.

— De certa forma — respondeu, por fim. — Às vezes. E você?

Keira assentiu com hesitação.

Blake ia começar a falar, mas se deteve. Não gostava do entendimento que parecia estar surgindo entre a filha e aquele homem, mas Eli, em sua disputa com Ingraham, já havia demonstrado seu valor.

— Keira — balbuciou Eli. — De onde veio um nome assim?

— Minha mãe não queria que tivéssemos nomes parecidos como os de todo mundo.

— Ela conseguiu. Sua mãe está viva?

— ... não.

Eli lançou a Blake um olhar surpreendentemente empático.

— Imaginei que não. — Houve outra longa pausa. — Quantos anos você tem?

— Dezesseis.

— Tudo isso? Você é a mais velha ou a mais nova?

— Rane e eu somos irmãs gêmeas.

Um olhar surpreso.

— Bem, não que eu ache que esteja mentindo, mas vocês duas mal parecem da mesma família, muito menos irmãs gêmeas.

— Eu sei.

— Você tem apelido?

— Kerry.

— Oh, certo. Assim é melhor. Ouça, Kerry, ninguém no rancho vai machucá-la, prometo. Se alguém a incomodar, você me chama. Certo?

— E quanto a meu pai e minha irmã?

Eli balançou a cabeça.

— Não posso fazer nenhum milagre, garota.

Blake o encarou, mas, pela primeira vez, Eli se recusou a dar atenção. Manteve os olhos na estrada.

PASSADO 3

No alto de um vale cercado por granito cru, árido, torneado pelo tempo e de aparência enganadoramente lisa, ele encontrou uma casa construída em madeira sobre uma base de pedra e o esqueleto estrutural de outras duas. Havia também um poço com um enorme tanque de metal virado de cabeça para baixo. Havia porcos em chiqueiros com tapumes de madeira, galinhas em gaiolas, coelhos em coelheiras, uma grande horta cercada e um destilador solar. O destilador e a eletricidade produzida por inversores fotovoltaicos pareciam ser as únicas concessões dos proprietários do pequeno rancho à modernidade.

Ele foi até o poço, abriu a torneira do tanque de armazenamento, pegou a água fria, doce e limpa nas mãos e bebeu. Não provava uma água como aquela há anos. Ela refrescou seu pensamento, limpou o nevoeiro de sua mente. Agora, os sentidos, que tinham ficado totalmente concentrados em sobreviver, estavam livres para perceber outras coisas.

As mulheres, por exemplo.

Ele sentiu o cheiro de pelo menos um homem na casa, mas havia várias mulheres. Os cheiros delas o atraíam com violência. No entanto, assim que se viu seguindo em direção à casa, reagindo à atração, começou a resistir.

Por vários minutos ficou congelado ao lado da janela de uma das mulheres. Estava tão perto dela que conseguia ouvir sua respiração suave e uniforme. Ela estava dormindo, mas se revirava, inquieta, vez ou outra. Ele realmente não conseguia se mover. Seu corpo exigia que fosse até a mulher. Ele compreendia a exigência, o impulso, mas se recusava a ser um mero animal governado pelo instinto. A mulher estava no auge da ovulação de uma fêmea humana. Havia atingido o período mais fértil de seu ciclo mensal. Não era de se admirar que dormisse tão mal. E não era de se admirar que ele não pudesse se mover senão em direção a ela.

Ficou onde estava, suando muito no ar frio da noite e lutando para se lembrar de que havia decidido ser um humano superior, não inferior. Ele não era um animal, nem um estuprador, nem um assassino. Ainda assim, sabia que, caso se deixasse atrair pela mulher, ele a estupraria. E se a estuprasse, se apenas tocasse nela, ela poderia morrer. Vira aquilo acontecer antes, e isso o havia levado a querer morrer, tentar morrer. Ele tinha tentado, mas não conseguiu se matar de propósito. Tinha uma vontade inconsciente de sobreviver que transcendia qualquer desejo consciente, qualquer culpa, qualquer dever para com os humanos que um dia foram seus semelhantes.

Tentava se convencer de que a invasão e o estupro seriam estupidamente autodestrutivos, mas seu corpo estava preso a outra realidade, concentrado em uma forma mais básica de sobrevivência. Ele não se moveu até que a guerra interior o exaurisse, até que não tivesse mais forças para tomar a mulher.

Por fim, triunfante, arrastou-se de volta ao poço e bebeu mais. A bomba elétrica ao lado do poço ligou de repente, fazendo barulho, e os cães, ao longe, começaram a latir. Olhou à sua volta sabendo, pelo som, que os cães vinham em sua direção. Ele já havia descoberto que cães não gostavam dele e, com razão, temiam-no. Agora, porém, estava enfraquecido pelos dias de fome e sede e por seu próprio conflito interno. Dois ou três cães grandes seriam capazes de derrubá-lo e fazê-lo em pedaços.

Os cães vieram juntos — dois grandes vira-latas, latindo e rosnando. Foram desencorajados pelo cheiro estranho dele e se mantiveram fora de seu alcance enquanto exibiam ferocidade. Ele imaginou que, quando finalmente encontrassem coragem para atacar, estaria pronto para lidar com pelo menos um dos dois.

PRESENTE 4

Mais à frente, o Mercedes e o Jeep saíram da tempestade, entrando em um deserto vasto, plano e árido, ainda seguindo pela estrada de terra reta como uma flecha. Eles se aproximaram e atravessaram antigas montanhas vulcânicas pretas e vermelhas. Depois, viraram bruscamente, saindo da estrada de terra para algo que era pouco mais do que um rastro acentuado e levava a uma cadeia de montanhas de terra e granito. Os dois carros dirigiram-se para as montanhas e começaram a subir.

A essa altura, já estavam rodando há quase uma hora. No início, Blake identificou alguns sinais da humanidade. Um pequeno aeroporto, uma fazenda solitária aqui e ali, muitas torres de aço ligando linhas de alta tensão das usinas de energia solar de Hidalgo e Joshua Tree. (A escassez de água prejudicava a colonização do deserto mesmo depois que o sol começou a ser usado para combater a falta de combustível. Na maior parte do deserto, as comunidades estavam mortas ou morrendo.) Mas já fazia algum tempo que Blake não via nenhum sinal de outras pessoas no mundo. Era como se tivessem saído de 2021 e voltado no tempo até o deserto ancestral. Os indígenas devem ter visto a terra daquele jeito.

Blake se perguntou se ele e as filhas morreriam naquele lugar despovoado. Ocorreu-lhe que os sequestradores talvez sentissem precisar dele se o vissem como seu médico. Poderiam até dar a ele uma brecha para pegar as filhas e escapar.

— Olha — dirigiu-se a Eli —, você obviamente não está bem. Nem seu amigo Ingraham. Estou com minha maleta. Talvez eu possa ajudar.

— Você não pode ajudar, doutor — afirmou Eli.

— Você não tem como saber.

— Suponha que sei. — Eli espremeu o carro entre outra série de rochas que pareciam ter sido espalhadas de propósito ao longo da estrada estreita da montanha. — Suponha que sou um homem ao menos tão complexo quanto você.

Blake fixou os olhos nele, percebendo, com interesse, que Eli havia abandonado a cadência fácil e antiquada das ruas, que tornava sua fala familiar e o fazia parecer não mais que um produto pouco educado dos esgotos urbanos. Então, se quisesse, poderia falar o inglês estadunidense padrão, formal e correto.

— Qual é o seu problema, então? — perguntou Blake. — Vai nos contar?

— Ainda não.

— Por quê?

Eli demorou a responder. Por fim, sorriu, um sorriso cheio de dentes e totalmente vazio.

— Nós nos reunimos e decidimos que, para o bem de vocês e o nosso, pessoas da sua posição deveriam ser resguardadas de grande parte da verdade logo no início. Eu fui voto vencido, o único a votar pela honestidade. Poderia ter sido uma maioria de um, mas desempenhei esse papel por tempo suficiente. Os outros achavam que pessoas como você não acreditariam, que a verdade o assustaria além do necessário e você se esforçaria mais para escapar.

Para a surpresa dos dois homens, Keira riu. Blake olhou para ela, e ela ficou em silêncio, envergonhada.

— Desculpe — sussurrou —, mas não saber é pior. Eles acham mesmo que não faríamos praticamente qualquer coisa para fugir agora?

— Não há do que se desculpar, garota — falou Eli. O sotaque tinha voltado. — Concordo com você.

— Quem são os outros que discordaram? — perguntou Keira.

— Pessoas. Só pessoas, como você e seu pai. A família de Meda era dona da terra onde moramos. Ingraham... bom, ele estava em uma gangue de motoqueiros que chegou fazendo alarde um dia e tentou estuprar Meda, entre outras coisas. E temos uma caminhoneira autônoma e um estudante de música de Los Angeles, um grupo de Victorville, uma pessoa de Twentynine Palms, e alguns outros.

— Ingraham tentou cometer estupro e vocês o deixaram ficar? — demandou Blake. De repente, ficou feliz por Ingraham estar dirigindo o carro da frente. Pelo menos ele não teria tempo de fazer nenhuma investida até chegarem no lugar para onde estavam indo, mas e depois?

— Isso foi em outra vida — explicou Eli. — Não nos importamos com o que ele fez antes. Agora ele é um de nós.

Blake pensou na arma de Ingraham encostada na cabeça de Rane.

Eli pareceu ler esses pensamentos.

— Ei — disse —, eu sei o que parece, mas Ingraham não teria atirado nela. Eu tinha receio de que você ou ela pudessem fazer um movimento estúpido e provocar um acidente, mas ele não teria como atirar nela.

— A arma estava descarregada? — perguntou Keira.

— Claro que não — garantiu Eli, surpreso. Hesitou. — Ouçam, vou ser franco com vocês. A pessoa mais segura entre vocês três é a Rane. Ela é jovem, é mulher e é saudável. Se um de vocês tem chances, é provável que seja ela. — Ele desacelerou, olhando para Blake e depois para Keira. — O que estou tentando fazer é incentivá-los. Quero que vocês dois usem a cabeça e essa maldita teimosia para me mostrar que estou errado. Quero que vocês todos sobrevivam. — Parou o carro. — É aqui.

"Aqui" era um vale alto e modesto, um espaço pequeno entre as rochas antigas que formavam as montanhas. Havia uma casa velha e ampla, feita de madeira e pedra, e outras três de madeira, não tão bem-feitas. Uma quinta casa estava em construção. Dois homens trabalhavam nela com ferramentas manuais, martelando e serrando como quase ninguém fazia mais hoje em dia.

— Explosão demográfica — disse Eli. — Tivemos sorte nos últimos tempos.

— Você quer dizer que as pessoas estão sobrevivendo a seja lá o que fazem com elas aqui? — perguntou Blake.

— É isso que quero dizer — admitiu Eli. — Estamos aprendendo a ajudá-las.

— Vocês são algum tipo de... bem, algum tipo de grupo religioso? — indagou Keira. — Não quero ofender, mas ouvi falar que havia... grupos nas montanhas.

— Uma seita? — Eli falou, com um sorriso genuíno. — Não, nós não viemos aqui para adorar ninguém, garota. Apareceram algumas pessoas religiosas aqui uma vez. Não integrantes de uma seita, apenas... como se chamam? Pessoas que nunca viram com bons olhos a virada do século e que decidiram criar um lugar decente, virtuoso e temente a Deus para educar suas crianças e aguardar pelo Segundo Advento.

— Remanescentes — disse Blake. — Pelo menos é assim que os chamávamos quando eu era mais jovem. Mas esse lugar não parece ter sido tocado por este século ou pelo último. Parece mais um resquício do século XIX.

— É — concordou Eli, sorrindo outra vez. — Saia, doutor. Vamos ver se consigo convencer Meda a preparar uma refeição para vocês. — Pegou as chaves, depois esperou que Blake e Keira saíssem. Então, travou as portas e saiu também.

Blake olhou em volta e concluiu que quase tudo o que via evocava as descrições que lera sobre a agricultura de subsistência de mais de um século atrás. Galinhas correndo soltas, bicando a areia; outras em gaiolas e em um grande galinheiro e no quintal. Porcos enfiando seus focinhos entre as tábuas de madeira dos chiqueiros, coelhos em coelheiras de madeira e arame, duas vacas. Mas no topo de cada construção havia inversores fotovoltaicos. O poço tinha uma bomba elétrica — claramente uma antiguidade — e, na varanda da frente de uma das casas, uma mulher operava uma antiga máquina de costura Singer preta. Havia uma grande horta ocupando talvez metade do terreno do vale. E perto das duas casas mais distantes havia estruturas pequenas que poderiam ter sido, entre outras coisas, edículas.

Blake virou para perguntar a Eli sobre isso quando, de repente, Rane se jogou em seus braços. Ele a abraçou, surpreso por aquele lugar estranho tê-lo feito se esquecer, por um instante, do perigo que ela corria. Agora, ladeado pelas duas filhas, sentia-se melhor, mais forte. A sensação era irracional, ele sabia. As garotas não estavam mais protegidas por estarem com ele. Os raptores ainda tinham as armas. E todos ainda estavam presos naquele lugar ermo, arcaico. Pior, havia algo planejado para eles, algo a que poderiam não sobreviver.

— O que você ouviu? — perguntou a Rane enquanto Eli estava ocupado conversando com Meda.

— Acho que usaram alguma droga estranha ou coisa assim — sussurrou Rane. — Aquele cara, Ingraham... as mãos dele tremem quando estão vazias e, quando estão ocupadas, ele tem outros tiques e espasmos.

— Isso não significa que usam drogas, necessariamente — explicou Blake. — E a mulher?

— Bom... nenhum espasmo, mas se você acha que eu sou muito insolente, espere só até ficar perto dela.

— O que ela disse?

Rane, em um gesto nada característico, desviou o olhar.

— Nada que possa ajudar. Não quero repetir.

Keira tocou o braço de Rane para chamar a atenção da irmã.

— Foi sobre você ter mais chances de sobrevivência do que nós dois? Porque se foi, nós também sabemos.

— Sim.

— O que mais?

— Kerry, não vou te contar.

Então, deve ter sido algo ruim. Havia muito poucas coisas que Rane hesitaria em dizer. Blake resolveu que a faria falar depois. Agora, Eli vinha na direção deles, gesticulando para que entrassem na casa de madeira e pedra. A mulher de cabelos escuros, Meda, aproximou-se com ele e parou de repente diante de Blake, para que ele parasse se não quisesse se chocar com ela. Era uma mulher alta, de ossos salientes, sem nenhum atrativo além do cabelo longo, grosso, castanho-escuro. Devia ter sido bonita no passado, mas agora era desprovida de formas, de cor, ou mesmo da sensatez de se cobrir, como Keira tinha feito. Usava jeans cortados na altura da coxa e uma camisa masculina de manga curta, abotoada até a altura da barriga esquelética, arrematada com um nó. Blake se perguntou se Rane estaria certa quanto às drogas.

— Para seu próprio bem — Meda disse, discretamente —, fique sabendo que podemos ouvir melhor do que a maioria das pessoas. Costumo não me importar com quem escuta o que digo, mas você talvez sim. Agora, o que eu disse à sua filha, o que ela ficou com vergonha demais para repetir, foi que eu queria pedir você a Eli. Gosto de sua aparência. Pouco importa se você gosta da minha. Todo mundo aqui acaba se parecendo comigo, mais cedo ou mais tarde.

— Jesus Cristo — murmurou Blake, enojado. Ele começou a rir, sem querer, mas sem conseguir parar. — Você é louca — afirmou, ainda rindo. — Vocês todos. — Por fim, o riso morreu, e ele só conseguiu olhar para eles, que o encaravam de volta, impassíveis. — O que você vai fazer? — quis saber de Eli. — Vai me dar a ela?

— Como poderia? — perguntou Eli. — Não penso que sou seu dono. Meda e sua filha têm um dom com as palavras, doutor. Se houvesse mais gente como elas, nunca teríamos evitado a Terceira Guerra Mundial.

Blake conseguiu reprimir outra risada. Passou a mão pela testa e ficou surpreso em descobrir que estava molhada. Estava parado sob o sol quente do deserto, mas, entre as filhas e os captores, mal o notou.

— O que vai fazer comigo? — perguntou.

— Ah, você vai passar um tempo com ela. Isso é inevitável. Gostaria que não fosse necessário, mas ela é sua carcereira, era isso que ela estava pedindo, na verdade. Temos que confiná-lo com muito cuidado por um tempo, e as coisas vão funcionar melhor se tiver uma mulher como carcereira.

— Por quê?

— Você vai saber, doutor. Apenas dê tempo ao tempo. Enquanto isso, só para que fique claro, o que você e Meda fazem juntos é problema de vocês. — Virou-se para encarar Meda. — Há limites — disse, baixinho. — Você está começando a gostar demais disso, sabe?

Ela o encarou por um instante.

— Olha quem fala — respondeu ela com aspereza, mas, de algum modo, não exatamente com raiva. Virou-se e entrou, batendo a porta atrás de si.

Eli suspirou.

— Meu Deus, espero que vocês consigam... os três, para que não tenhamos que fazer isso de novo em breve. — Olhou para Ingraham, que observava, e conseguiu dar um sorriso forçado. — Acha que ela vai nos alimentar?

— Ela vai me alimentar — ponderou Ingraham, sorrindo. — Ela me convidou para o jantar. Vamos entrar e ver se tem lugar para vocês.

Eles levaram Blake e as meninas para dentro da casa, de algum modo transmitindo certo deboche, cansaço, fome, mas nenhuma ameaça. Era quase como se a família Maslin tivesse sido convidada para comer com amigos novos. Blake balançou a cabeça. Se estivesse só, teria tentado escapar daquelas pessoas, fossem o que fossem, há muito tempo. Agora... ele se perguntava quais seriam suas chances de ficar sozinho com Eli, pegar a arma dele e as chaves do carro. Se não se agisse logo, Rane ou Keira poderiam ser separadas dele outra vez. Aquelas pessoas estavam em uma condição física tão ruim que tinham que tomar precauções.

De repente, ocorreu-lhe que uma precaução simples poderia ser colocar drogas nas comidas ou bebidas oferecidas.

— O que está planejando, doutor? — perguntou Eli, sentando-se em uma grande poltrona de couro.

A casa era fria e escura, confortavelmente bem conservada e antiga. Blake teve que lutar contra a sensação de segurança que ela parecia oferecer. Sentou-se em um sofá com as filhas, uma de cada lado.

— Doutor? — chamou Eli.

Blake olhou para ele.

— Será que posso impedi-lo de se machucar?

— Esqueça — comentou Ingraham. — Ele vai precisar tentar alguma coisa. Assim como você tentaria no lugar dele.

— É. Escute, ainda tem aquela faca?

— Claro.

Eli assentiu, gesticulando com uma das mãos.

— Vamos.

— Se você estragar a parede, Meda vai dar um jeito de dar o troco, cara.

— Não vou estragar a maldita parede. Vamos.

— E também não vai quebrar a minha faca. — Ingraham alcançou a bota, e então a mão dele pareceu turva.

Houve um clarão na direção de Eli, e Eli ficou turvo, e as tábuas do piso sob os pés de Blake vibraram. Blake olhou para baixo, viu que havia uma faca grande e pesada enterrada no chão entre seus pés. Tinha atingido a madeira evitando por pouco o tapete persa. Ele lançou a Eli um olhar direto, indignado, então pegou a faca, querendo soltá-la do chão. Ela permanecia fixa onde estava. Puxou de novo, usando toda a sua força. Ainda assim, a faca não se moveu. Ocorreu-lhe que estava fazendo papel de bobo. Ele se endireitou, fuzilando Eli com os olhos.

Eli parecia cansado e entediado.

— É só um truque, doutor. — Ele se levantou, aproximou-se e puxou a faca sem nenhum esforço aparente. Esticou o braço longo e entregou-a a Ingraham, oferecendo-lhe o cabo, enquanto mantinha a atenção em Blake. — Eu sei que parecemos esqueléticos e doentes — falou. — Parece que um de nós, sozinho, não vale nada. Mas se quer sobreviver, precisa entender que, com armas ou sem armas, não é páreo para nós. Somos mais rápidos, temos uma coordenação melhor, mais força e algumas outras coisas que você ainda não conseguiria acreditar.

— Você acha que um truque de circo vai nos fazer acreditar que vocês são sobre-humanos? — questionou Rane.

Blake a sentira pular e se encolher quando a faca atingiu o chão. Ficara com medo, por isso tinha de atacar. O primeiro impulso dele foi calá-la, mas se conteve, lembrando-se do valor que Eli havia reservado a ela. Eli podia mandá-la se calar ele mesmo, mas não a machucaria só por abrir a boca. E ela podia tirar alguma informação dele.

— Nós não somos sobre-humanos — afirmou Eli, com calma. — Não somos nada que vocês não serão um dia. Somos apenas... diferentes.

— E às vezes vocês sentem dor — sussurrou Keira.

Eli olhou para ela. Ficou encarando-a até que parasse de analisar o desenho do tapete e retribuísse o olhar.

— Não é como a sua — disse ele. — Não é tão limpa quanto a sua dor.

— Limpa?

— A minha é como o que um dependente pode sentir quando tenta largar o vício.

— Drogas?

— Sem drogas, eu lhe garanto. Nem aspirina nós usamos aqui.

— Eu uso. Preciso.

— Não vamos impedir.

— O que vocês são? — insistiu ela, de repente. — Por favor, conte-nos.

Eli colocou as mãos atrás das costas, mas não sem Blake perceber que estavam tremendo.

— Ei — falou Ingraham, com cuidado. — Você está bem?

Eli olhou para ele com raiva.

— Não, não estou bem. Você está?

Keira olhou de um para o outro, então disse a Eli:

— O que você está evitando fazer comigo?

— Kerry — advertiu-a Rane. Era uma mudança, Rane pedindo cautela. Blake queria, ele mesmo, deter Keira, e a teria detido se também não quisesse, tão urgentemente quanto ela, uma resposta.

— Suas mãos, me dê — Eli pediu a ela.

— Não! — disse Blake, com desconfiança súbita.

Mas Keira já estava estendendo as mãos, com as palmas para cima, em direção a Eli. Blake agarrou as mãos dela e empurrou-as para baixo.

— Você prometeu! — lembrou a Eli. — Disse que a manteria a salvo!

— Sim. — O aspecto da pele de Eli parecia pior do que nunca na penumbra fria da sala. A voz dele era quase baixa demais para ser ouvida. — Eu disse. — Ele estava suando muito.

— O que você ia fazer?

— Responder à pergunta dela. Só isso.

Blake não acreditou, mas não via sentido em declarar isso. Mesmo assim, Eli sorriu como se Blake tivesse falado o que pensava. Ele soltou as mãos e Blake notou suor escorrendo até mesmo delas. Diaforese, pensou Blake. Suor excessivo, sintoma de quê? Magreza extrema, tremores, coloração inadequada, agora suor... Além de força, velocidade e coordenação motora surpreendentes. Sabe Deus o que mais. *Sintomas do quê?*

— Quer ouvir uma coisa engraçada, doutor? — Eli disse em uma voz estranhamente distante. Manteve o pulso à vista de Blake e indicou uma pequena cicatriz dupla que parecia preta em sua pele marrom-acinzentada. — Umas semanas atrás, enquanto estava ajudando na construção, não prestei atenção onde coloquei a mão. Uma cascavel me picou. — Eli riu superficialmente. — Sabe, a maldita criatura morreu.

Ele se virou, tenso, e foi até a porta, parando de rir.

— Eli? — chamou Ingraham.

— Preciso sair um pouco daqui, cara, estou ficando nervoso. Eu volto. — Eli irrompeu pela porta e se afastou da casa.

Quando Blake não conseguia mais ouvi-lo, falou para Ingraham:

— Aquilo parecia mesmo a cicatriz de uma picada de cobra.

— E que diabos você achou que era? — quis saber Ingraham. — Eu estava lá. A cascavel o picou, tentou rastejar, depois se enrolou algumas vezes e morreu. Guardamos a cauda. Chocalho de quinze anéis.

Blake concluiu que estava sendo enganado. Suspirou e se recostou em uma rejeição muda a qualquer coisa fantasiosa que se seguisse.

— Isso tudo vai ser difícil para você, doutor — disse Ingraham. — Vai querer ignorar quase tudo o que dizemos, porque nada disso faz sentido no mundo de onde você vem. Você vai negar e Rane vai tentar negar e não vai fazer a mínima diferença porque, querendo ou não, vocês três estão aqui para ficar.

PASSADO 5

Os cães estavam vencendo.

Haviam atacado quase em sincronia, selvagens, enfurecidos pelo odor estranho dele. Juntos, conseguiram derrubá-lo antes que ferisse um deles. Depois, o menor, que parecia ser um dobermann, mordeu-o no braço que erguera para proteger a garganta.

A dor foi o gatilho que o lançou na versão superativa de seu corpo modificado. Movendo-se mais rápido do que os cães podiam acompanhar, ele rolou, ficou de pé, juntou as duas mãos e derrubou o cachorro menor em pleno salto. O animal soltou um ganido agudo, caiu e ficou se contorcendo no chão.

O cão maior pulou em sua garganta. Ele se jogou para o lado, evitando os dentes, mas a fome e o cansaço cobravam o preço. Ele tropeçou, caiu. O cachorro atacou de novo. Ele sabia que, dessa vez, não conseguiria evitar, sabia que estava prestes a morrer.

Então houve um som estrondoso. Um tiro, ele identificou. O cachorro aterrissou, desajeitado e ileso, mas assustado com o som. Ouviram-se gritos humanos. Alguém puxou o cachorro antes que ele pudesse atacar de novo.

Ele olhou para cima e viu um homem de pé, perto dele, segurando uma velha espingarda. Naquele breve instante, notou que o homem estava tanto com medo dele como por ele, e que não queria machucá-lo, mas o faria, em legítima defesa; aquele homem, de acordo com sua linguagem corporal, não faria mal a nenhuma criatura indefesa.

Era o suficiente.

Ele se entregou ao cansaço, à fome e à dor. Deixando seu corpo maltratado aos cuidados do estranho de consciência antiquada e escopeta ultrapassada, desmaiou.

Quando voltou a si, estava em um quarto grande, fresco e de paredes azuis, deitado em uma cama limpa e confortável. Ele sorriu, permanecendo imóvel por algum tempo, fazendo um inventário mental de seus ferimentos já quase curados. Seu braço tinha sido mordido e lacerado em três pontos. As mãos e os braços estavam arranhados e feridos. As pernas estavam machucadas. Em parte, da escalada pelas rochas até a casa. Em parte, da escalada entre as montanhas vulcânicas e vermelhas onde havia se escondido quando a nave foi destruída. Seus músculos doíam e ele estava com sede de novo. Mas o mais importante era que estava extremamente faminto. Agora havia comida disponível. Ele podia sentir o cheiro. Alguém estava cozinhando carne de porco, um assado, pensou, o cheiro de carne saborosa se espalhara pela casa e o próprio odor parecia quase comestível. Seu corpo exigia mais alimentos do que o de uma pessoa normal e, apesar do que tinha caçado no deserto, estava com fome há dias. Agora, os aromas da comida o deixavam quase enjoado de fome.

Ele encontrou uma moringa com água e um copo na mesinha ao lado da cama. Bebeu a água toda diretamente da moringa, depois soergueu-se e olhou para si mesmo.

Tinha sido banhado e vestido com o pijama cinza de outra pessoa. Fosse quem fosse, a pessoa que tirou seu macacão e lhe banhou provavelmente estava doente. Ninguém perceberia isso antes de umas três semanas, mas, quando os sintomas começassem a se manifestar, era provável que a pessoa que o salvou fosse a um médico e transmitisse a infecção para além daquele lugar isolado. E era provável que nem a pessoa, nem o médico sobrevivessem, embora, é claro, vivessem por tempo suficiente para infectar mais pessoas. Muitas outras. Ambos transmitiriam a infecção por muito tempo antes de começarem a apresentar sintomas. O médico não reconheceria a enfermidade, provavelmente a transmitiria primeiro para a família e os amigos.

A nave tinha sucumbido, as três pessoas que ele mais amava haviam sucumbido com ela para evitar a epidemia que ele provavelmente acabava de começar. Deveria ter sucumbido também. Mas, das quatro pessoas, foi o único salvo, contra a vontade, por um instinto aprimorado de sobrevivência. Tinha sido aprisionado em seu próprio esqueleto, excluído do controle consciente de seu corpo. E se viu correndo para se proteger, salvando-se e, assim, anulando o sacrifício dos demais. Para sua tristeza, para sua imensa vergonha, ele, e somente ele, trouxera, pela primeira vez, vida extraterrestre à Terra.

O que poderia fazer agora? Será que poderia fazer alguma coisa? Tudo já não estava literalmente além do alcance de suas mãos? Já tinha sido de outra maneira?

Uma mulher entrou no cômodo. Ela era alta e magra, tinha cerca de cinquenta anos, velha demais para atrair seu interesse de forma perigosa.

— Então — disse —, você está entre os vivos outra vez. Imaginei que estaria. Quer comer?

— Sim — grasnou ele. Tossiu e tentou novamente. — Por favor, sim.

— Já vou trazer — afirmou a mulher. — A propósito, qual o seu nome?

— Jake — mentiu. — Jacob Moore. — Jake Moore era seu avô materno, um bom homem, pastor batista da velha guarda, que pregava gritando e que havia tomado a dianteira e assumido o lugar do pai quando este morreu.

Era um nome que ele não esqueceria, por mais que seu corpo o distraísse. Seu nome verdadeiro teria feito aquela mulher sair correndo até o telefone ou rádio mais próximo ou seja lá o que as pessoas naquele buraco costumavam usar para se comunicar com o mundo exterior. Ela chamaria os falsos salvadores de quem ele tinha se escondido por três dias depois da destruição da nave e sentiria ter feito a ele um grande favor. E depois, quantas pessoas ele seria levado a infectar antes que alguém compreendesse a situação?

Ou estava errado? Será que deveria se entregar? Seria capaz de contar tudo o que sabia e atirar o problema e a si mesmo no colo dos outros?

Assim que esse pensamento lhe ocorreu, soube que seria impossível. Entregar-se seria um ato de autodestruição. Ele ficaria confinado, isolado. Seria impedido de fazer a única coisa que *tinha de* fazer: procurar novos hospedeiros para os micro-organismos alienígenas que se tornaram tão fundamentais para seu corpo. Agora, o objetivo deles era o seu objetivo, e o único objetivo deles era sobreviver e se multiplicar. Toda a intensificação de força, velocidade, coordenação e habilidade sensorial servia para mantê-lo vivo e em movimento, capaz de encontrar ou gerar novos hospedeiros. Muitos hospedeiros. Talvez três em cada quatro pessoas que encontrasse morressem, mas a única que sobrevivesse, por mágica, compensaria todo o esforço.

Os organismos não eram inteligentes. Não podiam dizer a ele como se manter vivo, livre e capaz de encontrar novos hospedeiros. Mas ficariam intensamente incomodados se não o fizesse, e o incômodo deles era seu incômodo. Ele conseguia interpretar os sentimentos que causavam nele, como prazer quando fazia o que era necessário, desejável, *essencial*, ou dor quando tentava fazer o que era aterrorizante, autodestrutivo, *insuportável*. Mas o que estava realmente sentindo eram reações indiretas de avanço e recuo de milhões de minúsculos simbiontes.

A mulher o tocou para chamar a sua atenção. Trouxera uma bandeja. Ele a pegou e colocou no colo, esforçando-se, mas, no último e definitivo instante, falhou em retribuir a gentileza da mulher. Não foi capaz de poupá-la. Arranhou o pulso dela com força suficiente para fazê-la sangrar.

— Sinto muito — disse imediatamente. — As rochas... — Ele mostrou as unhas irregulares. — Desculpe.

— Não é nada — respondeu a mulher. — Eu gostaria de ouvir como você veio parar aqui, tão longe de qualquer outro povoado. Pegue. — Entregou a ele um guardanapo de linho, linho de verdade. — Limpe as mãos e o rosto. Por que está transpirando assim? O quarto está fresco.

PRESENTE 6

Em um tempo surpreendentemente curto, Meda serviu uma farta refeição. Havia um presunto inteiro (Blake se perguntou se era caseiro), várias galinhas, mais salada do que Blake imaginava ser suficiente para seis pessoas, espigas de milho, cenoura na manteiga, vagem, batatas assadas, pãezinhos... Blake desconfiava que aquela era a primeira refeição que provava que não continha quase nada que viesse em caixas, sacos ou latas. A maior parte dos alimentos nem estava temperada com sal, ele percebeu, desgostoso. Ele se perguntava se a comida estava limpa e livre de parasitas. Algum parasita, algum verme, talvez, poderia ser o responsável pela magreza daquelas pessoas? Infestações por vermes parasitários eram praticamente desconhecidas agora, mas aquelas pessoas escolheram não viver no presente. Adotaram um estilo de vida do século XIX. Talvez tivessem contraído uma doença do século XIX. Ainda assim, eram fortes e ativas. Se estivessem compartilhando os corpos com vermes, eram vermes bem incomuns.

Blake beliscou a comida mal temperada, comendo pouco. Não estava preocupado com a possibilidade de uma contaminação por vermes. Isso poderia ser resolvido facilmente uma vez que estivesse livre. E como todos se serviram das mesmas travessas, o uso seletivo de drogas na comida era impossível. Ele deixou que as meninas comessem o suficiente. E observou os sequestradores, em especial Eli, comerem quantidades prodigiosas.

Keira tentou falar com ele durante a refeição, mas o rapaz deu a impressão de que comer o mantinha muito ocupado para ouvir. Blake achou que ele exagerou um pouco no esforço de transmitir essa impressão. Eli sentia atração por Keira, isso era evidente. Blake esperava que seu afastamento significasse que estava rejeitando a atração. A garota tinha dezesseis anos, era ingênua e superprotegida. Como a maioria dos pais em enclaves, Blake tinha feito tudo o que podia para recriar o mundo seguro de sessenta anos antes, talvez, para suas filhas. Os enclaves eram ilhas cercadas por áreas residenciais amplas, apinhadas e vulneráveis atravessadas por esgotos completamente ilegais que conectavam fossas; guetos econômicos que regularmente trituravam seus habitantes e cuspiam os pedaços nas comunidades vizinhas. As garotas tinham um conhecimento apenas superficial disso. Nenhuma delas saberia como lidar com um homem adulto que as via como alvo legítimo. Nada jamais as ameaçara de verdade antes.

Meda fixava os olhos em Blake.

Devia estar fazendo isso há algum tempo. Já tinha terminado sua refeição: um frango assado inteiro, além de porções generosas de tudo o mais. Agora, mordiscava uma fatia grossa de presunto e o encarava.

— O que foi? — questionou Blake.

Ela olhou para Eli.

— Por que esperar? — perguntou.

— Deus sabe que quase não consegui — respondeu ele. — Faça o que quiser.

Ela se levantou, deu a volta na mesa, parou ao lado de Blake, olhando-o com atenção. O suor pingava de seu rosto magro de predadora.

— Vamos, doutor — murmurou.

Blake tinha medo dela. Era ridículo, mas estava com medo.

— Levante-se — ordenou ela. — Vamos. Acredite se quiser, mas não gosto de humilhar as pessoas.

O suor escorria para seus olhos, mas ela parecia não perceber. Em um instante, ela o seguraria com suas garras magérrimas. Ele se levantou, tenso pelo medo que tinha da mulher e pelo medo que tinha de demonstrá-lo. Chocou-se contra a mesa, apanhando uma faca, às escondidas, conforme pensou. A ideia de ameaçá-la com aquela coisa, talvez usá-la nela, enojava-o, mas ele a agarrou com força.

— Traga a faca, se quiser — disse ela. — Não me importo. — Ela se virou e caminhou até a porta do corredor, onde ficou, esperando.

— Pai — pediu Keira, ansiosa. — Por favor... faça o que eles mandam.

Ele a olhou, viu que ela também estava com medo.

Ela desviou o olhar do pai para Eli, mas Eli não a olhou nos olhos. Keira voltou o rosto para Blake outra vez.

— Pai, não faça com que machuquem você.

O que havia naquelas pessoas? Como eram capazes de causar medo sem fazer nada? Era como se tivessem algo além de humano. Ou eram apenas suas várias armas?

— Pai — insistiu Rane —, vá. Eles são loucos.

Ele olhou para Eli. Se as garotas fossem feridas de alguma maneira, qualquer maneira, Eli pagaria. Era quem parecia estar no comando. Podia autorizar e impedir o pior. Se não impedisse, nenhum truque de circo o salvaria.

Eli retribuiu o olhar e Blake percebeu que ele compreendia. Havia se mostrado extraordinariamente perspicaz. E agora parecia se sentir quase tão infeliz quanto Blake.

Blake se virou e seguiu Meda. Ele guardou a faca. Todos perceberam e o deixaram ficar com ela. Isso, em si, foi motivo quase suficiente para que ele a largasse. Eles conseguiram fazer com que se sentisse tolo por querer ter uma arma contra as pessoas que o raptaram junto com as filhas sob a mira de um revólver. Mas teria se sentido ainda mais tolo se tivesse abandonado a faca.

Meda o levou para um quarto nos fundos com paredes azuis, uma porta sólida e pesada e janelas gradeadas.

— Minha filha precisa de medicação — avisou, perguntando-se por que não havia falado sobre isso com Eli.

— Eli vai cuidar dela — garantiu a mulher. Blake pensou ter ouvido amargura em sua voz, mas o rosto dela era inexpressivo.

— Ele não sabe do que ela precisa.

— Ela sabe, não sabe? — Em um átimo, antes que ele mentisse, Meda assentiu. — Foi o que imaginei. Blake, me dê a faca. — Ela falou aquilo em voz baixa, enquanto trancava a porta e se virava para ele. Viu a recusa antes que ele pudesse falar. — Não queria humilhá-lo na frente de suas filhas — continuou. — Por causa da natureza humana, provavelmente você não seria capaz de me perdoar por isso tão rápido quanto vai me perdoar por... outras coisas. Mas aqui, não vou me segurar. Não tenho paciência.

— Do que você está falando?

Ela estendeu a mão tão depressa que, quando Blake percebeu que ela havia se movido, já o segurava pelo pulso com uma força quase suficiente para quebrar seus ossos. Quando ela puxou a faca de sua mão cativa, ele a golpeou. Nunca tinha socado uma mulher antes, mas estava farto dela.

Seu punho só atingiu o ar. Com uma rapidez inumana, com uma força inumana, a mulher se esquivou do golpe. Segurou o punho dele com um aperto esmagador.

Ele se inclinou sobre ela para desequilibrá-la. Ela caiu levando-o junto, amaldiçoando-o na queda. A faca ainda estava entre eles, em uma de suas mãos cativas. Ele se esforçou desesperadamente para não a soltar, acreditando que, a qualquer momento, o barulho traria um dos homens, ou ambos, até o quarto. O que fariam com ele por atacá-la? Estava empenhado. Tinha de ficar com a faca e, se necessário, ameaçar usá-la contra ela. As filhas não eram as únicas pessoas que podiam ser mantidas como reféns.

A mulher tentou tirá-lo de cima dela. Blake tinha conseguido cair por cima e pesava talvez o dobro dela. Por mais forte que fosse, parecia não saber lutar. Ela conseguiu pegar a faca e atirá-la para o lado, de modo que passasse por debaixo de uma cadeira. Com raiva, ele tentou socá-la. Desta vez, conseguiu. Ela sucumbiu.

Não estava inconsciente, apenas atordoada. Tentou inutilmente detê-lo quando ele foi buscar a faca, mas não tinha mais forças.

A faca estava cravada na parede atrás da cadeira. Antes que ele conseguisse puxá-la, a mulher estava em cima dele de novo. Dessa vez, ela o golpeou. Enquanto o homem estava semiconsciente, ela pegou a faca, abriu uma das janelas e a atirou entre as grades. Depois, voltou até ele, cambaleando, sentou-se no chão ao lado dele, abraçando os joelhos, descansando a testa contra eles. Não parecia poder enxergá-lo. Ela estava tentadoramente perto, e quando a visão dele clareou, ele ficou tentado.

— Comece com essa merda de novo e vou quebrar sua mandíbula! — resmungou ela. Estendeu-se no tapete ao lado dele, esfregando o próprio maxilar. — Se eu quebrar seus ossos, você não sobreviverá — ameaçou. — Vai acabar como aqueles malditos motociclistas. Tivemos de machucá-los porque havia muitos deles para que pudéssemos agir com calma. Todos, exceto dois, acabaram com ossos fraturados ou outros ferimentos graves. Eles morreram.

— Eles morreram dos ferimentos... ou de uma doença?

— É uma doença — afirmou ela.

— Fui infectado?

Ela virou a cabeça para olhar para ele, sorriu tristemente.

— Ah, sim.

— A comida?

— Não. A comida era apenas comida. Por mim.

— Contato?

— Não, inoculação. — Ela levantou o braço direito dele, expondo os arranhões sangrentos que havia feito. Doíam, ele percebeu, agora que ela os apontara.

— Teria feito isso mesmo se eu não estivesse com a faca? — perguntou.

— Sim.

— Tudo bem, agora que já fez isso, saia de perto de mim.

— Não, vamos conversar. Você é nosso primeiro médico. Queríamos um há muito tempo.

Blake não disse nada.

— É como um vírus — explicou. — Só que consegue sobreviver e se multiplicar por conta própria por algumas horas se houver calor e umidade.

Então, não era um vírus, pensou Blake. Ela não sabia do que estava falando.

— E gosta de se ligar às células da mesma forma que um vírus — prosseguiu ela. — Também pode se multiplicar dessa forma. Não me ignore ainda, Blake — pediu. — Não sou médica, mas tenho informações. Talvez você possa usá-las para o seu próprio bem e o de suas filhas.

Isso atraiu a atenção dele. Endireitou o corpo e transferiu-o, dolorosamente, para a antiga cadeira de balanço de madeira que havia empurrado para o lado quando tentou alcançar a faca.

— Vou ouvir — concordou.

— É um micróbio do tamanho de um vírus — disse ela. — Pode ser filtrado. Ouvi dizer que isso significa que é extremamente pequeno.

— Quem disse?

Ela pareceu surpresa.

— Eli. Quem mais?

Ele não conseguiu chegar a perguntar se Eli era médico.

— Ele foi pastor por um tempo — explicou ela, como se ele tivesse perguntado. — Um garoto pastor na virada do século, quando o país estava cheio de pastores. Depois, foi para a faculdade e se tornou geólogo. Casou-se com uma médica.

Blake franziu a testa.

— O que vai me dizer agora? Que vocês são telepatas?

Ela balançou a cabeça.

— Gostaria que fôssemos. Lemos a linguagem corporal. Vemos coisas que vocês nem sequer percebem, coisas que não percebíamos antes. Não nos esforçamos para isso, não é consciente. Entre nós, é uma forma de comunicação. Com estranhos, é uma proteção.

— Por que vocês não buscaram um tratamento?

— Que tratamento?

— Vocês não tentaram nenhum tratamento, tentaram? E a esposa de Eli? Ela não...

— Ela morreu. A doença a matou.

Blake olhou para ela.

— Meu Deus. E você a transmitiu para mim de propósito?

— Sim — admitiu ela. — Sei que não faz sentido para você. Não fazia para mim, antes. Mas agora... uma hora vai compreender. E quando acontecer, espero que aceite nosso modo de vida. É difícil demais quando as pessoas não aceitam. Como ver uma das minhas crianças se dar mal.

Blake tentou compreender aquilo. Antes que ele desistisse dela outra vez, Meda se levantou e foi até ele.

— Não precisa entender agora — disse. — Por enquanto, apenas ouça e faça perguntas, se quiser. Finja que acredita em mim. — Ela tocou o rosto dele. Enojado, ele pegou a mão dela e a afastou. Sua face doía um pouco, e ele percebeu que ela o havia arranhado de novo. Ele tocou o rosto e depois notou a mão ensanguentada.

— Que diabos você vai fazer? — exigiu saber. — Continuar me arranhando enquanto conseguir encontrar alguns centímetros de pele intacta?

— Não é tão ruim — disse ela, com brandura. — Não entendo por quê... talvez você entenda... mas pessoas infectadas com ferimentos do pescoço para cima adoecem mais depressa. E pessoas infectadas a quem damos muita atenção geralmente sobrevivem. O organismo não usa as células da mesma forma que um vírus. Ele se combina a elas, convive com elas, só as altera um pouco. Eli diz que é um simbionte, não um parasita.

— Porém mata — reiterou Blake.

— Às vezes. — Ela parecia se defender. — Às vezes, as pessoas se esforçam para morrer. Aqueles motociclistas, por exemplo... Cuidei de Orel... Ingraham, quero dizer. O primeiro nome dele é Orel. Ele o detesta. De qualquer forma, cuidei dele. Ele não gostava muito de mim na época, mas aceitou. Sobreviveu muito bem. Mas o outro motociclista que tinha chance era um verdadeiro canalha. Foi Lupe que ficou com ele, mas ele sempre tentava matá-la... Estrangulamento, sufocamento, espancamento... Quando tentou atear fogo nela enquanto dormia, ela ficou com raiva e bateu nele com muita força. Quebrou o pescoço dele.

Blake deixou a maior parte do relato para consideração posterior e se concentrou em uma implicação.

— Está planejando dormir aqui? — quis saber.

Ela sorriu.

— Acostume-se com a ideia. Afinal, não posso exatamente estuprar você, posso?

Ele não respondeu. Estava pensando nas filhas.

Ela respirou fundo, tocou a mão dele sem arranhá-la.

— Sinto muito — falou. — Já me disseram que às vezes tenho a sensibilidade de um rochedo de granito. Ninguém aqui estupra. Ninguém aqui vai levar suas filhas para a cama contra a vontade delas.

— Isso é o que você diz!

— É verdade. Nossos homens não estupram. Não precisam disso.

— Vocês não precisavam fazer nada do que fizeram.

— Precisávamos. Como eu disse, um dia você vai entender. Por enquanto, só tem de aceitar o que conto. Fomos alterados, mas temos ética. Não somos animais.

Blake pensou que eram exatamente isso, mas ficou calado. Não adiantava discutir com ela. Mas Rane e Keira… O que estava acontecendo com elas?

Meda pegou uma cadeira da mesa, do outro lado do quarto, e a aproximou, para se sentar perto dele. Blake a observou girando o corpo magro de um lado para outro. Ela se movia como um homem. Devia ter sido uma mulher de aparência poderosa antes da enfermidade. Ainda assim, a enfermidade a reduzira a uma magreza resistente. O que faria com Keira, que não tinha peso para perder, que já tinha uma doença que a estava matando aos poucos?

Meda se sentou e pegou as mãos dele.

— Eu gostaria que pudesse acreditar em mim — disse. — Este é o pior momento para você. Gostaria de poder ajudar mais.

— Ajudar! — Ele puxou as mãos, repugnado. Ela ainda estava suando muito. Em um quarto fresco, estava encharcada. E, sem dúvida, a transpiração estava carregada de organismos patogênicos. — Você já "ajudou" o bastante!

Ela enxugou o rosto e deu um sorriso sombrio.

— Você ainda desperta o pior em mim. Não parece ou cheira como um de nós, como uma pessoa infectada... ainda.

— Cheirar?

— Oh, sim. Parte da sua linguagem corporal, parte da sua identidade é o seu odor. E um dos primeiros sintomas será sentir o cheiro de coisas que nunca notou conscientemente antes. Eli encontrou este lugar pelo faro. Estava perdido no deserto. Tínhamos água, e ele sentiu o cheiro.

— Ele veio para cá? Esta casa era sua, na época?

— ... sim.

Blake se perguntou sobre a súbita tristeza dela, mas não tinha tempo de questioná-la sobre isso. Tinha algo mais importante a perguntar.

— De onde ele veio, Meda? Onde pegou a doença?

Ela hesitou.

— Olhe, vou te dizer, se você quiser. Meu trabalho é te explicar as coisas. Mas há coisas que precisa entender antes que eu fale sobre Eli. Primeiro, como eu disse, arranhei seu rosto agora para que você fique doente logo. A maioria das pessoas leva cerca de três semanas para começar a apresentar sintomas.

Às vezes um pouco mais. Você os sentirá bem antes... e deve se tornar capaz de contagiar em alguns dias.

— Isso pode significar que vou morrer mais depressa — disse Blake.

— Não vou desistir de você tão facilmente — afirmou ela. — Você vai conseguir!

— Por que apressou as coisas para mim?

— Temos medo de você. Queremos você do nosso lado porque pode nos ajudar a salvar outros convertidos... É assim que Eli os chama. Nós... nós nos importamos com as pessoas que perdemos. Mas temos que ter certeza a seu respeito, e não podemos antes que seja um de nós. No momento, você está em algum ponto intermediário. Ainda não é um de nós, mas... também não é mais normal. Se escapasse agora e conseguisse achar outras pessoas, acabaria transmitindo a doença a elas. Você a espalharia a todas as pessoas que tivesse contato, e não seria capaz de ficar para ajudá-las. Ninguém consegue lutar contra essa compulsão sozinho. Precisamos uns dos outros.

— Eli contava com quem? — Blake perguntou. — A esposa?

— Ele não tinha ninguém. Esse era o problema. Mas antes de entrar nisso, quero ter certeza de que entende que não tem como sair daqui sem começar uma epidemia. A compulsão diminui um pouco depois do adoecimento. É provável que então tenha controle suficiente para ir à cidade comprar as coisas que precise e que não carregue naquela maleta computadorizada que Eli diz que você tem.

— Comprar insumos médicos?

— Sim.

— Vão confiar em mim a ponto de me deixar ir para a cidade?

— Sim, mas ninguém viaja sozinho. Fica-se muito tentado a causar danos. Blake, você nunca vai se sentir confortável entre pessoas comuns de novo.

Ele não sabia como se sentiria se acreditasse nela. Mas, na verdade, pretendia aproveitar qualquer oportunidade que surgisse para escapar. Não pretendia passar a vida como o esquálido portador de uma doença terminal. No entanto, estava com medo. Parte do que Meda havia dito sobre a doença fez com que se lembrasse de outra enfermidade... sobre a qual lera anos antes. Não conseguia se lembrar do nome. Era algo que as pessoas não contraíam mais... algo antigo e fatal que as pessoas contraíam de animais. E os animais se esforçavam para espalhá-lo. O nome lhe ocorreu de repente: raiva.

Ela o observou, calada.

— Você não acredita em mim, mas está com medo — afirmou. — É um começo. Há muito o que temer.

Ele reprimiu o impulso de negar ou justificar o medo.

— Você ia me contar sobre Eli — falou.

Ela assentiu.

— Você se lembra daquela nave de anos atrás... a *Arca de Clay*?

— A *Arca*? Está falando da nave estelar?

— É. Tecnologia de ponta, testada para diabo, e mesmo assim explodiu quando voltou do Sistema Centauri. As pessoas descobriram que as coisas foram apressadas porque os cientistas queriam mostrar algo impressionante para evitar perder o financiamento de novo. Pelo menos, foi isso que li. A *Arca* caiu a cerca de cinquenta quilômetros daqui. Era para pousar em uma das estações espaciais ou na Lua, mas voltou direto para cá. E antes que explodisse, Eli escapou.

— Eli...? O que você está dizendo?

— O nome dele é *Asa* Elias Doyle. Ele era o geólogo da nave. Caso não tenha notado, ele pode abandonar aquele sotaque idiota quando quer. A doença vem do segundo planeta de Proxima Centauri. Matou dez pessoas de uma tripulação de catorze. Acho que mais pessoas teriam sobrevivido, mas eles começaram a isolar todo mundo que adoecia. Depois, descobriram que precisavam imobilizá-las para que se mantivessem isoladas. — Ela estremeceu. — Isso significava morte lenta por tortura.

"Enfim, quatro pessoas sobreviveram e voltaram para cá. Acho que tiveram de voltar. A compulsão as norteou. Mas alguma coisa deu errado no pouso. Talvez, pela primeira vez, alguém conseguiu resistir à compulsão. A nave foi destruída. Apenas Eli conseguiu escapar. Mas, de certa forma, isso não fez diferença. Ele trouxe Proxi 2 até nós, da mesma forma que uma tripulação de catorze pessoas poderia ter trazido. E agora... agora é algo tão terrestre quanto você e eu."

PASSADO 7

Alguns minutos de escuta atenta disseram a ele que havia mais sete pessoas compartilhando a casa isolada de madeira e pedra com ele. Havia dois filhos homens e adultos e uma filha de vinte anos, que tinham passado a noite em Barstow. Havia a mãe, que trouxera a comida e havia sido gentil, e as jovens esposas dos filhos, que estavam ansiosas para que as demais casas fossem concluídas. Havia o patriarca grisalho da família, um homem austero que acreditava em um Deus antiquado, colérico, e que sabia usar uma escopeta. Ele se lembrou disso quando conheceu a filha. Meda era o nome dela.

Meda se apresentou entrando no quarto onde fora acolhido, no momento em que ele vestia um par de calças emprestado. E em vez de recuar quando viu que ele estava se vestindo, ela ficou para observar. Ele ficou tão feliz por não ser a mulher da noite anterior, a mulher cujo cheiro o deixou paralisado em frente à janela, que a ousadia de Meda não o incomodou. Ela tinha um cheiro muito mais interessante do que o de um homem, mas ainda não havia chegado àquele momento perigoso de seu ciclo. Era grande como a mãe, talvez tivesse um metro e oitenta de altura, e cheia, enquanto a mãe estava começando a demonstrar a magreza de uma idosa. Meda tinha cabelos castanhos, era muito bronzeada e de aparência forte. Devia estar acostumada ao trabalho duro.

Ela olhou para ele com curiosidade e foi incapaz de esconder a decepção com seu corpo magro e musculoso. Ele não a culpava. Ele próprio estava desgostoso com a aparência, embora soubesse o quanto era enganosa. Fora bonito no passado. As mulheres nunca foram problema para ele.

Aquela mulher, no entanto, já era um problema. Sua expressão mostrava que ela o reconhecia. Algo totalmente inesperado: que alguém, naquele lugar ermo, pudesse estar a par das atualidades a ponto de saber a aparência de um dos catorze astronautas. Infelizmente, seu rosto havia mudado menos do que o resto. Sempre fora um rosto magro. E, com o retorno da *Arca*, devia ter ocorrido uma ampla retransmissão e reimpressão de fotos antigas. Aquela mulher provavelmente tinha acabado de ver várias delas em Barstow.

— Como você perdeu tanto peso? — perguntou, enquanto ele colocava a camisa. As roupas pertenciam a Gabriel Boyd, o pai da família. Ele também era magro, embora não tão alto. A calça ficou muito curta. — Parece que você não come há semanas — disse Meda.

— Estou com fome — admitiu ele.

— Minha mãe contou que você comeu o suficiente para duas pessoas.

Ele encolheu os ombros. Ainda estava com fome. Teria de fazer algo sobre isso em breve.

— Não temos videofone — falou ela —, nem telefone, nem mesmo rádio.

— Tudo bem. Não quero ligar para ninguém.

— Por que não?

Ele não respondeu.

— O que você quer? — perguntou ela.

— Quero que saia daqui antes que seu pai ou um de seus irmãos imaginem algo errado.

— Este é o meu quarto.

Isso não o surpreendeu. O quarto não parecia pertencer a uma jovem. Não havia roupas à vista, nem perfume ou maquiagem, nenhum enfeite. Mas tinha o cheiro dela. A cama tinha o cheiro dela.

— Passei a noite em Barstow com meus irmãos — explicou ela. — Há alguns suprimentos que não se pode confiar que meus irmãos comprem, mesmo tendo uma lista. — Ela lhe deu um sorriso triste. — Por isso fui para a cidade grande.

— Barstow? — Como a maioria das cidades do deserto, era um lugar onde faltava água e que vinha encolhendo há anos, não que algum dia tenha sido grande.

— Qualquer coisa maior seria pecado. Poderia me tentar ou me contaminar, ou algo assim. Sabe, só estive em Los Angeles duas vezes na vida.

Ele enxugou o rosto molhado com as mãos pingando. Ela não sabia como o tentava a contaminá-la. Tinha a compulsão de tocá-la, talvez pegar as mãos dela, arranhá-la ou mordê-la, se ela se afastasse. Sexo teria sido muito satisfatório com ela também, embora não tão satisfatório quanto no momento em que estivesse no período fértil. Ela não era o tipo de mulher que o teria atraído antes. Agora tudo o que uma mulher precisava fazer para atraí-lo era exalar um aroma incontaminado.

Ele desviou o olhar dela. O suor encharcava sua roupa emprestada.

— Não está perdendo nada por ficar longe das cidades — garantiu.

Ele nascera em uma área residencial supostamente de classe média daquela Los Angeles vasta e fatal, que ela queria conhecer melhor, e, não fosse pelo avô, provavelmente teria morrido ali mesmo. Muitas das pessoas com quem ele cresceu morreram de excesso de Los Angeles. Uma garota como aquela, que não era bonita, ávida por atenção e emoção, não sobreviveria um ano em Los Angeles.

— Aqui mal temos água encanada — reclamou ela.

Tola. Ela tinha água limpa e doce ali, de uso irrestrito. Na fedorenta Los Angeles, teria uma quantidade limitada de água oceânica insípida, dessalinizada, purificada e cara. Em Los Angeles, era possível saber a quantidade de dinheiro de alguém pelo cheiro, ruim ou não, exalado.

— Você não sabe a sorte que tem — disse a ela. — Mas se é maluca o suficiente para querer experimentar a vida na cidade, por que não se muda?

Ela deu de ombros, parecendo surpreendentemente jovem e vulnerável.

— Tenho medo — admitiu. — Acho que ainda não cortei o cordão umbilical. Mas estou trabalhando nisso. — Ela ficou em silêncio por um instante, depois disse: — Asa?

Ele olhou torto para ela.

— Garota, até meus inimigos são ajuizados o bastante para não me chamar assim.

— Elias então — sugeriu, sorrindo.

— Eli.

— Tudo bem.

— Você vai contar a alguém?

— Não.

Era verdade. Ela estava gostando muito de ter um segredo para revelá-lo. Agora ele precisava mantê-la calada.

— Por que está aqui? — perguntou ela. — Por que não está sob interrogatório ou em um desfile pelas ruas de alguma cidade grande ou coisa assim?

Por que ele não estava em isolamento, ela queria dizer. Por que ele não estava esperando, lutando com um sofrimento que ninguém, além dele, poderia entender, enquanto uma dúzia de médicos descobria como ele era um homem perigoso? Por que não morrera em uma tentativa de fuga? E, considerando a perda da nave, a riqueza de informações que continha, a tripulação congelada, morta, e a tripulação doente e viva, interrogatório era um nome risivelmente suave ao que ele seria submetido.

— Qual é o problema? — Meda perguntou, em tom baixo. Ela tinha uma voz alta, nada apropriada a uma fala branda, mas conseguiu. Havia se aproximado. Por Deus, por que ela não ia embora? Por que ele não a mandava embora ou saía ele mesmo dali?

Ela tocou o braço dele.

— Você está bem?

O corpo dele entrou no automático. Fora de controle, ele segurou a mão dela. Conseguiu não a arranhar, e tentou se sentir bem com isso, até ver que ela tinha uma pequena escoriação nas costas da mão. Aquilo era o suficiente. O toque provavelmente teria sido suficiente, de qualquer maneira. Mais cedo ou mais tarde, ela comeria algo com aquela mão ou coçaria o lábio ou limparia a boca, ou coçaria ou lamberia a mão para acalmar a leve sensação de prurido que a contaminação às vezes provocava. E o organismo da doença podia sobreviver na pele por horas, apesar da lavagem normal, fortuita, das mãos. Qualquer pessoa que ele tocasse estava praticamente condenada, de um jeito ou de outro.

— Por que suas mãos estão úmidas? — perguntou ela. E, como ele não respondeu, ela as examinou. Ele esperava que a menina as largasse, com nojo, mas ela não parecia enojada. Era uma garota grande e forte. Talvez conseguisse se salvar. Talvez ele pudesse salvá-la, se ficasse ali.

Ele se lembrou da tentativa, em vão, de salvar a esposa, Disa. Era uma mulher baixa, esguia, sem peso a perder, mal tinha tamanho suficiente para se qualificar para o programa espacial. A doença a havia consumido viva. Era uma das médicas da missão e, antes de morrer, ela e Grove Kenyon, a outra médica, descobriram que o organismo da doença causava mudanças que poderiam ser benéficas, caso o hospedeiro sobrevivesse ao ataque inicial. Os hospedeiros sobreviventes tornaram-se totalmente resistentes a doenças mais convencionais e eram mais eficientes na execução de certas funções especializadas. A toxina excretada pelo organismo da doença, porém, era uma ameaça à vida. Não era de surpreender que o corpo humano não tivesse defesa contra ele. Mas, com o tempo, o organismo mudava, adaptava-se e encorajava quimicamente o hospedeiro a se adaptar. Seus subprodutos deixavam de ser tóxicos para o hospedeiro, que deixava de reagir tão fortemente às necessidades sexuais e à consciência sensorial aumentadas, efeitos inevitáveis da doença. O tempo necessário para sobrevivência durante adaptação era garantido por novos organismos da mesma doença — novos organismos introduzidos após uma modificação significativa. Esses novos organismos não adaptados rapidamente eram consumidos, neutralizando os resíduos tóxicos dos antigos. Assim, os novos organismos tinham que ser substituídos com frequência. O corpo hospedeiro era um ambiente hostil para eles, já ocupado, reivindicado, quimicamente marcado por outros de sua espécie. A neutralização de toxinas era um mero esforço automático para sobreviver naquele ambiente hostil.

Mas os organismos invasores originais provocavam uma reação e tanto no início. Por outro lado, se não estivessem estabelecidos, se os novos organismos fossem introduzidos muito cedo, apenas se tornariam parte da invasão original e o hospedeiro, o paciente, não ficava em situação melhor nem pior.

As escassas estatísticas fornecidas pela tripulação e as poucas cobaias animais que conseguiram criar a partir de embriões congelados pareciam corroborar as descobertas. Os quatro tripulantes sobreviventes foram reinfectados várias vezes. Não houve sobreviventes entre os primeiros membros da tripulação atingidos, que foram isolados e imobilizados. Suas funções vitais eram continuamente monitoradas e restauradas quando falhavam. Mas o cérebro de todos por fim parava de funcionar.

A reinfecção, portanto, era a resposta. Ou *uma* resposta. Uma resposta parcial. Sem ela, todos morriam. Com ela, alguns sobreviviam. Disa havia morrido. Meda era obviamente mais forte. Talvez conseguisse sobreviver.

PRESENTE 8

Meda buscou a maleta a pedido de Blake e permitiu que ele a examinasse. Até permitiu que ele limpasse os arranhões que ela havia feito no braço e no rosto dele, embora tenha avisado que de nada adiantaria. Comentou que nunca adiantara quando alguém fora infectado antes. Os organismos eram agressivos e rápidos. Blake tinha a doença.

Ela ou alguma outra pessoa havia descoberto e sabotado o botão de emergência com uma daquelas novas colas permanentes. No caso delas, permanente significava mesmo permanente. Ele não conseguiria usar a maleta para pedir ajuda. Fora isso, a maleta estava intacta. Para o bem de Keira em particular, era uma das melhores. O microscópio provavelmente permitiria que observasse o organismo da *Arca de Clay*, mesmo que fosse tão pequeno quanto Meda havia contado. Ele precisava de todas as informações que pudesse obter antes de escapar. Não se tratava apenas de querer transmitir a informação. Agora também precisava saber sobre quaisquer fraquezas que aquelas pessoas tinham. Parecia vantagem demais para ser verdade em todos os sentidos, exceto na aparência. Ele tinha que encontrar algo que pudesse usar contra elas.

— Teria sido bom tê-lo aqui quando tive meus bebês — Meda comentou enquanto ele media a pressão arterial dela.

— Você não teve acompanhamento médico? — perguntou ele. Verificou o pulso.

— Não. Só Eli e Lorene, minha cunhada. Não trazemos ninguém para cá que não tenhamos planos de manter. E não ousei ir a um hospital. Imagine quantas pessoas eu infectaria.

— Não se dissesse a verdade.

Ela observou enquanto Blake tirava sangue de seu braço esquerdo. O conteúdo foi direto para um analisador, como todas as outras amostras dela.

— Eles me colocariam em uma maldita gaiola — rebateu ela. — E meus bebês também. Eles nasceram com a doença, sabe?

— Tiveram algum problema especial?

Ela virou a cabeça para olhar diretamente para ele.

— Nenhum — respondeu, sem se esforçar para esconder o fato de que estava mentindo.

— E quanto a você? — Blake perguntou, com delicadeza. — Partos fáceis?

— Sim — disse. Sua defesa desapareceu. — O primeiro realmente me surpreendeu. Quer dizer, eu estava assustada. Esperava enfrentar uma agonia, e não lido muito bem com a dor. Mas o bebê saiu sem nenhuma dificuldade. Senti como se fossem cólicas.

— Você teve sorte por não ter tido nenhuma emergência. Posso ver as crianças?

— Não até que esteja seguro, Blake.

— Seguro?

— Quando você ficar bom novamente, depois dos primeiros sintomas, então não teremos nada com que nos preocupar. Mostraremos o que você quiser.

Ele franziu a testa.

— Pensa que eu machucaria uma criança?

— Provavelmente não — respondeu ela. — Mas você está no estágio em que busca por fraquezas, e Jacob e Joseph seriam uma fraqueza e tanto. Se você se valesse deles, teríamos que matá-lo. Queremos você vivo, Blake.

Ele desviou o olhar em crescente desespero. Eles realmente eram bons demais, sempre um passo à frente. Quantas vezes tinham feito aquilo, sequestrar pessoas, fazê-las desaparecer do mundo externo. Ele teria de vencê-los em um jogo que conheciam perfeitamente. Mas como?

Meda esfregou o braço dele com a mão molhada.

— Viu — disse —, aqui não é tão ruim. Você pode fazer um bem enorme, talvez um bem maior do que poderia fazer em qualquer outro lugar. Pode nos ajudar a prevenir uma epidemia.

— É só questão de tempo até que sua doença fique fora de controle — arguiu ele.

— Nós evitamos que isso acontecesse por mais de quatro anos.

— No entanto, pode acontecer amanhã.

— Não! — Ela se levantou e começou a caminhar. — Realmente não posso fazer que entenda até que você sinta, mas nós enlouqueceríamos se fôssemos enjaulados. Provavelmente nos mataríamos tentando escapar. A compulsão nos mantém sempre no limite. Eli diz que estamos nos agarrando a nossa humanidade pelas unhas. Não tenho sequer certeza de ainda estarmos nos agarrando a ela. De certa forma, sou mais realista do que ele. Mas talvez precisemos de um pouco desse idealismo. Deus sabe como ele o preservou. — Ela olhou para Blake. — Ele é o pai dos meus filhos, sabe?

— Imaginei — falou Blake.

— Ele nos ajuda a continuar, mesmo que seja tudo uma ilusão. Livre-se dessa ilusão e o que resta é algo com o qual ninguém gostaria de lidar. Você vai ver.

— Se o verniz de humanidade de vocês é tão fino — disse Blake —, é apenas uma questão de tempo até que alguém descubra isso. E, se o que me contou sobre a doença for verdade, uma pessoa pode infectar centenas de outras, e essas centenas podem infectar milhares, tudo isso antes que a primeira vítima comece a apresentar sintomas e perceba estar doente.

— Sua estimativa é conservadora — apontou ela. — Agora entende por que tem de ficar aqui? *Você* poderia se tornar essa pessoa.

Ele não rebateu. Ele escaparia e iria a um hospital. Simples assim.

— Gostaria que você se despisse — falou Blake. Tinha acabado de coletar um pouco do suor dela e de tirar, quase sem causar dor, uma amostra da carne. O analisador encontrou algo incompreensível em ambos, provavelmente a mesma coisa que havia encontrado no sangue e na urina.

"Micróbios não identificáveis", anunciava a telinha. O aparelho conseguiu mostrar a ele minúsculos organismos semelhantes a aranhas na carne dela, alguns deles apanhados no ato de se reproduzir junto com as células, *como parte das células*. Não eram um tipo de vírus. Segundo o computador, eram organismos mais complexos e independentes. Ainda assim, ocupavam as células humanas de um modo que não deveria ser possível, como plasmídeos invadindo e ocupando bactérias. Mas aqueles organismos dificilmente eram plasmídeos, pequenos anéis solitários de DNA. Eram organismos mais complexos em busca de um hospedeiro melhor do que bactérias e que conseguiam se combinar à presa sem matá-la. No entanto, alteravam ligeiramente, sutilmente, célula por célula. Da maneira mais básica possível, eles haviam adulterado o genoma de Meda. Ela não era mais humana.

— Os que vivem no cérebro não têm perninhas. Cílios, quero dizer — comentou Meda por cima do ombro de Blake.

— O quê?

— Eli me disse que eles também entram nas células do sistema nervoso. Parece assustador, mas não há nada que possamos fazer a respeito. Acho que só mesmo afetando o cérebro para nos alterar assim.

Ela não sabia como havia sido alterada. Haveria alguma esperança de reverter tamanha mudança? Devia haver, pelo bem de suas filhas.

— Eli e eu costumávamos conversar muito sobre isso — contou. — Queria que eu soubesse tudo o que ele sabia, caso alguma coisa acontecesse com ele. Contou que a esposa dele e a outra médica fizeram autópsias nos tripulantes que morreram antes delas. Encontraram pequenos organismos redondos no cérebro de cada um deles.

— Raiva, de novo — murmurou Blake. Mas não. A raiva era causada apenas por um vírus, evitável e curável.

— A esposa de Eli tentou produzir anticorpos — disse Meda. — Não funcionou. Não lembro o que mais ela tentou. Não entendi, mesmo. Mas nada funcionou, exceto a reinfecção. Descobriram isso por acidente. E funciona melhor de pessoa para pessoa do que quando se usa uma seringa. Talvez seja apenas psicológico, mas não nos importamos. Faremos qualquer coisa que funcione. É por isso que estou aqui com você.

— Você está aqui para tentar fazer de mim um bom transmissor — respondeu ele.

Ela deu de ombros.

— Ou isso ou você morre. Eu preferiria viver.

Havia outra resposta. Tinha de haver. Ele não conseguia encontrá-la apenas com sua maleta, mas outros, pesquisadores com computadores de laboratório, mais cedo ou mais tarde, encontrariam respostas. Primeiro, porém, precisavam estar cientes das perguntas.

Ele se virou para Meda e viu que ela havia se despido. Surpreendentemente, parecia menos magra sem as roupas. Mais como a fêmea humana que não era. Como seriam os filhos dela?

Ela sorriu.

— Todas as minhas roupas são muito grandes — falou. — Eu pareço um monte de varetas quando as coloco, eu sei. Talvez agora eu compre algumas peças novas, na próxima vez que estiver na cidade.

Ele ignorou a implicação óbvia, mas não pôde ignorar a forma como ela continuava lendo-o. Desenvolveu um medo tão irracional de que ela estivesse lendo sua mente, de que nunca seria capaz de esconder dela um plano de fuga. Tentou se livrar da sensação enquanto prosseguia com o exame. Ela não disse mais nada. Blake teve a impressão de que ela o estava poupando, agradando-o.

Pediu para examinar outras pessoas da comunidade quando terminou o exame dela, mas Meda ainda não estava disposta a compartilhá-lo com nenhuma outra pessoa.

— Comece a examiná-los amanhã, se permitirem — disse. — Você terá um cheiro diferente. Menos sedutor.

— Sedutor?

— Quero dizer que terá um cheiro mais parecido com o nosso. Ninguém terá nenhum prazer especial em tocar em você. — Ela havia vestido as roupas largas e feias de novo. — É sexual — adicionou. — Ou melhor, parece sexual. Tocar em você é quase tão bom quanto trepar. Seria bom mesmo se eu não gostasse de você. Se não fossem pessoas como você, que pegamos e mantemos aqui, nunca conseguiria me controlar o suficiente para ir à cidade. Sem uma válvula de escape... é doloroso e enlouquecedor, meio frenético, quando há muitas pessoas não convertidas por perto. Tenho sonhos em que me vejo de repente andando em meio a uma multidão, talvez em uma rua de cidade grande. Andando em meio a uma multidão em que não tenho escolha a não ser continuar tocando as pessoas. Não sei se posso chamar isso de pesadelo ou não. Estou no automático. Apenas acontece.

— Você gostaria que acontecesse — disse ele, observando-a.

— Merda! — respondeu ela, subitamente irritada. — Se eu quisesse que acontecesse, aconteceria. Pegaria o carro e dirigiria. Poderia infectar pessoas em todas as cidades, daqui até Nova York. E faria exatamente desse jeito se tivesse de sair desse lugar um dia. Não haveria ninguém para me ajudar, para me impedir. — Meda hesitou, então se sentou na cama ao lado dele. Blake conseguiu não recuar quando ela pegou sua mão. Estava recebendo informações dela. Deixaria que ela o tocasse enquanto continuasse falando.

— Você precisa entender — pediu. — O modo como controlamos nosso crescimento é muito difícil. Só conseguimos fazer isso porque estamos muito isolados. Mas se você fugir, com ou sem suas filhas, nós teríamos que fugir também antes que você pudesse mandar pessoas para nos acossar aqui. Não sei para onde iríamos, mas é provável que teríamos que nos separar. Agora imagine, por exemplo, Ingraham sozinho pelo mundo. Ele era tenso antes, um maldito indisciplinado. Ele não treme porque tem mais coisas erradas com ele do que com o restante de nós. Treme porque está se segurando quase o tempo todo. Ele respeita Eli e ama Lupe. Ela vai dar à luz o bebê dele. Mas se obrigá-lo a sair daqui, e sozinho, ele vai começar uma epidemia inacreditável.

— E está dizendo que a culpa será minha — falou Blake com raiva. Ela o estava coagindo. Tudo o que dizia tinha a intenção de impedir sua saída por outra via.

— Faremos *qualquer coisa* para não sermos presos — afirmou ela. — Farei *qualquer coisa* para evitar que meus filhos sejam tirados de mim.

— Ninguém levaria seus...

— Cala a boca! Levariam. Levariam e os tratariam como coisas. Se os matassem, por acidente ou de propósito, teriam apenas resolvido um dos problemas.

— Meda, escute...

— Então, se você tem medo de uma epidemia, *doutor*, nem pense em nos deixar. Mesmo se espalhar a notícia, não poderá nos deter. — Ela mudou de assunto bruscamente. — Estou morrendo de fome. Quer comer alguma coisa?

Ele ficou desorientado por um momento.

— Comida?

— Nós comemos muito. Vai ver.

— E se não comessem? — perguntou, imediatamente alerta. — Quero dizer, eu não conseguiria ingerir a refeição que vi você comer poucas horas atrás. E se comessem normalmente?

— Nós comemos normalmente... para nós.

— Você sabe o que eu quis dizer.

— Sim, eu sei. Você ainda está procurando fraquezas. Bem, encontrou uma. Nós comemos muito. Agora, o que vai fazer? Destruir nosso suprimento de comida? — Ela materializou uma chave de algum lugar, aparentemente por mágica. As mãos dela eram de fato mais rápidas que os olhos dele. — Nem pense em fazer nada com a comida — disse. — Algum dia vou contar o cheiro que pessoas como você têm para meus filhos. — Saiu batendo a porta.

Voltou algum tempo depois, trazendo um sanduíche de presunto e uma salada de frutas.

— Gostaria de ver minhas filhas — pediu Blake a ela.

— Vou ver — respondeu Meda. — Talvez consiga trazer uma delas por alguns minutos.

A cooperação dela o agradou, mas não o surpreendeu. Ela tinha os próprios filhos e percebia que a preocupação dele era sincera; não havia razão para suspeitar daquela preocupação.

Blake estava deitado, cansado e assustado, agarrando-se ao esqueleto de um plano de fuga quando Eli trouxe Keira.

Keira parecia calma. Eli a deixou ali sem dizer uma palavra. Ele a trancou lá dentro e provavelmente ficou ouvindo do lado de fora.

— Você está bem? — perguntou Blake.

Ela respondeu à pergunta que ele pretendia fazer, não à que ele havia feito.

— Ele não encostou em mim — falou. Ela não se sentou, mas ficou no meio do quarto, olhando para Blake. Ele retribuiu o olhar, percebendo que, para o bem dela, também não poderia encostar nela. Uma coisa tão simples e tão terrível. Ele não podia encostar nela.

— Ele disse que Meda lhe arranhou — sussurrou ela.

Blake assentiu.

— Ele me contou sobre a doença e... onde a pegou. Eu não sabia o que pensar. Você acredita nele?

— "Nela", no meu caso. — Blake olhou para a noite do deserto pelas grades da janela. — Acredito. Talvez não devesse, mas acredito.

— Rane sempre diz que eu acredito em qualquer coisa. No começo, eu estava com medo de acreditar. Mas agora acredito.

— Você viu Rane?

— Não. Pai?

Blake desviou o olhar do brilho da lua cheia, encontrou os olhos dela e percebeu que em um instante Keira viria até ele, com doença ou sem doença.

— Não! — disse bruscamente.

— Por quê? — indagou. — Que diferença faz? Alguém vai encostar em mim mais cedo ou mais tarde, de qualquer maneira. E mesmo que não encoste, eu provavelmente já peguei a doença... da salada, do pão, dos móveis ou dos pratos... Qual é a diferença? — Ela enxugou as lágrimas com raiva. Costumava chorar quando era contrariada, querendo ou não.

— Por que ele não encostou em você?

Ela olhou para Blake, desviou o olhar.

— Ele gosta de mim. Tem medo de me matar.

— Eu me pergunto por quanto tempo isso vai detê-lo.

— Por pouco. Ele obviamente está se sentindo péssimo. Mais cedo ou mais tarde, ele vai me agarrar.

Blake abriu a maleta de novo, ligou-a e digitou em um formulário de prescrição: "VOCÊ ESTÁ TRANCAFIADA?". Continuou digitando: "AS JANELAS TÊM GRADES?".

Ela balançou a cabeça e moveu os lábios:

— Sem grades.

"ENTÃO PODE ESCAPAR!"

— Sozinha? — balbuciou. Balançou a cabeça.

"VOCÊ PRECISA!", ele digitou. "ÀS DUAS DA MANHÃ, VOU TENTAR. QUERO QUE VÁ COMIGO!"

Em voz alta, disse:

— Não posso ajudar você, Kerry.

— Eu sei — sussurrou. — Na maior parte do tempo, não estou preocupada comigo. Estou preocupada com você e Rane. Nem sei onde ela está.

Ele começou a digitar silenciosamente novamente: "ENTÃO ESCAPE SOZINHA! ELES ACHAM QUE VOCÊ É INDEFESA. SERÃO DISPLICENTES COM VOCÊ".

Ela balançou a cabeça enquanto lia as palavras.

— Não posso — balbuciou. — Não posso!

— Está sentindo alguma dor? — perguntou ele em voz alta. — Tomou seu remédio?

— Nenhuma dor — disse ela, baixinho. — Estava com um pouco de dor, mas contei a Eli e ele pegou meu remédio no carro. Ele usou o que chamou de luvas da cidade. — Ela olhou para a porta. — Explicou que, se não tomasse cuidado, poderia transmitir a doença apenas pagando pelos mantimentos. Todos eles têm que usar luvas especiais quando vão à cidade.

— Ainda assim, transmitem a doença de propósito para pessoas como nós — falou Blake. Apagou tudo o que tinha digitado e começou de novo, em um formulário limpo: "VOCÊ TEM QUE ESCAPAR! TEM UMA EPIDEMIA SE FORMANDO AQUI! TEMOS QUE DAR O ALERTA, CONSEGUIR UM TRATAMENTO!".

Ela estava balançando a cabeça de novo. Deus, por que Meda não lhe enviou Rane? Rane ficaria com medo também, mas isso não a impediria.

"MESMO QUE EU FALHE", ele digitou, "VOCÊ PRECISA PEGAR O CARRO E PARTIR — OU PODEMOS TODOS MORRER. LEMBRA-SE DE COMO LIGAR O CARRO SEM A CHAVE?"

Ela assentiu.

"ENTÃO FUJA! MANDE AJUDA. DÊ O ALERTA!"

Lágrimas escorriam pelo rosto dela, que nem parecia notá-las. Em voz alta, ele falou com uma brutalidade dolorosamente calculada:

— Meda me disse que pessoas com ferimentos graves morrem da doença. Ela as viu morrer. Não disse nada sobre pessoas com enfermidades graves, mas, Kerry, nem teria por quê. — Ele olhou para a filha com demora, tentando lê-la, alcançá-la. Keira sabia que ele estava certo. Queria agradá-lo. Mas tinha de superar o próprio medo.

Blake digitou: "MAIS CEDO OU MAIS TARDE, ELI VAI TOCAR EM VOCÊ, NO MÍNIMO".

Ela leu as palavras sem responder.

"ESTEJA PERTO DO JEEP HOJE À NOITE", ele digitou. "ÀS DUAS HORAS."

Ela engoliu em seco, assentiu uma vez.

Nesse momento, houve um som na porta. Num instante, Blake desligou o computador, apagando automaticamente o formulário de prescrição e tudo o que havia digitado. Fechou a maleta e se virou para a porta assim que Eli a abriu.

Blake olhou para Keira, ansioso para abraçá-la. Sentiu que estava prestes a perdê-la de uma forma ou de outra, mas não podia encostar nela.

PASSADO 9

Em 24 horas, Eli havia infectado todos no rancho no topo da montanha. Ele também havia convencido o velho, Gabriel Boyd, a lhe empregar como faz-tudo. Boyd não estava disposto a pagar muito mais do que alojamento e alimentação, mas alojamento e alimentação eram tudo o que Eli realmente queria, uma chance de permanecer e talvez poupar algumas daquelas pessoas.

Deram-lhe um catre em um quarto dos fundos que havia sido usado para armazenamento. Serviam-lhe refeições com a família, e o trabalho era feito junto com os homens da família. Ele não sabia nada sobre pecuária ou construção de casas, mas era forte, disposto e rápido. Além disso, conhecia a Bíblia. Isso impressionou especialmente o velho e a esposa. Poucas pessoas liam a Bíblia agora, exceto como literatura. A religião nunca estivera tão fora de moda nos Estados Unidos, uma reação contra o intenso fervor religioso da virada do século. Mas Eli tinha sido pastor quando jovem, durante aquele período estranho e não completamente sadio. Ele tinha sido precoce e sincero, tinha lido a Bíblia do Gênesis ao Apocalipse, e ainda podia falar sobre ela com sabedoria. Além disso, Eli sabia ser descontraído e agradável, um refugiado da cidade, grato por estar longe dela. Sabia conquistar as pessoas mesmo quando as condenava a enfermidade e possível morte.

Queria que todos começassem a apresentar sintomas mais ou menos ao mesmo tempo, e queria que isso acontecesse logo. Deixadas à própria sorte, ao sentirem os sintomas, as pessoas infectadas tendiam a se agrupar em uma mesma atitude de "nós contra o mundo". Se todas adoecessem ao mesmo tempo, seria mais fácil impedir os indivíduos de tentar pedir ajuda. Ele havia começado o que poderia se tornar uma epidemia. Agora, para ser capaz de tolerar a si mesmo, precisava detê-la.

Trabalhou duro na casa destinada ao filho chamado Christian; Chris para todos, menos para o pai. A esposa de Christian, Gwyn, ia ter um bebê, e Christian decidiu que teria a casa pronta antes do nascimento. Eli não sabia se isso era possível, nem se importava com isso, mas gostava de Christian e Gwyn. Preocupava-se com o que a doença poderia fazer com uma gestante e a criança. Não importa o que acontecesse, seria culpa dele.

Às vezes, a culpa e o medo quase o levavam à loucura, e apenas o trabalho árduo e exaustivo da construção o mantinha conectado ao mundo externo. Ele gostava daquelas pessoas. Eram dignas, gentis, e, apesar do Deus colérico que adoravam, eram extraordinariamente pacíficas e não tinham sido corrompidas pelo cinismo e pela violência do mundo. Eram boas pessoas. No entanto, era inevitável que algumas morressem.

Meda, a filha, estava fazendo o possível para dificultar a situação seduzindo-o. Ela não tinha sutileza, nem ao menos tentava.

— Eu gostaria de dormir com você — declarou a ele, assim que tomou coragem. Eli sabia, desde que a conhecera, que ela queria dormir com alguém, e se contentaria com ele. Repeliu-a com gentileza.

— Garota, o que você está tentando fazer? Meter-se em encrenca e me fazer levar um tiro? Sua família tem sido boa para mim.

— Mas não seria — afirmou ela — se eu contasse quem você é. Eles pensam que o céu é apenas de Deus e seus escolhidos.

Ele ficou sério.

— Não brinque comigo, Meda. Gosto da sua honestidade e gosto de você, mas não me ameace.

Ela sorriu.

— Você sabe que eu não diria nada.

— Eu sei.

— E se posso guardar um segredo, posso guardar dois. — Ela tocou o rosto dele. — Não vou deixar você sozinho.

O toque da mão dela produziu um formigamento interessante. Ela estava chegando à ovulação. Pelo visto, ele havia chegado pouco depois do período fértil do mês anterior. Uma bênção. Conseguira evitar as outras duas jovens, mas Meda não queria deixar que se esquivasse. Agora, ela não tinha ideia do problema que estava cortejando. Provavelmente imaginava um interlúdio romântico. Não imaginava que seria atirada no chão de pedra e machucada, inevitavelmente machucada.

— Não — disse, afastando-a. Meda ainda sorria quando ele se virou e começou a martelar pregos. Ela observou por algum tempo, e Eli descobriu que gostava da atenção. Não imaginava que mulheres que não faziam parte da tripulação iam querer olhar para seu corpo tão alterado. Meda significava encrenca, mas ele lamentou quando ela decidiu ir embora. Percebeu que ela parecia ter perdido um pouco de peso.

Enquanto ela se afastava, o irmão dela, Christian, saiu da casa principal e a deteve. Estavam afastados demais de Eli para se preocuparem em serem ouvidos, mas ele escutou cada palavra.

— Aquele cara andou falando com você, Meda? — perguntou Christian. Eli não conseguia se lembrar de tê-lo ouvido se referir a ele como "aquele cara" antes. Para Christian, era algo extremamente hostil.

— Claro que sim — respondeu Meda. — Vim aqui para falar com ele. Por que ele não deveria falar comigo? — Maldita honestidade a dela!

— O que disse a ele?

— O que você fez hoje de manhã, Chris? Se olhou no espelho e achou que era o pai?

— O que ele disse a você?

Eli olhou para eles e viu, mesmo de longe, que ela sorriu tristemente.

— Relaxe — falou ao irmão. — Ele se recusou. Disse que a família tem sido boa para ele e que não queria encrenca.

Christian deu uma risada estranhamente frágil.

— Qualquer um que te reconheça como encrenca só pode estar certo — afirmou. — Se aquele cara fosse branco, eu diria para você se casar com ele.

Meda olhou para o irmão, visivelmente confusa. Morando na casa, Eli tinha ouvido o suficiente para saber que Christian era o irmão preferido dela. Eles compartilhavam segredos desde a infância. Christian sabia o quanto ela estava cansada de ser uma virgem enclausurada, e ela sabia como ele estava nervoso por se tornar pai. Naquele instante, ela soube que havia algo de errado com ele.

— Você enlouqueceu e comprou um perfume? — perguntou ele. — Está cheirosa.

Eli deixou o martelo no chão e se levantou. Era o começo. Meda tomara banho e cheirava a sabonete, mas não estava usando perfume. Só estava entrando no período fértil. Se ela e os irmãos sobrevivessem, teriam de aprender a evitar uns aos outros nesses períodos. Agora, no entanto, Eli talvez tivesse de ajudá-los. Ficou parado, esperando para ver se Christian conseguia se controlar. Percebeu que Meda talvez não se controlasse tanto quanto deveria. Ele não permitiria que cometessem incesto. Em breve, perderiam o suficiente da própria humanidade.

Eli saltou do chão da casa e saiu em direção a eles. Nesse instante, Christian estendeu a mão, trêmula, e tocou o rosto de Meda. Então, com um grito estranho, de lamúria, encolheu-se no chão, inconsciente.

PRESENTE 10

Quando Eli e Keira saíram, Blake abriu a maleta e ligou-a outra vez. Ele digitou o seu código de identidade e depois as palavras "SONO PROGRAMADO" e o número três. Apertou o botão de entrega. Momentos depois, tinha uma cápsula que o faria dormir por três horas e o faria despertar totalmente alerta. Em seguida, encomendou uma dosagem bem menos precisa para Meda. Pediu-a na forma injetável, uma ampola para dormir.

Colocou a dosagem de Meda sob o travesseiro que pretendia usar, depois desligou a bolsa e a fechou. Ficou apenas de bermuda e foi para a cama. Lembrando-se de Keira, duvidou que conseguisse dormir sem a cápsula. E precisava dormir. Senão, Meda perceberia que ele estava planejando alguma coisa ao olhar para ele. Talvez até descobrisse o que era. Ele não a subestimava mais.

Pensou tê-la ouvido entrar antes de cochilar, achou que ela disse o nome dele. Talvez ele tenha murmurado algo antes que a droga fizesse efeito.

Acordou na hora certa, lúcido, ciente do que deveria fazer. O quarto estava tomado pelo luar e Meda estava roncando baixinho ao lado dele. Achou engraçado que ela roncasse. Parecia combinar perfeitamente com ela.

Ficou surpreso ao perceber que sentia pena dela enquanto pegava a ampola de sonífero embaixo do travesseiro e a apertava contra o braço direito magro e nu dela. Ela o repelia, mas não era responsável pelo que havia se tornado.

Não havia dor envolvida, mas, quando ele a tocou, ela se sobressaltou, acordou e o encontrou inclinado sobre ela.

— O que você fez? — quis saber, totalmente alerta.

Ele tocou o cabelo dela, pensando que teria que bater nela de novo, mas não queria, não queria, de forma alguma, machucá-la. Talvez ela visse isso no rosto dele, se pudesse vê-lo bem o suficiente para ler sua expressão. Ela sorriu, incerta, virou o rosto para acolher sua mão carinhosa.

Então o sorriso desapareceu.

— Ah, meu Deus — disse. — O que você fez? — Meda estendeu a mão para ele, mas as mãos não tinham força. Tentou se levantar e quase deslizou para fora da cama. Por fim, a droga a deteve. Ela gemeu e acabou inconsciente.

Blake a contemplou, sentindo-se irracionalmente culpado. Endireitou o corpo dela, colocando-a em uma posição que parecia mais confortável, e a cobriu. Ela acordaria em três ou quatro horas.

Ele se vestiu, percorreu o quarto com os olhos e logo notou que sua maleta havia sumido. Olhou no armário e no banheiro, vasculhou o quarto, mas não encontrou a maleta. Por fim, desesperado, esqueceu-se da bolsa e começou a procurar a chave que o deixaria sair do quarto. Como já sabia onde não estava, começou procurando nos únicos lugares que havia ignorado: a cama e a própria Meda. Encontrou-a em uma corrente em volta do pescoço dela. Estava por dentro da camisola, onde normalmente ele não conseguiria pegá-la sem despertar a mulher.

Segundos depois, ele saiu do quarto. Tateando, cuidadoso, em silêncio, alcançou a porta da frente. Pouco antes de sair, perguntou-se se aquelas pessoas tinham colocado alguém de vigia. Nesse caso, era provável que fosse seu fim. Ele esperava que confiassem bastante na própria capacidade de lidar com prisioneiros a ponto de não se preocuparem com vigias.

Saiu e fechou a porta atrás dele. De onde estava, na varanda, não conseguia ver ninguém. As coisas pareciam confusas e diferentes ao luar. Por alguns segundos, não conseguiu avistar o carro. Fora levado. Ele temia que estivesse escondido e que fosse preciso tentar roubar outro. Então o avistou, ao longe, perto de uma das edículas. Dar a partida sem a chave não seria problema se ele tivesse tempo de desconectar o sistema antifurto. O alarme, em si, era sonoro, e uma tinta indelével era pulverizada sobre o possível ladrão. Se o criminoso persistisse, era pulverizado com um gás nauseante. O gás era totalmente incapacitante se fosse respirado ou entrasse em contato com a pele. Um carro, mesmo um que gastasse tanto combustível como aquele, era um bem de prestígio. A era do automóvel atingira o pico e havia acabado. Pessoas que dirigiam carros ou andavam de motocicletas agora eram motoristas profissionais, ricas, agentes policiais ou parasitas. Profissionais, ricos e policiais em geral tomavam medidas mais drásticas e mortais do que Blake para proteger seus veículos.

Acompanhando as sombras, Blake foi em direção ao carro. Alcançou-o e usava um truque especial para destravar o capô quando alguém falou com ele.

— Não precisa fazer isso. Estou com a chave.

Ele se virou bruscamente e se viu diante de Keira. Ela entregou-lhe a chave com solenidade. Ele contemplou o objeto.

— Eu a peguei — disse Keira. E deu de ombros. — Agora você não terá que se preocupar em me tocar.

— Você se expôs só para pegar as chaves? — perguntou.

— Não. — Ela estava na penumbra. Ele não conseguia vê-la bem o bastante para se certificar de sua expressão, mas ela parecia estranha. Ele pegou a chave e a mão dela, segurou ambas por um instante, então a abraçou com força, de modo provavelmente doloroso, mas ela não se queixou. Então a segurou pelos ombros e falou o que suspeitava fortemente ser um absurdo.

— Meda diz que a doença é transmitida por inoculação, não por contato. Não toque em sua boca nem coce a pele até se lavar.

Ela não pareceu ouvir.

— Eu bati nele, pai.

— Ótimo. Entre no carro.

— Ele tinha alguns livros... de papel, quero dizer... e um velho apoio de livros em forma de elefante. Era de ferro fundido.

— Entre, Kerry!

— Eu não queria que ele se machucasse. Não achei que poderia bater nele com força suficiente para feri-lo de verdade. — Ela entrou pela porta que ele abrira.

Blake começou a fechar a porta, mas então se agachou ao lado dela.

— Kerry, alguma coisa sobre Rane? Sabe onde ela está?

— Com Ingraham e Lupe. Não sei em que casa.

Ela não sabia. E quantas pessoas ele acordaria se tentasse descobrir? Bastaria uma para recapturá-lo. Não tinha sido esperto o suficiente para conseguir outra faca... não que a primeira tivesse adiantado. Precisava era de uma arma.

— Papai, ouvi algo — disse Keira.

Ele congelou, prestou atenção e ouviu... Alguém se movendo sem cuidado na casa mais próxima. Podia ser apenas alguém indo ao banheiro, mas aquilo o assustou. Ele contornou o carro, dando alguns passos largos, entrou e, indiferente ao barulho, deu partida no motor. Nesse momento, alguém abriu a porta da casa de onde viera o ruído. Era um homem, desconhecido, que conseguiu alcançar o carro enquanto Blake o manobrava rumo à trilha rochosa que levava para fora do rancho. O estranho tentou abrir a porta de Blake, como Ingraham havia feito antes. Mas, com o carro em movimento e o corpo despreparado, ele não conseguiu arrombar a fechadura. Foi arrastado por vários metros enquanto Blake ganhava velocidade. Como gesto final, ele conseguiu soltar uma das mãos, erguer o punho e arremeter contra a janela de Blake. Como a fechadura, o vidro resistiu. Quebrou, com rachaduras em todas as direções devido ao impacto do golpe, mas não se estilhaçou. Aquilo surpreendeu Blake. O vidro era especial, capaz de resistir a balas com menos danos. Blake percebeu, mais uma vez, como aquelas pessoas eram fortes. Se o pegassem, poderiam literalmente esquartejá-lo, um membro de cada vez.

Seguiu em frente, rezando para ver Rane, para ter a chance de pegá-la. Mas viu apenas pessoas magras, ameaçadoras, totalmente aterrorizantes em sua diferença e intensidade. Ao luar, pareciam distintas dos humanos. Uma delas se recusou a sair do caminho do carro, pelo visto tentando fazer Blake desviar e bater em uma casa ou uma pedra enorme.

Blake não desviou. Nenhum motorista experiente da cidade teria desviado ou diminuído a velocidade. No último instante, a "vítima" saltou para o lado e agarrou-se à rocha como um inseto.

Algo que se movia como um gato, mas era grande demais para ser um gato, correu ao lado do carro por um curto período, e Keira gritou.

— Não bata nele — disse. — Não o machuque!

O carro acelerou, deixando a coisa corredora para trás.

— Que diabos era aquilo? — perguntou Blake.

— Cuidado — avisou ela. — Lembre-se das rochas que Eli teve de contornar.

Ele se lembrava. Era impossível passar em alta velocidade por aqueles rochedos. Por outro lado, era bem possível que as pessoas de Meda, no alto da montanha, provocasse deslizamentos que bloqueariam a estrada estreita por completo se ele avançasse muito devagar.

Como resposta àquele pensamento, ele ouviu um estrondo vindo de cima. Rezando como não fazia desde a infância, seguiu em frente, conseguindo desviar de uma pedra bem a tempo de ver um deslizamento de rochas começando à frente.

Afundou o pé no acelerador, ganhou velocidade e passou pela área de deslizamento quando as primeiras pedras caíram. O carro foi atingido duas vezes por rochas grandes o suficiente para sacudi-lo, mas Blake conseguiu se manter na estrada. Não desacelerou até chegar a uma curva acentuada após a qual pensava se recordar de uma rocha.

Havia uma rocha. Muitas rochas. Outro deslizamento bloqueara a estrada com uma colina íngreme de pedras soltas e terra. Blake não tinha tempo para raciocinar. O carro ou subiria pela barreira ou não. Afinal, mesmo sendo antigo, era um Jeep.

O carro teve dificuldade em obter tração na mistura de terra solta e rochas, então trepidou com força quando alguma coisa caiu sobre o teto. A coisa causou um amassado que eles conseguiram perceber dentro do carro.

De repente, Keira abriu a porta. Blake estendeu a mão para segurá-la, sem entender, mas sua mão apenas lhe roçou quando ela se inclinou para fora. Então, ele viu o que ela tinha visto: um rosto pequeno e ensanguentado dependurado de cabeça para baixo no teto do carro.

— Rane! — gritou. Ele se inclinou sobre Keira, indiferente, por um instante, ao modo como ela quase se feria com apenas um toque. Ele pegou o braço de Rane, puxou-a para baixo e para o interior do carro, por cima de Keira, então bateu a porta e travou-a, bem quando outra coisa começou a puxá-la.

Blake pisou no acelerador, e o carro saltou sobre a terra solta e as rochas. Por um instante, as rodas giraram em falso, espalhando areia. Depois, conseguiram tração, e o carro avançou por cima do deslizamento. Uma pedra ricocheteou no para-brisa, lascando-o de leve. Outra atingiu o teto, sem causar danos importantes.

Ele alcançou a crista do deslizamento, desceu e saiu em disparada montanha abaixo. Minutos depois, estavam em pleno deserto. Keira e Rane, ainda entrelaçadas, ambas sofrendo, ambas caladas de medo até olharem ao redor e virem que haviam deixado as montanhas e o cativeiro para trás. Então se abraçaram, Rane rindo e Keira chorando. Os braços descobertos e o rosto de Rane haviam, de alguma forma, sofrido cortes e ferimentos. Se não fora contaminada antes, fora agora. Blake ficou preocupado, mas não disse nada. A contaminação, no entanto, provavelmente era inevitável. A doença poderia ser estudada, compreendida, detida ou, pelo menos, controlada, e tinha de ser. A doença era apenas uma doença. Foram os portadores humanos com intenção de espalhá-la que a tornaram tão mortal.

Blake relaxou em seu assento e inspecionou os danos ao carro. Nada grave. Nada que o impedisse de chegar à civilização e obter cuidados médicos. Perguntava-se por que o povo de Eli não tinha atirado nele, ou pelo menos em sua direção. Balas teriam sido mais eficazes do que pedras. Mas era típico de Eli se conter. Havia salvado Rane de Ingraham; resistido a contaminar Keira, provavelmente o máximo que pôde; até tentara evitar uma briga com Blake, embora talvez pudesse quebrar seus ossos sem qualquer esforço.

— Como você escapou? — perguntou Keira para a irmã. — Teve de machucar alguém?

— Fui amarrada antes de dormir — contou Rane. — Jacob me soltou. Ele não gostava de mim, mas não suportava pensar em qualquer coisa sendo amarrada. Então vocês dois escaparam e todos estavam muito ocupados perseguindo-os para me vigiar. Quase morri correndo e caindo por aquela maldita montanha.

— Jacob? — indagou Blake. — Não é um dos filhos de Meda?

As meninas se entreolharam, depois se voltaram para ele, cautelosas.

— Você sabe sobre Jacob? — perguntou Rane.

— Sei apenas que Meda tem um filho com esse nome.

— Ele é filho dela e de Eli. — Houve uma pausa estranha. Pela segunda vez em 24 horas, Rane pareceu relutante em dizer o que estava pensando. — Você o viu? — perguntou.

— Não. Mas imagino que não seja normal. Não depois do que a maleta me revelou sobre Meda.

— ... não é.

— Como ele é?

— Você o viu — disse Keira, baixinho. — Ele correu ao lado do carro por alguns segundos. Era ele.

Blake franziu a testa, lançando um olhar rápido para ela.

— Mas aquilo era... um animal.

— Mutação induzida por doença. Toda criança gerada entre eles depois que contraíram a doença sofre uma mutação assim. Jacob é o mais velho de onze.

Blake encarou Keira. Ela não estava olhando para ele, não queria olhar para ele.

— Jacob é lindo, de verdade — prosseguiu ela. — O modo como ele se move... felino, suave, gracioso, muito rápido. E é tão ou mais inteligente do que qualquer outra criança de sua idade. Ele...

— Não é humano — disse Blake, sem rodeios. — Meu Deus, o que estão criando lá?

As garotas se entreolharam de novo, remexendo-se, desconfortáveis, compartilhando algum acordo que o excluía. Agora, nenhuma delas queria olhar para ele. De repente, ele quis ser excluído. Dirigiu em silêncio, as suspeitas crescendo em sua mente. Concentrou-se em distanciar-se daqueles que certamente os perseguiriam, embora não pudesse deixar de se perguntar se o que os perseguia era de fato pior do que aquilo que traziam consigo.

PARTE DOIS

PRISIONEIROS DE GUERRA

PASSADO 11

Um dia depois do colapso de Christian, Eli tinha sete pessoas irracionais à sua volta. Não faziam ideia do que estava acontecendo com elas, mas sabiam que estavam com problemas. Estavam agressivas, temerosas, confusas, lascivas, compulsivas, cheias de culpa e completamente infelizes.

Agruparam-se, sem saber o que fazer. Estavam com medo de se aproximar de pessoas de fora com seus sentidos dolorosamente intensificados e suas estranhas compulsões, mas Eli era parte do grupo. Mais do que isso, ele era completo. Tinha o cheiro *certo* para elas. E podia compreender suas necessidades mais claramente do que elas mesmas. Era capaz de reagir da forma que precisavam, oferecendo conforto, rigor, conselhos, força bruta, o que fosse necessário a cada momento.

Ele encontrou conforto em orientá-las. Era como se, de uma maneira muito real, estivesse tornando essas pessoas sua família, uma família com problemas terríveis.

Meda percebia os irmãos e o pai atrás dela, e ela, como eles, mostrava-se ora lasciva, ora apavorada. O pai sofria mais do que os outros. Sentia que tinha passado de patriarca e homem de Deus a pervertido criminosamente depravado, incapaz de se manter longe da própria filha. Não conseguia aceitar aqueles sentimentos como dele. Deviam ser sinais de possessão demoníaca ou punição de Deus por algum pecado terrível. Ele e os filhos estavam muito assustados.

A esposa e as noras estavam apavoradas. Não só eram incapazes de entender o comportamento de seus companheiros, mas estavam confusas e envergonhadas pela própria percepção sensorial acentuada. Podiam sentir o cheiro dos homens e umas das outras como nunca haviam sentido antes. Continuavam tentando livrar-se de aromas normais que não desapareceriam. Falavam mais baixo depois de perceber que as paredes robustas não bloqueavam mais o som como faziam antes. Descobriram que eram capazes de ver no escuro, querendo ou não. Tocar, mesmo que por acidente, tornou-se uma experiência sensual surpreendentemente intensa. As mulheres pararam de encostar uma na outra. Também deixaram de tocar nos homens, exceto em seus próprios maridos. E em Eli.

Todos desenvolveram um apetite enorme à medida que os corpos mudavam. Pior, desenvolveram gostos incomuns, e isso era assustador.

— Estou com tanta fome — disse Gwyn a Eli no dia em que seus sintomas se tornaram inegáveis. Apontou para duas galinhas, parte da criação de Boyd, com milhares delas. Aquele par estava arranhando e bicando a areia à sombra do tanque do poço. — De repente, essas coisas me cheiram bem — admitiu. — Você acredita nisso? Elas cheiram comestíveis.

— Elas são — falou Eli, brandamente. Ele tinha necessidade de complementar a dieta com uma ou duas delas ou com vários ovos todas as noites, enquanto a família dormia.

— Mas como podem cheirar bem estando cruas? — perguntou Gwyn. — E vivas?

A presa viva tinha um cheiro maravilhoso, Eli sabia. Mas Gwyn ainda não estava pronta para encarar isso.

— Vá assaltar a geladeira — sugeriu a ela. — Talvez o pequeno esteja com fome.

Ela olhou para a barriga de grávida e tentou sorrir, mas estava claramente assustada.

Naquele dia, ele fez algo que nunca teria feito antes. Pegou-a pelo braço e a levou de volta para casa, para a cozinha. Lá, se certificou de que ela comesse. Ela pareceu apreciar a atenção.

— Sinto que algo está errado — comentou ela uma vez. — Não com o bebê — acrescentou depressa quando Eli a olhou, assustado. — Não sei. A comida tem um gosto muito doce ou muito salgado, ou muito picante ou muito qualquer coisa. Tinha um gosto bom ontem, mas agora... Quando comecei a comer, pensei que ia passar mal. Mas também não é isso. A comida não é enjoativa, na verdade. Só... não sei.

— Ruim? — perguntou ele, sabendo a resposta.

— Na verdade, não. Apenas diferente. — Ela balançou a cabeça, pegou um pedaço frio de frango frito. — Isso é bom, mas não tenho certeza de que as que correm lá fora não seriam melhores.

Eli não disse nada. Desde seu retorno à Terra, ele sabia que preferia a comida crua e sem tempero. Tinha um gosto melhor. No entanto, continuaria comendo comida cozida. Era um costume humano a que se agarrava. Seu corpo alterado parecia capaz de digerir praticamente tudo. O corpo o desafiava, tornando o comportamento não humano prazeroso, mas, na maioria das vezes, permitia que ele se decidisse, permitia que escolhesse se agarrar o máximo possível à sua humanidade.

Mas determinados impulsos em determinados momentos escapavam do controle de modo inevitável.

Meda lhe apresentou os próprios sintomas e suspeitas pouco depois que ele deixou Gwyn.

— Isso é coisa sua — afirmou. — Todos estão loucos menos você. Você fez algo conosco.

— Sim — admitiu ele, inalando o cheiro dela. Agora, ela tinha alguma ideia do que estava fazendo com ele apenas por se aproximar.

— O que você fez? — exigiu saber.

— O que está sentindo? — perguntou, encarando-a. Ela piscou, desviando o olhar, assustada.

— O que você fez? — repetiu.

— É uma doença. — Ele respirou fundo. Nunca imaginou que seria fácil contar a ela. Mas já havia decidido ser o mais direto possível. — É uma doença extraterrestre. Vai mudá-la, mas não mais do que eu estou mudado.

— Uma doença? — Ela franziu a testa. — Você voltou doente e nos passou uma doença? Sabia que tinha isso?

— Sim.

— E sabia que poderíamos pegar a doença?

Ele assentiu.

— Então nos contagiou de propósito!

— Não, de propósito, não.

— Mas se você sabia...

— Meda... — Ele queria tocar nela, pegá-la pelos ombros e tranquilizá-la. Mas se começasse a tocá-la, não conseguiria parar. — Meda, vocês vão ficar bem. Vou cuidar de vocês. Fiquei para cuidar de vocês.

— Você veio aqui para nos transmitir uma doença!

— Não! — Ele virou a cabeça em direção ao tanque do poço. — Não, eu vim... buscar água e comida.

— Mas você...

— Eu não consegui morrer. Quis, mas não consegui. Posso enlouquecer; posso me tornar um animal; mas não posso me matar.

— E os outros, a tripulação?

— Todos mortos, como lhe contei, como diziam as notícias de Barstow. A doença levou alguns, antes de descobrirmos como ajudá-los. — Uma meia verdade. Uma omissão. Disa e outros dois morreram apesar da ajuda que tiveram. — Os outros morreram aqui, na nave... Alguém, talvez mais de uma pessoa, aparentemente conseguiu fazer uma pequena sabotagem. Gostaria que tivessem feito isso no espaço, ou em Proxi 2.

— Como sabe que alguém sabotou a nave? Talvez tenha sido um acidente.

— Não sei. Não me lembro. Eu desmaiei.

— Como saiu da nave?

— Não sei. Tenho lembranças aleatórias de correr, de me esconder. Sei que me refugiei em montanhas de rocha vulcânica, vivi em um túnel de lava meio desmoronado por três dias e duas noites. Quase morri de fome.

— As pessoas não morrem de fome em apenas três dias.

— Nós morremos. Eu, e agora você.

Ela apenas manteve o olhar fixo nele.

— Estava chovendo — continuou. — Eu me lembro que escolhemos, de modo intencional, pousar durante uma tempestade no meio do nada, para que pudéssemos fugir antes que alguém descobrisse o que éramos. Mesmo com reflexos acelerados, força aumentada e sentidos acentuados, quase nos desintegramos, depois quase colidimos. Impedimos que nos derrubassem falando. Deus, como falamos. Os bravos heróis dando todas as informações que podiam antes de colidirem. Antes de morrerem. Para nós, pensar em morrer era tão impossível quanto nos imaginar não voltando direto para a Terra. O planeta era um ímã para nós, em mais de um sentido. Todas aquelas pessoas... todos aqueles... bilhões de pessoas não infectadas.

— Vocês vieram infectar… todo mundo? — murmurou ela.

— *Tivemos* de vir. Não podíamos deixar de vir; era impossível. Mas achamos que poderíamos controlar a doença uma vez que estivéssemos aqui. Achamos que poderíamos contaminar apenas algumas pessoas de cada vez. Algumas pessoas isoladas. Por isso escolhemos um lugar tão ermo.

— Por que acharam que teriam alguma… alguma sorte controlando a si mesmos aqui no meio de bilhões de pessoas se não puderam se controlar em Proxima Centauri 2?

— Não tínhamos certeza — disse ele. — Talvez fosse apenas algo que dizíamos para tentar evitar a loucura completa. Porém… — Eli olhou para Meda, feliz por ela estar viva e bem o suficiente para continuar sendo a pessoa questionadora, exigente, que era. — Porém talvez estivéssemos certos. Não quero sair daqui para me aproximar de mais ninguém. Agora não. Ainda não.

— Você já causou bastante estrago aqui.

— Você quer ir embora?

— Eli, eu moro aqui!

— Não importa. Quer ir para um hospital? Ver se alguém pode descobrir uma cura?

Ela pareceu incomodada, um pouco assustada.

— Estava me perguntando por que você não fez isso.

— Não consigo. Você consegue?

— O que quer dizer com “não consigo”?

— Vá se conseguir. Eu vou… tentar não impedir. Vou tentar.

— Esta é a minha casa! Eu não tenho que ir a lugar nenhum!

— Meda…

— Por que *você* não vai embora! Você é a causa de tudo isso! Você é o problema!

— Devo ir, Meda?

Silêncio. Eli a assustou e a confundiu, atingiu um novo ponto sensível que Meda poderia demorar para descobrir por conta própria. Ela queria ficar com sua própria família. Ele sabia que ficar sozinha era aterrorizante, impensável para ela.

— Você foi embora — falou, lendo-o inconscientemente. — Você deixou o resto da tripulação.

— Não por querer.

— Você faz alguma coisa por querer? — Ela se aproximou um pouco dele. — Você escapou. Só você.

Ele percebeu em que ponto ela queria chegar e não queria ouvi-la, mas ela continuou.

— A única maneira de saber a hora de fugir seria se o sabotador fosse você.

Ele agarrou as próprias mãos. Teria esmagado qualquer outra coisa que tivesse agarrado naquele instante.

— Acha que não pensei nisso? — redarguiu ele. — Tentei me lembrar.

— Se eu fosse você, não gostaria de me lembrar.

— Mas eu tentei. Não que isso faça alguma diferença no final. Os outros morreram e eu deveria ter morrido. Se fui eu, matei meus amigos e fiz com que suas mortes perdessem o sentido. Se foi outra pessoa, minha sobrevivência tornou o sacrifício sem sentido também.

— Os cachorros morreram — disse ela. — Lembra? Um deles estava ferido, mas não muito. O outro não se machucou, mas eles morreram. Não conseguimos entender.

— Sinto muito.

— Eles *morreram*! Talvez nós também vamos morrer!

— Vocês não vão morrer. Vou cuidar de vocês.

Ela tocou o rosto dele, por fim, traçando as poucas rugas prematuras.

— Você não tem certeza — afirmou ela. — Meu toque provoca dor em você, não é?

Ele não disse nada. Seu corpo ficara tenso. Seu centro, seu foco era o ponto que os dedos dela acariciavam.

— Para você, deve ser doloroso se controlar — disse ela. — Seu controle dói em mim. — Passaram-se alguns segundos agonizantes de silêncio. — Você provavelmente foi o sabotador — prosseguiu. — Você é forte o suficiente para se ferir, então pensou que fosse forte o suficiente para se matar. Quero você. Mas gostaria que você tivesse conseguido. Queria que tivesse morrido.

Ele não tinha mais força de vontade. Agarrou-a, arrastou-a para trás do poço, empurrou-a para o chão. Ela não ficou surpresa, não lutou. Na verdade, seguindo seus próprios impulsos, ela o ajudou.

Mas não foram apenas a paixão ou a dor física que a fizeram arranhar e rasgar o corpo dele com as unhas.

PRESENTE 12

Quando Orel Ingraham agarrou o braço de Rane e a levou para fora da casa de Meda, ela conteve o terror planejando sua fuga. Iria com seu pai e Keira ou sem eles. Se tivesse de abandoná-los, enviaria ajuda para os dois. Não fazia ideia de qual era a unidade policial que fiscalizava aquela área selvagem, mas iria descobrir. Tudo o que importava agora era escapar. Viver o suficiente para escapar, e escapar.

Ela tinha pavor de Ingraham, estava certa de que ele era louco e a mataria se não fosse cuidadosa. Se sua tentativa de fuga fosse mal planejada e ele a pegasse, seguramente a mataria.

Não notou nenhum tremor na mão que segurava seu braço. Não havia tiques faciais agora, nenhum tremor em parte alguma. Ela não sabia se era um bom ou mau sinal, mas aquilo a reconfortava. Fazia com que ele parecesse mais comum, menos perigoso.

Enquanto caminhavam, ela olhou ao redor, memorizando a localização dos currais, das casas, do grande galinheiro e de algo que provavelmente era um celeiro. As construções e as rochas imensas poderiam ser excelentes esconderijos.

As pessoas eram assustadoras; ela viu apenas algumas, adultos. Estavam ocupados alimentando os animais, cuidando da horta, reparando ferramentas. Uma mulher estava sentada na frente de uma casa, limpando uma galinha. Rane observou com interesse. Planejava ser médica um dia e estava satisfeita porque a cena não a enojava. O que a enojava era a forma como olhavam para ela. Cada pessoa por quem passava parava por um momento para olhá-la. Eram todas esqueléticas, e os olhos pareciam maiores em seus rostos magros. Olhavam para ela com fome ou luxúria. Pareciam tão atentas que ela se sentia como se a tivessem tocado com seus dedos finos. Rane conseguia se imaginar sendo agarrada por todas elas.

A certa altura, um animal passou zunindo. Era uma criatura magra, marrom e felina, correndo a uma velocidade surpreendente. Era muito maior do que um gato doméstico. Rane observou-o, perguntando-se o que seria.

— Exibido — murmurou Ingraham. Mas estava sorrindo. O sorriso o fez parecer anos mais jovem, menos intenso, mais saudável. Rane se atreveu a questioná-lo.

— O que era? — perguntou.

— Jacob — respondeu Ingraham. — Totalmente nu, como de costume.

— Nu? — indagou Rane, franzindo a testa. — O que era?

Ele a levou para a varanda de uma casa de madeira sem pintura, mas terminada. Ali, a deteve.

— Não é "o que" — disse —, é quem. Era um dos filhos de Meda. Agora, cale a boca e escute!

Rane fechou a boca, engolindo seus protestos. Mas a criatura correndo definitivamente não era uma criança.

— Nossas crianças são assim — explicou ele. — Deve se acostumar com isso porque as suas também serão desse jeito. É uma doença que temos, que agora você tem, ou logo terá. Não há droga de coisa nenhuma que possa fazer a respeito.

Sem mais explicações, ele a levou para dentro de casa e a entregou a uma mulher alta e grávida, cujo cabelo era quase comprido o bastante para que tropeçasse nele.

Lupe era como se chamava. Tinha feições afiladas, braços e pernas finos. Apesar da gravidez, pertencia claramente àquele grupo. Usava um cafetã muito parecido com o de Keira. Seu corpo de gestante parecia um balão debaixo da roupa.

Ela estendeu o braço com mãos finas e ávidas para Rane, que recuou, mas Ingraham ainda a segurava. Ela não podia escapar. A mulher pegou o outro braço de Rane e segurou-o com um aperto quase doloroso. A magreza era enganosa. Aquelas pessoas eram todas mais fortes que o normal.

— Não tenha medo — disse a mulher com um leve sotaque. — Temos de tocar em você, mas não machucamos. — A voz de Lupe era a coisa mais amigável que Rane tinha ouvido desde a captura. Ela tentou relaxar, tentou confiar na voz amiga.

— Por que têm de tocar em mim? — perguntou.

— Porque você ainda não é uma de nós — explicou Lupe. — Mas será. Fique parada. — Ela estendeu a mão tão depressa que Rane não teve chance de se defender, arranhando-a na face esquerda. Rane gritou de surpresa e dor e, tarde demais, jogou a cabeça para trás.

— Por que fez isso? — protestou. Eles a ignoraram.

— Você está com pressa — falou Ingraham a Lupe.

— Eli falou que, no caso dela e do pai, quanto mais cedo melhor — Lupe respondeu.

— Enquanto ele tem todo o tempo do mundo com a dele, a trata como se fosse quebrar se ele a tocasse.

— Talvez quebre. Nunca tivemos ninguém que já estivesse doente.

— É. Mas, consegui alguém saudável para nós.

Falavam sobre ela como se não estivesse ali, pensou Rane. Ou como se ela não fosse mais do que um animal que não conseguia entender.

Tentou se desvencilhar quando Lupe a afastou de Ingraham e a colocou sentada em um longo banco de madeira. Lá, finalmente, Lupe a soltou e parou diante dela, estudando sua postura zangada e hostil. Lupe balançou a cabeça.

— Eu menti — disse a Rane. — Nós vamos te machucar. E você vai lutar conosco a cada chance que tiver, não vai? Você vai nos obrigar a machucá-la. — Os cantos da boca dela moveram-se para baixo. — Que pena. Posso dizer por experiência que isso não vai ajudar. Talvez, a mate.

Rane olhou para as garras da mulher e não disse nada. Lupe era tão maluca quanto Ingraham e ainda mais imprevisível com suas palavras suaves e unhas afiadas. Rane estava com medo dela, e furiosa por ela ter provocado seu medo. Por que uma mulher grávida de pernas finas precisava ser tão assustadora? Uma mulher grávida de membros finos surpreendentemente forte que se sentou ao lado de Rane e acariciou o braço dela distraidamente.

Rane olhou para Ingraham; na verdade, viu-se buscando a ajuda do homem que apontou uma arma para a cabeça dela. Para humilhá-la, ele riu. A visão de Rane ficou turva e, por um instante, ela se viu esmagando a cabeça dele com uma pedra.

De repente, Lupe segurou-a pelo queixo e virou sua cabeça, de modo que a mulher era tudo que podia ver e ouvir.

— *Chica*, nada nunca feriu você de verdade antes — falou Lupe. — Nada nunca a ameaçou a ponto de fazê-la acreditar que poderia morrer. Nem mesmo a doença de sua irmã. Então, agora deve aprender uma dura lição muito depressa. Não, não diga nada ainda. Apenas escute. Você acha que a estou ameaçando, mas não estou. Pelo menos, não da maneira que acredita. Nós a contaminamos com uma doença que pode matá-la. Isso é o que você precisa compreender. Algumas de nossas diferenças são sinais dessa doença. Você deve decidir se é melhor viver com tais sinais ou morrer. Escute.

Rane escutou. Ela ouviu sobre Eli, a *Arca de Clay* e Proxima Centauri 2. Ela ouviu, mas não acreditou em quase nada.

— Sabe — concluiu Lupe, depois de falar talvez por meia hora —, às vezes olho à minha volta e tudo parece ter a cor errada. O sol é muito brilhante e... não é vermelho. Fico surpresa por não ser vermelho. Na primeira vez, não conseguia compreender o que estava acontecendo. Isso me assustou. Mas quando contei a Eli, ele disse que Proxi era vermelha. Uma estrela vermelha e fria com seus três planetas abraçando-a. Ele comprou algumas lâmpadas vermelhas em Needles e as colocou no escritório dele. Elas também não são da cor certa, mas de vez em quando, vou até lá. De vez em quando, todo mundo vai e fica ali por um tempo. Isso nos relaxa. Quando as coisas começarem a cheirar engraçado e você sentir vontade de comer um coelho vivo ou estuprar um homem, vamos levá-la até lá. Isso ajuda. Evita que se assuste tanto.

— Tenho uma solução melhor para essa última sensação — disse Ingraham, com um sorrisinho. Ele fora embora e voltara. Agora estava sentado observando Rane de uma forma que a deixava nervosa. Apesar da enorme refeição que Rane o vira devorar, estava comendo nozes de um prato na mesa de centro.

Lupe olhou para ele e sorriu, mostrando todos os dentes.

— Toque nela dessa maneira e eu arranco seu pinto.

Ingraham riu, levantou-se e a beijou, depois parou diante dela, sorrindo.

— Quer que eu traga uma das crianças para ela conhecer?

— Traga Jacob se conseguir.

— Certo. — Ele saiu.

Olhando-o partir, Rane identificou duas impressões. A primeira, que Lupe estava falando realmente sério quando o ameaçou. Ela o mataria se o pegasse com Rane ou qualquer outra mulher. A segunda, ele sabia disso. E gostava da possessividade dela. Assim, Rane provavelmente estava a salvo dele, em um sentido, pelo menos. Graças a Deus.

— Você é brilhante — falou Lupe baixinho. — Muito brilhante, mas teimosa. Acha que pode escolher sua realidade. Não pode.

Rane se obrigou a encarar os olhos da mulher.

— Realidade — pronunciou com desprezo. — Meu pai é médico. Ele realmente poderia ter ido na *Arca*. Tem uma formação valiosa, enquadrava-se na faixa etária na época e estava em boa forma física. Você acreditaria em mim se eu lhe dissesse que ele era um astronauta fugitivo?

— Não se você for filha dele, querida. Não foi ninguém com filhos pequenos. Nenhum sujeito branco casado com uma mulher negra também. As coisas nunca foram tão livres.

— E não foi nenhum vigarista ignorante que mal sabe falar — retrucou Rane. — Se Eli a convenceu, você não é mais inteligente do que ele!

Para a surpresa de Rane, Lupe sorriu.

— Você é muito menos tolerante do que eu esperava. Muito menos observadora também. Mas não importa. Este é Jacob.

Ingraham entrou na sala carregando um menino pequeno de pele marrom e olhos grandes. O menino era magro, sem a corpulência infantil, mas não tão magro como os adultos. Usava shorts azuis, mas estava sem camisa. Era de uma beleza espantosa, Rane percebeu quando se virou nos braços de Ingraham e a encarou. Mas havia algo estranho nele. Não se parecia em nada com a criatura que passara por ela lá fora, mas parecia ter sido feito para correr. Um menino estranho e esguio.

— Vamos, *mi hijo* — disse Lupe. — Vamos exibi-lo um pouco. Venha se sentar aqui.

O menino se afastou de Ingraham, preparou-se e saltou para o banco em que Rane e Lupe estavam sentadas. Ele caiu ao lado de Rane, que se assustou com violência. Jacob saltou como um gato e caiu de quatro. As pernas e os braços dele eram claramente destinados a serem usados dessa maneira. Era um quadrúpede. Mas tinha mãos, e dedos. Ele olhou para as mãos, seguindo os olhos de Rane.

— Funcionam — disse ele com uma voz clara, um pouco mais grave do que a de uma criança comum. — Elas funcionam como as suas. — Ele agarrou o braço dela com as mãos pequenas, surpreendentemente fortes e duras. Unhas pequenas e afiadas penetraram sua carne, e ela se afastou. De cócoras, o menino cheirou as próprias mãos, depois as enxugou no shorts. — Você fede — falou a Rane e saltou do banco para logo subir de novo, mas ao lado de Lupe, que riu.

— Que vergonha, Jacob. Isso não é coisa que se diz.

— Ela fede — insistiu o menino.

— Ela ainda não é uma de nós. Logo será. E terá um cheiro diferente.

Rane ignorou completamente o insulto diante de seu fascínio pelo menino, ou seja lá o que fosse.

— Ele pode andar só com os pés? — perguntou a Lupe.

— Não tão bem — respondeu ela. — Ele tenta, às vezes, porque todos nós fazemos isso, mas não é natural para ele. Jacob fica cansado, até sente dor se insiste. E o deixa lento demais. Você gosta de se mover com rapidez, não é, *mi hijo*? — Lupe ergueu o corpinho estranho e o colocou no colo. Jacob imediatamente colocou o ouvido na barriga dela.

— Consigo ouvir — anunciou.

— Ouvir o bebê? — perguntou Rane.

— O batimento cardíaco — disse Lupe. — Jacob consegue ouvir sem encostar o ouvido em mim. É só uma brincadeira de que ele gosta. Diz que é uma menina. Não entende como sabe, mas sabe. Pelo cheiro, talvez.

— Adivinhando, talvez — sugeriu Rane.

— Ah não, ele sabe. Acertou quatro vezes até agora. Agora as mulheres vêm e lhe perguntam.

— Mas... mas, Lupe...

— Espere um momento — falou Lupe. Depois virou-se para o menino: — Tudo bem, *niño*. Volte a brincar. Pegue umas nozes.

O menino saltou de seu colo, trotou de quatro até o prato na mesa de centro simples, artesanal. Pegou um punhado de nozes, enfiou-as no bolso do shorts e fechou o zíper. Ele parecia não ter problemas para usar as mãos. Elas eram menores do que Rane achava que deveriam ser, mas Jacob era menos desajeitado com elas do que uma criança comum. Ele certamente era muito mais rápido do que qualquer criança, provavelmente mais rápido do que a maioria dos adultos. Todos os seus movimentos eram suaves e graciosos. Uma criança graciosa de quatro anos.

Ele parou na frente dela: uma linda cabeça infantil, um elegante corpo felino. Uma esfinge em miniatura. O que seria quando crescesse? Não um homem, com certeza.

— Eu também não gosto de você — disse Jacob. — Você é gorda, fedida e feia!

— Jacob! — Lupe se levantou e foi até ele. — *Váyase! Ahora mismo!* Fora!

Jacob saiu pela porta. Não, seres humanos não se moviam daquela maneira. Como uma doença podia transformar uma criança em uma criatura daquelas?

— Ele está falando a verdade, sabe? — comentou Lupe. — Você parece gorda e estranha para ele, embora não seja. E tem um cheiro... diferente. Além disso, ele não podia deixar de perceber a repulsa que sentiu por ele.

— Não entendo como uma coisa dessas pode acontecer — sussurrou Rane.

— É a doença, eu disse. Nós nem sequer temos um nome para ela, a doença da *Arca de Clay*. Todos os filhos que temos são como Jacob.

— Todos...? — Rane engoliu em seco. — Todos animais? Todos *criaturas*?

— Merda! — exclamou Lupe. — Você é pior do que eu era. Deveria ser mais tolerante. Ele é um menininho.

Rane olhou para a barriga dela.

— Ah, sim — falou Lupe. — Essa criança também será como Jacob, assim como meu filho. Bonita e diferente. E, *chica*, seus filhos também serão como ele. A doença não desaparece. Apenas se instala, fica e você a transmite a estranhos e a seus bebês.

— Se não receber tratamento! — rebateu Rane. — Que diabos vocês estão fazendo sentados no meio do deserto dando à luz monstros e sequestrando pessoas?

Lupe sorriu.

— Eli diz que estamos preservando a humanidade. Eu concordo com ele. Estamos mesmo. Nossa própria humanidade e a de todo mundo, porque deixamos as pessoas em paz. Nós nos isolamos o máximo que podemos, e as pessoas de fora continuam vivas e saudáveis, pelo menos a maioria delas.

— A maioria — comentou Rane com amargura. — A maioria por enquanto. Mas não eu. Nem meu pai ou minha irmã. E você? Você também não pertence a este lugar, não é?

— Agora, pertenço — declarou Lupe. — Antes, eu tinha um caminhão particular. Você sabe. O dinheiro é bom, se sobreviver. Meu caminhão quebrou na I-15, e Eli me capturou. Quando percebi o que ele tinha feito comigo, pensei em esperar o momento certo para matá-lo. Agora, acho que mataria qualquer um que tentasse feri-lo. Ele é da minha família.

— Por quê? — questionou Rane. — Se você realmente acredita que ele é a causa dessa doença, e sabe que ele é o cara que a sequestrou... — Rane balançou a cabeça. — Você não tinha marido nem nada lá? No mundo real? E o seu negócio?

— Eu era divorciada — respondeu Lupe. — Morava no caminhão, na estrada. — Fez uma pausa. Sua voz adquiriu um tom melancólico. — Sinto falta da estrada. Quase morri mais vezes do que gosto de pensar, mas sinto falta.

Rane ouviu sem compreender. Uma mulher que podia ser nostálgica por um trabalho em que poderia morrer provavelmente poderia se adaptar a qualquer coisa irracional.

— Eu não tinha ninguém — continuou Lupe. — Morávamos em uma pocilga. A casa dos meus pais foi destruída em uma guerra de gangues, bombardeada. Uma das gangues queria transformar o lugar em uma terra de ninguém, sabe? Precisavam estabelecer um espaço entre o próprio território e o dos rivais. Então, bombardearam algumas casas, incendiaram outras. Conseguiram sua terra de ninguém. Meus pais, meu irmão e muitas outras pessoas morreram. Meu ex-marido é um bebum por aí. Quem se importa? Então, eu estava sozinha. Aqui não. Sou parte de algo, e parece bom. Até Orel. Houve um tempo em que eu carregava duas armas além da proteção normal do caminhão, e, em termos de segurança, meu caminhão era um tanque de guerra, tudo para me defender de pessoas como ele: viajantes de bicicleta, vagabundos de carro, caminhoneiros perigosos, cada verme pegajoso que rastejava pelo que resta do sistema rodoviário. Mas eles não são todos tão ruins como eu pensava. Orel não é. Tire-o da gangue, dê a ele algo melhor e se tornará uma pessoa. Um homem.

Rane ouvia com interesse, contra a própria vontade. Não conseguia entender o interesse de Lupe por um homem como Ingraham, mas estava começando a respeitá-la. Rane gostava de pensar em si mesma como durona, mas tinha uma suspeita desconfortável de que não teria sobrevivido à vida daquela mulher. Ela nunca estivera sozinha, nunca ficara sem alguém para a ajudar se não pudesse dar conta de algo sozinha. Agora, nenhuma das pessoas que se importava com ela poderia ajudá-la. Seu pai, sua irmã, dois casais de avós e, por parte de mãe, um sem-número de tias, tios e primos. Apenas alguns eram próximos dela, mas ela podia contar com cada um deles para vir correndo se um membro da família precisasse de ajuda. Agora, os únicos que sabiam que ela necessitava de ajuda precisavam disso tanto quanto ela.

PASSADO 13

Gabriel Boyd morreu.

A morte foi um alívio para ele, o fim de um sofrimento que ia além do físico. Vivo, ele estava assustado, confuso, tomado pela aversão a si mesmo causada por sentimentos que não conseguia controlar nem compreender.

Teve de ficar acamado porque não era mais capaz de manter o equilíbrio. Precisava se esforçar demais, primeiro para subir e descer degraus, depois para lidar com as irregularidades do terreno e, por fim, para caminhar sobre uma superfície plana. Ele conseguia se arrastar, mas nada além isso.

À medida que sua sensibilidade aumentava, começou a reagir com terror a barulhos leves e se encolher ao menor contato. A maioria dos alimentos, e até mesmo o cheiro de comida, o nauseava, embora estivesse sempre com fome. Eli o alimentava com carne moída crua sem tempero, frutas e legumes frescos. Ele comia pouco e se segurava para não vomitar.

Seus olhos precisavam ser vendados, pois qualquer movimentação tênue o assustava. Mexia-se, mesmo na cama, de forma exagerada ou desajeitada ou sutil e extremamente controlada. Passou a não conseguir mais se alimentar sozinho. Depois, não conseguia mais comer ou beber, mesmo sendo alimentado. Na *Arca*, sua alimentação teria passado a ser por via intravenosa. Mas nenhum membro da tripulação da *Arca* que chegou àquele estágio tinha sobrevivido, com ou sem reinfecção. Eli e Meda, chorosa, cuidaram dele, depois da esposa dele, cujos sintomas também pioraram. Ele perdeu o controle de todas as funções corporais. Urinava e defecava, cuspia e babava.

Seu corpo se contorcia, convulsionava e suava em abundância. Ele provavelmente liberou organismos patogênicos suficientes para contaminar uma cidade.

Morreu no quarto dia após o início dos sintomas, provavelmente de desidratação e exaustão. Ligado a aparelhos hospitalares, ele teria durado mais, mas seu fim teria sido o mesmo. Eli achou oportuno não haver maneira de prolongar o sofrimento do velho.

A mãe de Meda morreu um dia depois, assim como os dois irmãos dela e um sobrinho pequeno, perfeito, nascido três meses prematuro.

Meda nunca adoeceu de verdade. Ficou cada vez mais desgostosa à medida que sua família partia, tornou-se quase suicida, mas seus sintomas físicos permaneceram suportáveis. Estava aprendendo a usar os sentidos aguçados ou, pelo menos, a tolerá-los. E apesar de todo o horror, todas as noites e, às vezes, durante no dia, ela procurava Eli, ou ele vinha até ela. Sem discussão, ele se mudou para o quarto dela. Meda não entendia como conseguia tocá-lo em meio aos acontecimentos do desastre que ele causara a sua família. No entanto, encontrou nele um conforto. E, embora não soubesse disso, ela o confortou, aliviou-o da culpa por continuar vivo. Eles confiavam um no outro desesperadamente e, de alguma forma, apoiavam-se.

O pai dela percebeu o que estavam fazendo antes de morrer. Primeiro a amaldiçoou, chamou-a de prostituta. Depois, desculpou-se e chorou. Agarrou o pulso de Eli com uma força que era apenas um leve traço da que deveria ter possuído.

— Cuide dela! — sussurrou. Era mais uma ordem do que um pedido. Ainda mais suavemente, disse: — Eu sei que poderia ter sido eu ou um dos irmãos dela se não fosse você. Cuide dela, por favor.

Para a própria surpresa, Eli chorou. Estava preso em uma espiral de culpa e tristeza. Continuava vivo por causa do velho. Gabriel Boyd dera a ele uma casa e impedira que vagasse por alguma cidade e espalhasse a doença. Era como seu avô: um velho austero e piedoso que acolhia os desgarrados. Uma prática perigosa nos últimos tempos.

Estava preocupado com Meda. Preocupado de que talvez não fosse capaz de cuidar dela e, então, ela poderia morrer, apesar de parecer adaptada. Isso faria dele um completo fracasso. Isso o levaria para longe dali, mesmo que as cunhadas dela sobrevivessem. Em sua mente, apenas a sobrevivência dela aliviaria suas dúvidas em relação à própria humanidade. Eli tinha ficado para salvá-la. Agora, ela tinha de viver, ou ele seria um monstro, totalmente maligno, completamente incapaz de controlar a coisa que o tornava monstruoso.

Meda sobreviveu. Ele a acompanhou durante todo o período em que ela poderia tentar tirar a própria vida. Depois, quando o organismo se estabelecesse em definitivo, o suicídio seria impossível. Agora, ele a observava.

Na maior parte do tempo, ela o odiava pelo menos tanto quanto precisava dele, para dizer o mínimo. Ela perdeu peso e suas roupas começaram a cair. Ganhou força e, quando batia nele, doía. Culpado, ele não revidava.

Ela o ajudou a lavar os cadáveres de seus pais, irmãos e sobrinho. Para ele, era uma punição que não se permitiria evitar. Para Meda, foi um adeus.

Envolveram os corpos em lençóis limpos e os levaram para um lugar que ela havia escolhido. Lá, juntos, abriram o chão, cavaram as covas. As cunhadas não ajudaram, mas apareceram para ficar ao lado das sepulturas, com os olhos vermelhos, enquanto Eli lia trechos do Livro das Lamentações e do Livro de Jó. Elas choraram e Meda fez uma oração e acabou-se.

Mais tarde, Meda tentou confortar as cunhadas. Elas eram mais velhas, mas Meda tinha uma personalidade dominante, e as mulheres tinham a tendência de se submeter a ela, exceto em um aspecto importante. Preferiam ser consoladas por Eli. Os impulsos delas aumentaram tanto quanto os de Meda, e não tinham mais parceiros.

Meda compreendeu a necessidade delas e ficou magoada. Mesmo quando odiava Eli, não queria compartilhá-lo. Sua possessividade pareceu surpreendê-la, mas não causou surpresa em Eli. Ele teria sido igualmente possessivo em relação a ela se houvesse outro homem no rancho. Garantiu que Gwyn e Lorene fossem reinfectadas até ter certeza de que sobreviveriam. Depois, evitou a tentação da melhor forma possível até que Meda estivesse confortavelmente grávida e, de fato, a gravidez a confortou. Ela não entendia o porquê. Tinha sido isolada e superprotegida pelos pais, criada acreditando que ter um filho fora do casamento era um grande pecado. Mas a gravidez aliviou a tensão que ela só reconheceu depois que passara. Também aliviou uma tensão que ela tinha reconhecido muito bem.

— Vou dormir com Lorene — disse Eli a Meda um dia. — Ela está no período fértil.

Meda esfregou a barriga e olhou para ele.

— Não quero que faça isso — falou. Eli pôde compreender o significado, mas ouviu pouca paixão por trás das palavras. Ela tinha alguma ideia do que ele estava sentindo e sabia, com certeza, o que Lorene estava sentindo. Ela queria mantê-lo, mas já havia renunciado a ele.

— Não há outros homens — explicou ele, em vão.

— Você vai voltar?

— Sim! — respondeu no mesmo instante. Em seguida, hesitou: — Devo?

— Sim! — disse ela, no mesmo tom dele. Colocou a mão na barriga. — Esta criança também é sua!

Meda não sabia o quanto ele queria ser o pai da criança. Eli temera que ela dificultasse isso.

— Precisamos de homens para Lorene e Gwyn — falou ela.

Meda assentiu. Estava feliz por ela dizer isso. Ela compartilharia a responsabilidade com ele dessa vez, quando infectassem mais dois homens. Ele sabia o tempo todo o que precisava ser feito. Não imaginara, até então, que as mulheres estavam prontas para ouvi-lo. As outras mortes pareciam muito recentes na mente delas. Sem ter a intenção, gostara da sensação de ter um harém que as três mulheres lhe proporcionaram. Quando percebeu o quanto gostava disso, logo quis procurar outros homens. Suspeitava de qualquer sentimento que teria sido repugnante antes da enfermidade, mas agora era atraente. Ele não daria ao organismo outro fragmento de si mesmo, de sua humanidade. Não deixaria que fizesse dele um garanhão com três éguas. Eli criaria uma colônia, um enclave no rancho. O rumo que a colônia tomaria, apenas Deus saberia, mas qualquer que fosse, já que não iam morrer, teriam de crescer.

PRESENTE 14

Lupe e Ingraham compartilharam Rane com um recém--chegado apresentado como Stephen Kaneshiro. Ninguém explicou o que ele estava fazendo ali. Ele se ofereceu para ajudar com a pintura da parede quando Lupe e Ingraham buscaram a tinta e os pincéis (pincéis de verdade), mas Rane tinha a impressão de que o rapaz não morava com eles. Às vezes, quando Lupe e Ingraham a tocavam, ele também fazia isso. Depois de algumas horas, ela parou de se encolher e de tentar evitar seus dedos. Eles não a machucavam. Não houve mais arranhões. Eram suportáveis.

Com o tempo, o motivo da presença de Stephen ficou claro para ela.

A pintura já estava sendo feita há algum tempo quando Lupe perguntou se ela queria ajudar. Rane balançou cabeça. Sabia que a pergunta, na verdade, poderia ser uma ordem, mas decidiu esperar para ver. Lupe apenas a ignorou e se virou para a parede em que estava trabalhando. Os dois homens estavam saindo para trabalhar na parte de fora da casa. Stephen parou, olhou para ela, depois para Lupe.

— Você acha que ela será preguiçosa assim quando tiver a própria casa? — perguntou.

Lupe sorriu.

— Essa aí não é preguiçosa. Está preparando um plano de fuga enquanto fica ali.

Assustada, Rane virou-se para olhar para a mulher. Lupe riu, mas Stephen pareceu preocupado. Colocou uma lata de tinta no chão e se aproximou de Rane. Era um homem pequeno, de pele acastanhada, tão bronzeada que ele e Rane tinham quase a mesma cor. Ele estava de barba feita e tinha cabelos longos, pretos, puxados para trás e presos frouxamente com um elástico. Em circunstâncias diferentes, ela teria acolhido a atenção dele e até ficado um pouco aturdida. Stephen era tão magro quanto todo mundo no rancho, mas também era um dos homens mais bonitos que Rane já tinha visto. De alguma forma, a magreza não prejudicava a boa aparência dele. Ainda assim, tinha a doença. Ela se preparou para a nova investida dele.

Mas, dessa vez, ele não a tocou. Era evidente que queria, mas se conteve.

— Se vier comigo — disse —, não vou tocar em você.

— Tenho escolha? — perguntou ela.

— Sim, mas gostaria que você viesse. Quero conversar com você.

Rane lançou um olhar para Lupe, viu que ela não estava prestando atenção. Stephen não parecia apavorante. Tinha a mesma altura que ela e não sofria de espasmos ou tremores. Ela não identificou nada parecido com o temperamento impulsivo de Ingraham por trás dos olhos pretos e tranquilos dele. E o mais importante: ela não estava descobrindo absolutamente nada parada na sala de Lupe e sendo tocada como um animal sempre que alguém pensava nela. Rane precisava olhar os arredores da casa, encontrar uma saída daquele lugar.

Levantou-se e olhou para Stephen, esperando que ele mostrasse o caminho.

— Vamos lá fora — falou. — Vou mostrar as coisas enquanto conversamos. Mas não fuja. Se fugir, terei de machucá-la, e essa é a última coisa que gostaria de fazer.

Não havia nenhum ardor especial na voz dele ao dizer aquelas últimas palavras, mas Rane, de repente, ficou desconfiada.

Quebrando sua palavra, Stephen pegou-a pelo braço e a levou para fora. Ela não se importou, na verdade. Pelo menos desta vez ele tinha um motivo para tocar nela.

Ele a levou até um curral onde duas vacas e uma novilha de tamanho mediano comiam feno. À distância, em um dos lados, havia outro curral, de onde um touro olhava para as vacas.

— Este lugar está cheio de bebês e grávidas — comentou. — Precisamos de muito leite. — A novilha aproximou-se deles e ele acariciou sua cara ampla.

— É possível pegar uma doença bebendo leite cru — retrucou Rane.

— Nós sabemos disso. Somos cuidadosos, embora não tenhamos muita certeza de que precisamos ser. Ao que parece, não contraímos outras doenças depois dessa.

— Não vale a pena!

Ele pareceu surpreso com a veemência dela.

— Rane, você vai ficar bem. As mulheres jovens não têm nada com que se preocupar. São as mulheres mais velhas e todos os homens que correm risco.

— Foi o que ouvi. Isso significa que meu pai pode morrer. E, jovem ou não, minha irmã provavelmente morrerá mais cedo do que morreria sem vocês. E eu. O que faço se sobreviver? Dou à luz uma sequência de animaizinhos?

Stephen a girou para que ficasse de frente para ele.

— Nossas crianças não são animais! — falou. — Não queremos que elas sejam chamadas de animais.

Ela se desvencilhou dele, nem um pouco surpresa que ele permitisse.

— Nunca pensei muito na ideia de abortar — afirmou —, mas se eu pensasse, por um momento, que estava carregando outro Jacob, estaria disposta a fazer um aborto com um cabide velho de arame!

Rane conseguiu horrorizá-lo, justo o que pretendia. Estava falando muito sério, e ele, mais do que todas aquelas pessoas, precisava saber disso.

— Você sabe que eles planejavam dar você para mim — comentou, brandamente.

— Suspeitei. Por isso quis que soubesse como me sinto.

— Seus sentimentos vão mudar. O nosso mudou. A doença muda as pessoas.

— Faz as pessoas gostarem de ter crianças de quatro patas?

— Faz as pessoas gostarem de ter filhos. Provoca a necessidade de tê-los. E quando eles chegam, você os ama. Eu me pergunto... Qual é a composição química do amor? Bebês humanos são feios mesmo quando são perfeitos, mas os amamos. Se não os amássemos, a espécie desapareceria. Os bebês que temos aqui... bem, se não os amássemos, se não fôssemos absurdamente protetores com eles, o organismo da *Arca de Clay* desapareceria da Terra. Não é um organismo inteligente, mas, meu Deus, é feito para sobreviver.

— Não vou mudar — afirmou Rane.

Stephen sorriu e abanou a cabeça.

— Você é uma garota determinada, mas não sabe o que está dizendo. — Ficou em silêncio por um tempo. — Você não precisa me procurar até que queira. Não somos estupradores aqui. E você... Bem, você já é interessante agora, mas não tanto quanto será.

— Do que está falando?

Ele colocou o braço em volta dela. Ela ficou surpresa que o gesto não a ofendeu.

— Você descobrirá, mais cedo ou mais tarde. Por enquanto, não faz diferença.

Eles se afastaram da novilha e ela mugiu atrás deles.

— As vacas parecem não contrair a doença — comentou ele. — Os cães a contraem e morrem. Ela matou todos os tipos de criaturas de sangue frio que já nos morderam: cobras, escorpiões, insetos... Pode não haver nada na Terra que penetre em nossa carne e saia inalterado. Exceto nossa própria espécie, é claro. Não posso provar, mas aposto que essas vacas são portadoras.

— O microscópio da maleta do meu pai provavelmente pode lhe dizer isso — disse Rane. — Embora ele talvez não esteja com vontade de usá-lo.

— Posso fazer isso — respondeu.

Ela olhou para o rosto dele, sem rugas apesar da magreza. Era a pessoa mais jovem que ela tinha visto ali até então, com vinte e poucos anos, talvez, ou no final da adolescência.

— Você estudava antes, não estudava? — adivinhou.

Ele assentiu.

— Faculdade. Música. Mas saí um pouco da rota e fiz algumas aulas de biologia e química.

— Estava estudando para ser o quê?

— Violinista clássico. Toco desde os quatro anos.

— E agora está disposto a desistir de tudo e voltar para o século XX?

Ele parou diante de um grande caixote de madeira, abriu-o e viu duas dúzias de galinhas chegarem correndo e se reunirem à sua volta, cacarejando. Abriu um dos seis barris de metal, tirou um punhado de quirera e jogou para elas. Era, obviamente, o que estavam esperando. Elas começaram a bicar o milho depressa antes que as recém-chegadas que vinham de todas as direções pudessem comê-lo. Stephen jogou mais um pouco de milho, depois fechou o caixote.

— O sol está quase se pondo — disse. — Era de se imaginar que elas estariam ocupadas demais decidindo onde iriam se empoleirar para vigiar o caixote.

— Você não se importa em nunca vir a ser músico? — indagou ela.

Stephen olhou para as próprias mãos, esfregou-as.

— Sim.

A voz dele tinha o tom grave de uma dor pessoal.

Rane ficou em silêncio, sentindo-se inadequada, pela primeira vez sem saber o que dizer. Então, ele olhou para ela, com um sorriso quase indistinto.

— Era uma paixão antiga — falou. — Não pego em um violino há meses. Não sabia como seria.

— Como é? — perguntou ela.

Ele começou a andar, de modo que ela quase perdeu a resposta.

— Uma amputação — sussurrou.

Rane caminhou ao lado dele, deixou que ele a guiasse até a horta, passando pelo jardim, passando pelo Jeep no caminho. A visão do carro a abalou, fez com que se lembrasse de que deveria estar procurando uma maneira de escapar.

— Você já viu comida crescendo? — perguntou ele, curvando-se para virar uma melancia verde-escura e olhar a base amarela. — Madura — comentou. — Você não acreditaria como são doces. — Stephen estava distraído. Mudou de um assunto para outro, atraindo-a até ele, mantendo-a emocionalmente envolvida em tudo que ele queria.

— Não me importo com o cultivo de alimentos — disse ela. — Escute, Stephen, meu pai é um bom médico. Deixe-o examiná-lo, talvez a doença tenha cura. Se ele não puder ajudar, saberá quem pode.

— Não saímos do rancho — respondeu ele —, exceto para trazer suprimentos e convertidos.

— Você nunca será um violinista aqui!

— Jamais serei violinista — disse ele. — Não acha que eu sei disso? — Ele nunca chegou a erguer a voz. Sua expressão só se alterou levemente. Mas Rane se sentiu como se ele tivesse gritado com ela. Observou-o com fascínio.

— Por quê? — perguntou. — O que o está prendendo aqui?

— Pertenço a este lugar. Esta é minha família agora.

— Por quê? Porque lhe transmitiram uma doença?

— Sim.

— Isso não faz sentido! — protestou ela, com raiva.

— Fará.

A aparente passividade dele a enfureceu.

— É provável que não fosse um bom violinista. Provavelmente não tinha nada a perder. É por isso que não se importa!

O rosto dele congelou.

— Se quer se livrar de mim — falou —, continue dizendo coisas assim.

Naquele instante, ela percebeu que não queria se livrar dele. Stephen parecia humano, enquanto os outros, não. Apenas alguns minutos na companhia dele a fizeram querer se agarrar a ele e evitar as pessoas magricelas e as crianças-animais que eram a sua alternativa. Mas ela não se agarraria a ele. Não se apegaria a ninguém.

— Não me importo com o que faça — declarou. — Não entendo por que alguém iria querer ficar aqui, e você não disse nada para me ajudar a entender.

— Nada do que eu dissesse realmente ajudaria. — Ele suspirou. — Quando seus sintomas começarem, você entenderá. Isso é tudo. Mas pense nisso. Eu era casado. Minha esposa tocava piano... talvez tocasse melhor do que eu tocava violino. Tínhamos um filho, ele tinha apenas um ano quando o vi pela última vez. Se eu ficar aqui, minha esposa poderá continuar tocando piano. O mundo continuará sendo um lugar onde as pessoas terão tempo para música e beleza. Meu filho pode crescer e fazer o que quiser. Meus pais têm algum dinheiro. Vão garantir que ele tenha oportunidades. Mas se eu tentar me entregar, sei que vou perder o controle e espalhar a doença. Eu começaria o processo de transformar o mundo em um lugar sem tempo para nada além de sobrevivência. No final, Jacob e a espécie dele herdariam tudo. Meu filho... talvez morresse antes de se tornar um homem.

Ela ficou em silêncio por vários segundos quando ele terminou. Viu-se querendo dizer algo reconfortante, e isso era insano.

— Você sacrificou minha família para poupar a sua — falou, com amargura.

Stephen arrancou uma espiga de milho do caule, descascou-a e começou a comê-la crua. Rasgou-a como um animal, sem olhar para Rane.

— Alguém o sacrificou também — complementou ela, por fim. — Eu sei disso. Mas, meu Deus, não é hora de quebrar a corrente? Eu e você poderíamos fugir juntos. Poderíamos obter ajuda.

— Você não me ouviu — disse ele. — Sabia que você não ouviria. Escute! Passamos a ser contagiosos até duas semanas antes de começarmos a apresentar sintomas, exceto pessoas como você, que não terão duas semanas entre infecção e sintomas. Quantas pessoas acha que alguém poderia infectar em duas semanas vivendo na cidade? E quantas as vítimas dessa pessoa poderiam infectar? Com um organismo extraterrestre. Não há nenhuma cura, Rane, e quando for encontrada, se puder ser encontrada, talvez seja tarde demais. Não estou protegendo só a minha família. É todo mundo. É o futuro. Como Eli me disse, o organismo é um maldito invasor eficiente.

— Não acredito em você!

— Eu sei. Ninguém acredita no começo. Eu não acreditei.

Rane se afastou enquanto ele pegava um tomate e começava a comer. Ele não lavava nada. Comia do jeito que saía da terra. Rane nunca tinha visto uma plantação assim antes, mas não se impressionou. Ficou pensando se a fertilizavam com o conteúdo do banheiro e do curral dos animais. Era exatamente o tipo de coisa anacrônica e imunda que eram capazes de fazer.

Escalou algumas rochas, enormes montes arredondados e ásperos de granito, e ficou no alto, observando. Para sua surpresa, viu a estrada sinuosa lá embaixo. Logo, Stephen estava ao seu lado. Ela se assustou bruscamente ao vê-lo ali, no espaço que estava vazio um segundo antes. Ele devia ter saltado, quase à maneira de Jacob.

— Todos nós podemos pular — disse. — Podemos correr bem rápido também. Deveria se lembrar disso.

— Eu não estava tentando fugir.

— Ainda não. Mesmo assim, lembre-se. — Fez uma pausa. — Sabe como eles me pegaram sete meses atrás?

— Só está aqui há sete meses?

— Dirigi direto até a colônia — explicou. — Fui ver meus pais em Albuquerque e, no caminho de volta para casa, decidi explorar um pouco. Vi uma estrada na montanha que não estava nos mapas que tinha e pensei em descobrir para onde ia. Descobri.

— Por que estava dirigindo? — perguntou Rane. — Deveria ter ido de avião.

— Eu adorava dirigir. Era uma espécie de passatempo. Aposto que seu pai também tem isso.

— Sim. Ele também tem um Porsche e um Mercedes. Nem sequer os tira do enclave.

— Um Porsche? Você está brincando. Que ano?

Rane olhou para ele, viu excitação em seu rosto pela primeira vez e riu. Algo familiar, enfim. Loucura por carros.

— Um Porsche 930 Turbo de 1982. Minha mãe costumava dizer que o carro era a segunda esposa dele. Minha irmã e eu imaginávamos que era outra filha.

Stephen riu também, depois ficou sério.

— Está escurecendo, Rane. Devemos entrar.

Ela não queria entrar — estar de volta com Lupe e Ingraham. De volta às mãos que a faziam se contrair. As mãos de Stephen não faziam mais com que ela se encolhesse.

— Ainda não tenho casa — disse. — Tenho um quarto na casa de Meda.

Ela não poderia olhar para ele agora. Nunca tinha dormido com um homem. O pensamento de fazê-lo agora, com um estranho, mesmo que fosse um estranho agradável, era confuso e assustador. A ideia de conceber uma criança naquele lugar, se é que se podia chamá-las de crianças, era aterrorizante.

— De volta a Lupe, então — concluiu ele. Colocou o braço em volta dela e a assustou ao agarrá-la e logo depois saltar das rochas. Eles pousaram sãos e salvos em meio a talos de milho. Rane pensou que pesava pelo menos tanto quanto ele, mas isso não parecia incomodá-lo.

— Você não é de gritar — falou. — Que bom.

Stephen a pôs de pé.

— Eu me pareço com sua esposa? — perguntou ela, timidamente, enquanto voltavam.

— Não — respondeu ele.

— Mas... você gosta de mim?

— Sim.

Ela o olhou em dúvida, imaginando se ele estaria rindo dela.

— Gostaria que falasse mais — comentou ela.

Mais tarde naquela noite, Lupe amarrou Rane a uma cama.

— Ainda não temos grades — falou Ingraham. — Você deveria ter ido com Stephen.

— Cale a boca — censurou-o Lupe. — Amarrar pessoas não é brincadeira. Nem tentar mandar uma criança para a cama com um cara que ela nem conhece. Temos que encontrar uma maneira melhor. Estou farta disso.

Ingraham não disse mais nada.

Rane não encontrou conforto nas palavras de Lupe. Amarrada como estava, tinha de pedir até para ir ao banheiro. E não podia dormir de lado, como estava acostumada. Ficou deitada, triste, incapaz de dormir, torcendo os pulsos na esperança de libertar pelo menos um deles. A torção doeu o suficiente para fazê-la parar após algum tempo. Depois, tentou alcançar um dos pulsos com os dentes. E falhou.

A essa altura, estava em lágrimas, chorando de frustração e raiva. Estava totalmente despreparada para o repentino peso em seu estômago, que a fez perder o fôlego. Dessa vez ela teria gritado, se conseguisse. Segurou a respiração, sentindo-se como se tivesse levado um soco, e então viu Jacob perto dela, quase indistinto e sombrio na escuridão.

— Você não pode morder a corda — disse. — Seus dentes são muito fracos.

— O que está fazendo aqui? — questionou ela.

— Nada. — Em sua pose de gato sentado, ele a encarou. — Entrei pela janela.

Rane suspirou e fechou os olhos.

— Acho que estou feliz por você estar aqui — sussurrou. — Até mesmo sendo você.

— Por que você não gosta de mim? — perguntou ele.

Rane balançou a cabeça e respondeu com sinceridade, porque estava cansada demais para agradá-lo.

— Porque você parece diferente. Porque tenho medo de você.

— Tem? De mim? — Jacob pareceu satisfeito. E também pareceu mais próximo. Ela abriu os olhos e viu que ele havia se esticado ao seu lado. Tentou se afastar, mas não conseguiu.

— Você *tem* medo de mim — concluiu ele, contente. — Vou dormir aqui.

Ela poderia ter chamado Lupe. Mas tomou uma decisão consciente de não fazer isso. O menino era inofensivo, apesar de sua aparência, e não entendia que o medo dela não era pessoal, era daquilo que ele representava. Mais importante, não achava que poderia ficar sozinha de novo.

Algum tempo depois da meia-noite, quando ela já estava com dor de cabeça pela privação de sono, ele acordou e, em um estado de alerta nada infantil, perguntou se os braços dela doíam.

— Doem — respondeu ela. — E não consigo dormir e estou com frio.

Para sua surpresa, ele puxou a coberta até o queixo dela.

— Os motoqueiros colocaram uma corda em mim — contou Jacob. — Eles me puxaram e falaram: "Upa! Upa!".

Rane balançou a cabeça, repugnada. Jacob não podia deixar de ser o que era. Não merecia um tratamento desses.

— Papai bateu em alguns deles e eles morreram.

— Ele fez muito bem — murmurou Rane. Então, ela percebeu que estava falando sobre Eli, que, naquele instante, poderia estar estuprando Keira. A confusão, a frustração e o cansaço se instalaram, pesando sobre ela, que não conseguiu conter as lágrimas. Ela não fez nenhum som, mas, de alguma forma, a criança percebeu. Jacob tocou o rosto dela com uma de suas mãozinhas duras, e como ela desviou a cabeça, com raiva, ele voltou a atenção para o pulso direito dela.

— O que você está fazendo? — quis saber ela.

Como que em resposta, percebeu o pulso livre de repente.

— Meus dentes são afiados — revelou Jacob. Ele subiu sobre ela e começou a roer no pulso esquerdo, que, em poucos segundos, também estava livre.

— Ah, meu Deus — exclamou Rane, abraçando-se com os braços doloridos e as mãos dormentes. Estendeu o braço para a criança.

— Obrigada, Jacob.

— Você tem um gosto bom — disse. — Achei que teria. Você cheira a comida.

Ela puxou a mão para trás depressa e ouviu a risada alegre da criança. Ele podia rir. Ele a libertara. Como diabos uma criança de quatro anos poderia ter dentes que cortavam uma corda estava além de sua capacidade de compreensão, mas ela não se importava. Se ele fosse um pouco menos estranho, o teria abraçado.

— Tem alguma coisa acontecendo lá fora — anunciou ele.

— O quê?

— Pessoas andando e conversando. — Jacob saltou da cama até a janela. — É a sua família — falou. Saltou de maneira silenciosa para o parapeito alto da janela, depois para o outro lado.

Então, até ela ouviu o barulho lá fora: um carro dando partida, pessoas correndo. Houve gritos e finalmente sua mente cansada compreendeu o que devia estar acontecendo. A família dela... o pai e a irmã...

Rane saiu da cama, só parando para calçar os sapatos e pegar a calça e a camisa. Vestiu tudo sobre a camisola fina que Lupe havia tirado da bagagem e pulou pela janela. Sairia nua se tivesse que fazê-lo.

Saiu a tempo de ver o Jeep desaparecendo na estrada da montanha e pessoas magricelas perseguindo-o. Seu pai a havia deixado!

Deu alguns passos inúteis atrás deles, então se virou sem pensar e correu na direção oposta, rumo às rochas em que ela e Stephen Kaneshiro estiveram, e também à estrada lá embaixo, onde o pai quase certamente logo passaria. Ocorreu-lhe enquanto corria para a ladeira íngreme que ela poderia morrer. O pensamento não a deteve. De qualquer forma, as pessoas magricelas não a amarrariam de novo.

PARTE TRÊS

MANÁ

PASSADO 15

Agora Eli se tornaria um criminoso na ativa, além de portador de uma doença. Agora, com a ajuda de Lorene e Meda, sequestraria um homem. Pegaria o Ford do pai de Meda e iria para o que restava da velha US-95. Ela conhecia o trecho da 95 que ia da State Highway 62 até a Interstate 40. Era uma região desolada, segundo ela. Nenhuma cidade, quase nenhum caminhoneiro autônomo na estrada. Apenas alguns visitantes temerários, arriscando-se entre viajantes de bicicleta, famílias de estrada, e alguns fazendeiros bem armados e individualistas.

Eli estava preocupado em levar Meda. Ela estava grávida de quatro meses, e ele se preocupava tanto com ela quanto com a criança. Ela não era uma mulher fácil de se apegar, mas havia acontecido. Agora, ele não podia perdê-la. *Não podia perdê-la.*

Meda sempre tivera força física, orgulhava-se de ser capaz de trabalhar e brincar de igual para igual com os irmãos. Agora, a doença a tornara ainda mais forte, e sua nova força dera-lhe um excesso de confiança.

Disse a Eli que não iria ficar sentada em casa, tremendo e imaginando se o pai de seu filho sobreviveria. Pretendia fazer com que ele sobrevivesse. E ele pensou que talvez ela se matasse no processo.

Eli passou da raiva ao divertimento e à gratidão secreta pela preocupação dela. Ainda havia maus momentos, momentos em que ela o amaldiçoava e lamentava pela família. Mas eram cada vez menos frequentes. O organismo da doença e a criança dentro dela a impeliam na direção dele. Talvez ela tivesse até começado a perdoá-lo um pouco.

Agora Meda o ajudava a planejar.

— Podemos nos esconder aqui — disse, usando um velho mapa impresso de um clube do automóvel. — Há um entroncamento. Uma estrada de terra que leva à 95. Existem algumas colinas.

Os quatro estavam sentados em uma extremidade da grande mesa da sala de jantar. Lorene, que deveria ficar com o novo homem, se ele sobrevivesse; Gwyn, que já estava grávida de novo e com menos necessidade imediata de um homem para si; Meda; e Eli.

Disfarçadamente, Eli observou Gwyn, viu que ela parecia à vontade, desinteressada do mapa. Algumas semanas antes, teria rasgado o papel amarelado na ânsia de participar e conseguir um homem para si. Agora, grávida de Eli, ela estava satisfeita. O organismo transformara todos eles em animais reprodutores.

— O que acha? — perguntou Meda.

Eli olhou para o mapa.

— Maldito trecho solitário de estrada — falou. — Alguém trabalha aqui? — Apontou para uma pedreira que deveria estar nas proximidades.

Meda balançou a cabeça.

— Perigoso demais. Naquele ponto, a estrada é, na verdade, um esgoto. Pelo que ouvi sobre os esgotos da cidade, a única razão pela qual são piores é porque têm mais ratos. Mas as gangues daqui são igualmente perigosas, e os caminhoneiros... traficantes de órgãos, contrabandistas de armas... esse é o tipo. Os poucos fazendeiros que resistem também são perigosos. Se não o conhecerem, atiram no ato.

— Perigoso — concluiu Eli. — E próximo. Muito próximo de nós. Eu costumava ver as luzes da 95 quando saía à noite. — Quando saía para matar e comer galinhas para complementar o que a mãe de Meda considerava três boas refeições. — Acho que vi luzes da State Highway 62 também. Se, por acidente, sequestrarmos alguém importante, não quero grupos de busca vindo diretamente até nós.

Meda deu uma risada curta e amarga.

— Aqui há desaparecimentos o tempo todo, Eli. É esperado. E ninguém é importante o bastante nos dias de hoje para que haja buscas nessa região.

Eli ergueu os olhos do mapa e sorriu.

— Eu sou. Ou seria, se alguém soubesse que estou vivo.

— Por favor — falou Meda, irritada —, você sabe o que quero dizer.

— Sim. Ouvi dizer que gangues de motoqueiros e famílias de estrada podem ser cruelmente vingativas se acham que a pessoa machucou alguém do grupo. Vamos até a I-40. Se as coisas estiverem ruins por lá, podemos até ir para a I-15.

— Tão longe? — questionou Meda. — E o combustível, Eli?

— Sem problemas. Vamos pegar o Ford. Com o tanque duplo, ele pode chegar a qualquer lugar, dentro de limites razoáveis, e voltar para cá sem precisar reabastecer.

— E tem mais gente na 40 e na 15 — disse Lorene. — Pessoas reais, não apenas ratos de esgoto. Eu poderia conseguir um caminhoneiro honesto ou um fazendeiro ou um homem da cidade. — Parecia uma criança ansiosa listando possíveis presentes de Natal. Eli logo teria de fazê-la voltar a si. Sozinha, ela poderia causar muito mal antes de perceber o que estava acontecendo com ela.

— O Ford foi a Victorville e voltou sem problemas de abastecimento — comentou Gwyn, indolente. Eli sabia que ela era de Victorville. Christian a conhecera lá, no posto de gasolina de beira de estrada da mãe, onde ela trabalhava com os irmãos. Ela deu de ombros. — Acho que não teremos problemas com isso.

Meda lançou a ela um olhar estranho, provavelmente devido àquele tom indolente, então falou para Eli.

— Acho que você vai querer usar a 95 para ir e vir.

— Podemos usá-la na ida — disse ele. — Se achar que o desvio vale a pena.

Ela balançou a cabeça.

— As famílias de estrada montam bloqueios. Ônibus de turismo blindados e caminhões autônomos simplesmente passam por cima, mas os carros são detidos. Especialmente um carro sozinho.

— Usaremos essa rede de estradas de terra, então. Gosto mais delas de qualquer maneira. Você conhece as melhores?

Meda assentiu.

— Se o tempo estiver bom, algumas são mais suaves do que a 95, mesmo.

— E as estradas de terra darão aos cativos a ideia de que estão mais isolados do que realmente estão. Não serão capazes de perambular e descobrir a verdade, como eu fiz, enquanto não tiverem passado pelo período de crise. Depois disso, não vão se importar.

— Tem certeza? — perguntou Meda. — Quer dizer... esta é a nossa casa, mas para um estranho...

— Esta será a casa dele.

Lorene deu uma risadinha.

— Vou fazer com que ele se sinta em casa. Você só precisa pegá-lo.

Eli virou-se para olhá-la.

— Sabe — disse ela, ainda rindo —, esse é o tipo de coisa que sempre lemos que os homens fazem com as mulheres...

Eles as sequestram e elas começam a gostar da ideia. Acho que vou gostar de inverter as coisas.

Silêncio. Meda e Gwyn ficaram olhando para Lorene, claramente repugnadas.

— Não vamos tocar nele — falou Eli a Lorene. — Vamos deixar que você lhe transmita a doença.

O sorriso de Lorene desapareceu. Ela olhou para Meda, depois para Gwyn e Eli.

— Ele pode morrer — continuou Eli. — Se morrer, arranjaremos outro.

Ela franziu a testa como se não entendesse.

— Pegaremos quantos forem necessários — explicou Eli.

— Você não tem o direito de me fazer sentir culpada! — sussurrou. De repente, sua voz se elevou. — Isto é tudo culpa sua! Meu marido...

— Lembre-se dele! — interrompeu-a Eli. — Lembre-se de como foi perdê-lo. É provável que você tire o marido de outra pessoa em breve.

— Você não tem direito...

— Não, não tenho — afirmou. — Só que não há mais ninguém para lhe dizer essas coisas. E você tem de ouvi-las. Tem de entender o que é, por que sente o que sente.

— Porque você matou...

— Não. Escute, Lori. É porque você é a hospedeira, a transmissora de um organismo extraterrestre. É porque esse organismo precisa de novos hospedeiros, novos transmissores. Você precisa infectar um homem, gerar crianças e não terá paz alguma enquanto não fizer isso. Eu entendo isso. Só Deus sabe como entendo. O organismo é um maldito invasor eficiente. Cinco pessoas morreram porque eu não pude lutar contra ele.

Agora, é possível que pelo menos uma pessoa morra porque você não pode lutar contra isso.

— Não — sussurrou Lorene, balançando a cabeça.

— É algo que não podemos esquecer ou ignorar — continuou Eli. — Perdemos parte de nossa humanidade. Podemos perder ainda mais, mesmo sem perceber. Só seria preciso esquecer dessa coisa que temos e do que ela precisa. — Ele fez uma pausa. Lorene se virou, e Eli esperou até que o olhasse de novo. — Então, vamos arranjar um homem para você — concluiu. — E o entregaremos a você. Você vai transmitir a doença e vai cuidar dele. Se ele morrer, você o enterra.

Lorene se levantou e saiu da sala, cambaleando.

PRESENTE 16

Quando Blake e Meda se foram, quando Ingraham levou Rane embora, Eli e Keira ficaram sozinhos sentados à grande mesa de jantar. Keira olhou para Eli com frieza.

— Minha irmã — sussurrou. Rane parecia tão gélida quando Ingraham a levou para fora, tão aterrorizada.

— Ela vai ficar bem — garantiu Eli. — Ela é durona.

Keira balançou a cabeça.

— As pessoas pensam isso. Ela precisa que pensem.

Ele sorriu.

— Eu sei. Deveria ter dito que ela é forte. Talvez mais forte do que ela mesma imagina.

Uma mulher carregando uma criança aos prantos, de mais ou menos três anos, entrou na casa. A criança, Keira observou, era uma garotinha vestindo apenas a calcinha. Tinha um rosto bonito e uma cabeleira escura e desgrenhada. Havia algo de errado com a maneira como estava no colo da mulher, algo que Keira não pôde evitar perceber, mas não conseguia determinar.

A mulher sorriu cansada para Eli.

— Quarto vermelho — disse ela.

Ele assentiu.

A mulher fixou os olhos em Keira por um momento. Keira pensou que ela a encarava com fome. Quando ela entrou no outro cômodo, saindo da sala e fechando a porta de correr, Keira se virou para Eli.

— O que está acontecendo? — perguntou. — Diga.

Eli a olhou com fome também, mas depois se recostou na cadeira e lhe explicou. Deixando de lado os indícios e protelações. Quando ele terminou, Keira lhe fez perguntas e ele lhe respondeu. A certa altura, a mulher e a criança saíram do quarto vermelho e Eli as chamou.

— Lorene, traga Zera. Quero que vocês duas conheçam Kerry.

A mulher, loira e magra, aproximou-se, com seu olhar faminto e sua criança estranha. Ela olhou para Keira, depois para Eli.

— Por que ainda há uma mesa entre vocês dois? — perguntou. — Aposto que não há mesa entre aquele cara e Meda.

— Foi por isso que chamei você aqui? — questionou ele, irritado. — Não quer se gabar da criança um pouco?

Lorene encarou Keira quase com hostilidade.

Keira e a criança estavam frente a frente. Keira se levantou, encarou os olhos cheios de suspeita de Lorene.

— Eu gostaria de vê-la.

— Está vendo — replicou Lorene. — Ela não é nenhuma aberração. Estava destinada a ser assim. Todas são assim.

— Eu sei — falou Keira. — Eli me contou. Ela é linda.

Lorene colocou a filha na mesa e a criança imediatamente se sentou, como um gato, braços apoiados no móvel.

— Levante-se — disse Lorene, empurrando o traseiro da garotinha. — Deixe a moça te ver.

— Não! — respondeu Zera com firmeza. Para Keira, isso provava que algo nela era normal. Antes da doença, Keira era chamada para cuidar de priminhas que às vezes pareciam não saber nenhuma outra palavra.

Então, Zera se levantou e, em um movimento único e fluido, lançou-se sobre Eli. Ele pareceu pegá-la no ar, rindo ao segurá-la.

— Garotinha, qualquer dia eu vou errar. Você está ficando mais rápida.

— O que aconteceria se você errasse? — perguntou Keira. — Ela não se machucaria, não é?

— Não, ela ficaria bem. Cairia de pé como um gato. Lorene erra, às vezes.

— Nunca erro — replicou Lorene, ofendida. — Às vezes, só me afasto. Nem sempre estou com vontade de que pulem sobre mim.

Eli colocou Zera de volta na mesa e, desta vez, ela deu alguns passos, saltou da mesa e se levantou ao lado de Lorene. Keira sorriu, apreciando o jeito suave e felino que a criança tinha de se mover. Então, franziu a testa.

— Uma criança dessa idade deveria ser meio desajeitada e fraca. Como ela pode ter tanta coordenação?

— Já conversamos sobre isso — disse Eli. — Elas passam por um período desajeitado, é claro. No ano passado, Zee vivia caindo. Mas se acha que ela é ágil agora, deveria ver Jacob. Ele tem quatro anos.

— Como eles serão quando forem adultos?

— Não sabemos — falou Lorene baixinho. — Talvez atinjam o auge mais cedo... Ou talvez, algum dia, sejam tão rápidos quanto guepardos. Às vezes tememos por eles.

Keira assentiu, olhou para a criança. Ela era perfeita. Uma coisinha perfeita, magra e de quatro patas com cabelos desgrenhados e um rostinho lindo.

— Uma esfinge bebê — falou Keira, sorrindo.

— Acha que aguentaria ter um assim algum dia?

Keira olhou para ela, sorriu tristemente, então se virou para Zera.

— Acho que posso lidar com isso — afirmou.

Zera deu alguns passos em direção a ela. Keira sabia que se a criança a arranhasse ou a mordesse, contrairia a doença.

No entanto, não sentia medo. A criança era um dos seres mais estranhos que Keira já tinha visto, mas era uma criança. Keira estendeu a mão para ela, mas Zera recuou.

— Ei — disse Keira em tom brando. — Do que você tem medo? — Ela sorriu. — Venha aqui.

A garotinha retribuiu o sorriso timidamente, aproximando-se de Keira outra vez. Ela era uma gatinha desconfiada em relação ao toque da estranha. Até cheirou-a sem chegar perto o suficiente para tocá-la.

— Sou cheirosa? — Keira perguntou.

— Carne! — anunciou a criança em voz alta.

Assustada, Keira recuou. Ela esperava ser arranhada ou mordida mais cedo ou mais tarde, mas não queria ter que sacudir Zera de seus dedos. Qualquer criatura tão elegante e felina quanto aquela criança teria, com quase toda a certeza, dentes afiados.

— Zee! — avisou Lorene. — Não morda! — Zera olhou para ela e sorriu, então encarou Keira.

— Eu não mordo.

Os dentes pareciam afiados, mas Keira decidiu confiar nela. Ela começou a estender a mão novamente, desta vez para pegar a criança no colo, mas Eli a advertiu.

— Kerry! — Ela o olhou por cima da mesa. — Não.

A voz dele a fez pensar em um chocalho de advertência. Ela recuou, não assustada, mas imaginando o que havia de errado com ele.

Lorene parecia zangada. Pegou Zera e enfrentou Eli.

— Que tipo de jogo você está jogando? — perguntou. — Por que a garota está aqui? Decoração?

Eli a encarou.

— Não me olhe assim. Vá fazer seus afazeres. Então pode cuidar dela! E se ela não sobreviver, pode...

Eli estava de pé, a centímetros dela, pairando sobre ela. Keira prendeu a respiração, certa de que ele acertaria a mulher e talvez, por acidente, machucaria a criança.

Lorene se manteve firme.

— Você está encharcado — disse com serenidade. — Está se submetendo a esse inferno. Por quê?

Ele pareceu ceder. Tocou o rosto de Lorene, então a cabeça desgrenhada de Zera.

— Vocês duas, saiam daqui, sim?

— Por quê? — Lorene insistiu.

— Leucemia — falou Eli.

Houve silêncio por um momento. Então Lorene suspirou.

— Ah. — Balançou a cabeça. — Ah, merda. — Ela se virou e foi embora.

Quando a mulher saíra pela porta da frente, Keira perguntou a Eli:

— O que você vai fazer?

Ele não disse nada.

— Se tocar em mim — insistiu ela —, em quanto tempo vou morrer?

— Não é pelo toque.

— Eu sei. Quer dizer...

— Talvez você sobreviva.

— Você acha que não vou.

Mais silêncio.

— Não tenho medo — falou ela. — Não sei por quê, mas não tenho... Deveria ter me deixado brincar com Zera. Ela não saberia de nada e Lorene não se importaria.

— Não me diga o que devo fazer.

Ela não conseguia temê-lo, nem mesmo quando era isso que ele queria.

— Zera é sua filha?

— Não. Mas ela me chama de papai. O pai dela está morto.

— Você tem filhos?

— Ah, sim.

— Sempre achei que um dia eu gostaria de ter filhos.

— Você se preparou para morrer, não é?

Ela deu de ombros.

— Será que alguém consegue fazer isso, de verdade?

— Eu não conseguiria. Para mim, falar sobre isso é como falar sobre elfos e gnomos. — Ele sorriu, com ironia. — Se o organismo fosse inteligente, eu diria que não acredita na morte.

— Mas vai me matar.

Ele se levantou, empurrando a cadeira com raiva.

— Vamos!

Eli a levou para o corredor em direção a um quarto grande.

— Vou trancar você aí dentro — explicou. — As janelas estão trancadas, mas acho que até você poderia abri-las com um chute, se quisesse. Se fizer isso, não espere nenhuma misericórdia das pessoas que encontrará lá fora.

Keira apenas o olhou.

Ele se virou bruscamente e saiu do quarto, batendo a porta atrás de si.

Keira deitou-se na cama; sentia-se apática, não exatamente com dor, mas incapaz de se preocupar com Eli, a culpa dele, a compulsão que certamente o venceria em breve. Seu corpo a estava avisando. Se ela não obtivesse a medicação em breve, ia acabar sentindo-se pior. Fechou os olhos, desejando adormecer. Estava começando a sentir uma dor de cabeça, ou algo parecido. Às vezes, o desconforto maçante e ameaçador podia durar horas sem realmente se transformar em uma dor de cabeça. Ela virou-se, afastando-se da umidade que seu corpo suado havia deixado na cama. As vítimas da *Arca de Clay* não eram as únicas pessoas que podiam suar profusamente sem que estivesse quente. As articulações dela doíam quando ela se movia.

Havia decidido que deveria ficar sozinha durante a noite quando Eli entrou. Pôde vê-lo vagamente delineado ao luar. Pelo visto, ele podia vê-la muito melhor.

— Tola — disse ele. — Por que não me contou que estava se sentindo mal? Você tem remédio no carro, não tem?

Sem se importar se ele podia vê-la ou não, ela assentiu.

— Foi o que pensei. Levante-se. Venha me mostrar onde está.

Keira não tinha vontade de se mexer, mas se levantou e o seguiu. Na sala de jantar, observou-o vestir um par de luvas de plástico pretas forradas com tecido.

— Luvas da cidade — falou. — As pessoas às vezes acham que somos motoqueiros nas lojas. Uma vez, um sujeito me atendeu exibindo uma espingarda. Burro. Eu poderia pegar a arma a qualquer momento. E, o tempo todo, eu só o estava protegendo da doença.

Por que está me protegendo?, pensou ela, mas não disse nada. Acompanhou-o até o carro, que tinha sido transferido para um ponto mais distante da casa. Lá, ela lhe mostrou o compartimento que continha seu medicamento. Uma vez, Keira o havia deixado no banco, sem pensar, e uma pessoa quase conseguiu arrombar o carro para pegá-lo, sem dúvida esperando que fossem drogas. Teria se decepcionado. Tomando os remédios da quimioterapia dela, passaria muito mal.

— Onde fica a maleta do seu pai? — Eli perguntou.

Ela ficou surpresa, mas não demonstrou.

— Por que você a quer?

— Ele pediu. Meda diz que vai permitir que ele a examine.

— Por quê?

— Ele quer. Isso lhe dá a sensação de que está fazendo algo significativo, algo familiar, que pode controlar. Conhecendo Meda, suspeito que ele precise de algo assim agora.

— Posso vê-lo?

— Depois, talvez. Onde está a maleta?

Desta vez, ela não pôde deixar de olhar para o compartimento da maleta. Foi apenas por um instante. Achou que ele não tinha percebido. Mas ele foi direto ao compartimento, localizou a fechadura escondida, olhou-a por um momento e, em seguida, selecionou a tecla certa na primeira tentativa.

— Você nunca acende nenhuma lâmpada — comentou Keira. — A doença o ajuda a enxergar no escuro?

— Sim. — Ele tirou a maleta do compartimento. — Leve o remédio para o quarto. Todo o carregamento.

— A maleta não servirá de nada para você — comentou ela. — Está codificada. Só meu pai pode usar.

Eli apenas sorriu.

Ela teve que reprimir o impulso de tocar nele. O sentimento a surpreendeu, e Keira ficou olhando-o até que ele desse as costas, de modo brusco, e se afastasse. Ela o observou, percebendo que ele poderia ter se sentido tão mal quanto ela. O sorriso dele se dissolveu em um olhar apertado e meio faminto antes que se virasse.

Ela ficou onde estava, primeiro observando-o, depois olhando para o céu negro iluminado por um vasto apanhado de estrelas. O céu do deserto à noite a fascinava e acalmava. Keira sabia que deveria seguir Eli, mas ficou ali, imaginando qual das inúmeras estrelas era Proxima Centauri, ou melhor, qual era Alfa Centauri. Ela sabia que Proxima não podia ser vista a olho nu. Uma estrela vermelha cuja luz uma garotinha nascida na Terra desejava ver.

* * *

— Oi — falou uma voz infantil de algum lugar próximo. Keira pulou, então olhou ao redor. A seus pés estava um menino que parecia uma esfinge, um pouco maior que Zera.

— Papai disse que você tem que entrar — avisou o menino.

— Eli é seu papai?

— É. Eu sou Jacob.

— Alguém o chama de Jake?

— Não.

— Garoto de sorte. Eu sou Keira... não importa o que os outros digam. Certo?

— Certo. Você tem que entrar.

— Estou indo.

O menino caminhou ao lado dela, sendo simpático.

— Você é mais legal que a outra — comentou.

— Outra?

— Parecida com você, mas não tão negra.

— Rane? Minha irmã?

— Ela é sua irmã?

— Onde ela está? Onde você a viu?

— Ela não gosta de mim.

— Jacob, onde você a viu?

— Você gosta de mim?

— No momento, não. — Ela parou e se abaixou para se aproximar do nível dos olhos dele. As articulações dela não aprovaram muito o movimento. — Jacob, me diga onde está minha irmã.

— Você gosta de mim — falou ele. — Mas acho que papai vai ficar bravo comigo se eu contar.

— Vai mesmo — disse a voz de Eli.

Keira olhou para cima, viu-o e se levantou, imaginando como alguém poderia se mover de modo tão silencioso esmagando a areia sob os pés. O menino também se movia assim.

— Eli, por que não posso saber onde está minha irmã? — perguntou. — O que está acontecendo com ela?

Eli pareceu ignorá-la, conversou com o filho.

— Ei, garotinho, venha aqui.

Ele não se curvou, mas Jacob pulou em seus braços. Então, o garoto se virou para olhar para Keira.

— Diga a Kerry o que a irmã dela estava fazendo da última vez que a viu — falou Eli.

O menino franziu a testa.

— Keira?

— Sim. Diga a ela.

— Você deve chamá-la de Keira. É assim que ela gosta.

— Gosta? — Eli perguntou a ela.

— Sim! Agora, por favor, pode me contar sobre Rane?

— Ela estava com Stephen — disse Jacob. — Eles olharam as vacas e alimentaram as galinhas, e Stephen comeu algumas coisas na horta. Stephen pulou com ela e ela não gostou.

— Pulou? — indagou Keira.

— Das rochas. Ela gosta dele.

Keira lançou um olhar questionador a Eli.

— Stephen Kaneshiro é nosso solteiro — anunciou Eli, voltando para casa. Keira o seguiu de modo automático. — Ele viu vocês duas e perguntou sobre você. Eu o escolhi para Rane.

— E ela gosta dele.

— Eu diria que sim. Este garotinho lê as pessoas muito bem.

— Ela está com ele?

— Poderia estar. Stephen disse que era muito cedo para ela, então Rane está sozinha. Kerry, ela está bem, eu prometo. Tirando infectá-la, ninguém quer machucá-la.

— Keira — disse Jacob no ouvido do pai. Eli riu.

— Sim — respondeu ele, olhado para o menino. — Você sabe que está na hora de ir para a cama. Já passou da hora.

— Mamãe já me pôs para dormir.

— Imaginei. O que é necessário para ficar por lá?

Jacob sorriu e não falou nada.

— As crianças são mais notívagas do que nós — explicou Eli. — Tentamos ajustá-las mais ao nosso horário, para o bem delas. Elas não percebem o perigo que correm quando vagam à noite. — Ele segurou a porta aberta para ela e Keira entrou.

— Há linces nestas montanhas, não é? — perguntou ela. — E coiotes?

— Jacob não corre perigo com os animais — disse Eli. — Seus sentidos são mais aguçados que os dos grandes, e ele é rápido. Ele é literalmente venenoso para a maioria dos menores, especialmente aqueles que deveriam ser venenosos para ele. Não, são os humanos vadios que me preocupam. — Ele parou, olhou para o filho, que estava ouvindo, parecendo triste. — Keira, tome o remédio, depois volte para o quarto. Há alguns livros lá se quiser ler. Vou colocar esse aqui na cama.

Ela obedeceu, nem sequer imaginando a possibilidade de fazer qualquer outra coisa. Surpreendeu-se por estar agradecida porque ele não a machucara nem a forçara a contrair a doença, embora não soubesse por quanto tempo isso continuaria. Então, percebeu que estava se sentindo grata em relação a um homem que havia sequestrado sua família. O problema era que gostava dele. Keira se perguntou quem era a mãe de Jacob. Meda? Se sim, por que Meda estava se esforçando tanto, de forma tão evidente, para levar Blake Maslin para a cama? Talvez ele estivesse lá agora mesmo. Não, a mãe de Jacob devia ser outra pessoa. Ela estava sentada olhando para a capa surrada de um livro antigo, da década de 1960, escrito antes mesmo do nascimento de seu pai: *Ishi: Last of His Tribe*. Queria ler, mas lhe faltava concentração. Finalmente, Eli apareceu de novo para levá-la até o pai.

O encontro foi terrível. Forçou Keira a se lembrar de que não importava que gostasse de Eli. Não importava que não temesse por si mesma. Ela tinha o dever de ajudar o pai e Rane a escaparem, e isso a apavorava. Ela não subestimava a capacidade do povo de Eli de causar o mal. A fuga dela, a fuga da família dela, colocaria aquelas famílias em risco. Eles matariam para evitar que isso acontecesse. Ou talvez apenas a ferissem gravemente e a mantivessem ali, sofrendo. Keira já estava farta da dor.

Mas tinha um dever.

— Não deveria ter deixado você se encontrar com ele — disse Eli.

Ela se surpreendeu. Estava caminhando lentamente de volta para o quarto, esquecendo-se de que ele estava atrás dela.

— Gostaria que não tivesse deixado — sussurrou. Então, percebeu o que havia dito e ficou envergonhada demais para fazer qualquer coisa além de voltar para o quarto e tentar fechar a porta.

Eli não quis deixar a porta se fechar.

— Achei que seria uma gentileza — explicou —, para vocês dois. — E, como se quisesse se justificar, prosseguiu: — Gostei de como você se deu bem com Jacob e Zera. São crianças boazinhas, mas as reações que recebem de recém-chegados, às vezes...

Keira sabia o que eram reações hostis. Provavelmente Jacob sabia mais do que ela, ou ainda aprenderia mais, porém, caminhar em uma rua urbana entre sua mãe e seu pai ensinara muito a ela.

Keira estendeu a mão e pegou as de Eli. Ela estava querendo fazer isso há muito tempo. Primeiro, as mãos se fecharam, mas não se afastaram. Estavam calejadas, tensas, muito quentes. Que loucura, expor-se à doença agora que sabia que deveria pelo menos tentar escapar. No entanto, era quase certo que ela já a havia contraído. Eli e seu pai se iludiam acreditando no contrário, mas ela sabia de sua própria sensibilidade à infecção, induzida pelo tratamento. Seu pai também sabia, escolhendo admitir isso ou não.

As mãos seguraram as dela, finalmente cedendo, e, apesar de tudo, ela sorriu.

PASSADO 17

Curiosamente, Eli, Meda e Lorene impediram uma tentativa de sequestro sendo levada a cabo por outras pessoas. Saindo da Interstate 40, encontraram uma família de estrada, ou o que restava dela, invadindo um posto de beira de estrada. Naqueles tempos, havia alguns postos abertos no meio do deserto. Eles ofereciam água, comida, células de hidrogênio para recarga rápida de carros elétricos, reparos de veículos e até acomodações para turistas.

— Os postos ajudam todo mundo — disse Meda enquanto observavam a ação. — Até os bandos de ratos costumam os deixar em paz.

— Desta vez não — comentou Eli. — Inferno, o problema não é nosso. Vamos ver se consigo nos tirar daqui.

Ele não conseguiu. O Ford aparentemente tinha sido visto. Agora, enquanto Eli manobrava, a gente de estrada começou a atirar nele. A lataria de blindagem leve e as janelas à prova de balas do Ford foram atingidas várias vezes, sem danos. A bala que atingiu o pneu dianteiro esquerdo deveria ter sido inofensiva também. O pneu, porém, estourou. No mesmo instante, uma picape Tien Shan resistente e de suspensão alta atravessou a areia vindo do posto, detendo o Ford. Eles não podiam voltar para a estrada.

Eli parou o Ford e pegou o velho rifle semiautomático AR-15 de Gabriel Boyd. Não era o mais novo da coleção de antiguidades do velho Boyd, mas Eli gostava dele. Deslizou para fora da segurança e analisou o Tien Shan. As portinholas da picape eram muito grandes, com recortes grosseiros, tornando-se os melhores alvos. Ele mirou através de uma das portinholas customizadas do Ford. As grandes aberturas do Tien Shan eram como o centro de um alvo. O cano que emergiu de uma delas parecia se mover em câmera lenta.

Eli disparou. O cano do rifle no Tien Shan estremeceu. Eli atirou mais duas vezes, com rapidez. O cano no Tien Shan deslizou para trás, parou, depois permaneceu imóvel, apontando para cima. Eli poupou seus dois últimos cartuchos, esperando para ver o que aconteceria.

O Tien Shan ficou parado. Um instante depois, Meda disparou seu rifle. Eli olhou em volta, viu um homem cair a poucos metros do Ford. Do lado oposto do carro, Lorene disparou o rifle do marido contra uma sombra que se erguia nas proximidades. A princípio, parecia que ela não tinha feito nada além de levantar uma nuvem de poeira. Então uma mulher saiu cambaleando de um esconderijo, de braços levantados, uma mão segurando um rifle pelo cano. Enquanto eles a observavam, ela caiu com o rosto na areia.

Meda, que provavelmente fora a melhor atiradora dos três antes da doença, mirou em um dos outros carros. Disparou.

Mais uma vez, nada pareceu acontecer, mas Eli girou o Ford e atacou os dois carros. Tinha literalmente visto a bala passar por uma janela que estava um pouco aberta. E pôde ver, através do vidro escurecido daquela janela, o bastante para saber que Meda tinha provocado outra morte. Os outros que estavam no veículo aparentemente desistiram. O carro virou e fugiu para o deserto, seguido pelo terceiro veículo, ileso.

— Amadores! — murmurou Meda, observando-os partir. — Por que tinham de vir até nós? Para serem mortos?

Eli olhou para ela, viu que estava realmente brava com aquelas pessoas de estrada por forçarem-na a matar. Estava quase chorando.

— Idiotas! — falou ela. — Grandes buracos feitos para atirar! Janelas abertas! Crianças!

— Provavelmente — disse Eli, pegando a mão dela. Ela o evitava, não olhava para ele. — O que eram não importa — declarou. — Queriam nos matar. Nós os impedimos.

— Deveríamos estar felizes por serem amadores — Lorene falou. — Se fossem mais experientes e estivessem mais bem equipados, teriam nos matado.

Eli sacudiu a cabeça.

— Duvido. Nós não morremos tão facilmente. E você notou que nenhum deles acertou nenhum tiro depois que explodiram nosso pneu?

— Sim — afirmou Meda. — Amadores!

— Mais do que isso — Eli disse a ela. — Nós os assustamos muito. Nós nos movemos tão rápido que parecíamos antecipar os movimentos deles. Se são amadores, devem ter pensado que éramos profissionais. — Ele suspirou. — Quem estiver no posto pode pensar isso também, então acho melhor não trocarmos o pneu por aqui.

— Um encarregado de posto, Eli — Lorene disse faminta. — Um homem de posto.

Ele a olhou.

— Talvez seja uma mulher, ou uma família, como a de Gwyn.

— Poderíamos conferir.

— Não, Meda está certa sobre esses lugares. Eles ajudam a todos. Podemos precisar deles mais do que a maioria das pessoas, algum dia. Não faz sentido fechar esta porta.

Para sua surpresa, o encarregado do posto encerrou a discussão por eles, colocando a cabeça pela porta, depois saindo e se tornando um alvo perfeito.

— Não acredito nisso — falou Meda.

— Ele é louco — declarou Eli. — Não sabe quem podemos ser nem se há alguém vivo no Tien Shan.

Meda balançou a cabeça.

— Bem, ele vai descobrir por nós.

O homem não atirou. Foi até o Tien Shan e espiou dentro da cabine. Sorriu com o que viu, algo que deve ter exigido um estômago forte e um ódio mais forte ainda.

— Acho que ele não é o encarregado do posto — concluiu Eli. — Esses homens podem ser durões e solitários, mas não costumam ser suicidas.

— Nem estúpidos — disse Meda. — Ele poderia ter ficado no posto e pedido socorro, e acabariam conosco e com a gangue. Esta área ainda é patrulhada.

Lorene saiu do carro. Meda percebeu, tarde demais, o que ela pretendia fazer, estendeu a mão para detê-la, mas Lorene foi muito rápida. Havia fechado a porta e estava exposta ao estranho. Eli e Meda se moveram, em um acordo tácito para dar cobertura. Mais tarde, se ela sobrevivesse, poderiam lhe dizer como tinha sido idiota.

O homem e qualquer outra pessoa que estivesse dentro do posto podiam ver Lorene e seus protetores. Por ora, era um outro tipo de impasse.

— Você acredita que ela arriscaria a vida por um carinha medíocre desses? — perguntou Meda.

Eli deu uma boa olhada no homem. Ele era mais baixo que a média, jovem, talvez com uns vinte e poucos anos, com excesso de peso, embora não muito. Seu cabelo era de um preto fosco, sem nenhum indício de qualquer outra cor, mesmo na luz brilhante do sol.

— Poderia ter sido pior — falou Eli. — Não há nada de errado com ele. E essa gordura extra é uma coisa boa, acredite. — Os irmãos dela, mais magros, poderiam ter se beneficiado se a tivessem. — E, para ela, ele é duplamente atraente: não infectado e do sexo masculino. Inferno, espero que ela goste dele quando o tiver.

Meda olhou para Eli.

— Ela vai. Não será capaz de evitar.

— Isso é tão ruim? — questionou ele.

Meda deu de ombros e respondeu em um tom de brincadeira amargo:

— Como eu poderia saber? Sou tão louca quanto ela. — Por fim, pousou a mão no ombro dele.

Ele manteve a mão confortavelmente cativa enquanto observava Lorene e o homem, que estava claramente com medo — não de Lorene, mas dos dois canos de fuzil que podia ver saindo do Ford. Mas também estava determinado. Ou viveria ou morreria, mas não se esconderia mais.

— Ela o fisgou — comentou Meda.

Eli tinha visto. Lorene, claramente desarmada, oferecendo um aperto de mão ao homem. Com um olhar de incerteza e alívio crescente, o homem estendeu a mão e pulou quando ela o arranhou. Ele afastou a mão, mas permitiu que ela a pegasse de novo, enquanto se desculpava. Para desgosto visível de Meda, Lorene beijou mão dele. Por mais magra que estivesse agora, Lorene ainda era bonita. O homem de cabelos pretos estava claramente impressionado com ela, mas confuso, e desconfiado, ainda.

— Acho que está tudo bem — disse Eli. — Vou até lá.

— Ela não precisa da sua ajuda — protestou Meda.

Ele a ignorou, saiu do carro, abriu a porta e esperou que ela saísse.

— Vamos — falou. — Ver uma velha grávida como você ajudará a mantê-lo calmo. Talvez não tenhamos que machucar ninguém.

Por um momento, ela pareceu prestes a socá-lo, mas ele sorriu. Meda suspirou e balançou a cabeça, então caminhou com ele até Lorene e seu estranho.

— Está tudo bem — avisou Lorene. — O nome dele é Andrew Zeriam. Ele era um refém. Aquele Tien Shan é dele.

— É? — Eli queria ver o rosto do homem quando respondesse. Não confiava na rápida aceitação de Lorene. O organismo e as glândulas dela eram responsáveis pela maior parte de seu juízo agora. — A gangue o deixou vivo? — perguntou a Zeriam.

O homem o encarou com hostilidade.

— Deixou — disse. — E a caminhonete é minha. — Ele parecia pronto para brigar se fosse preciso. Não ansioso, mas pronto. — Eles teriam me matado logo — contou. — Estavam planejando isso.

Ele era fofo, pesado e jovem. Alguém naquela família de estrada provavelmente tinha gostado dele. Talvez não o matassem se ele cooperasse. A voz, o rosto, a postura dele diziam que não era o caso. Não era gay, sorte de Lorene. E se ninguém o forçasse a contar o que lhe acontecera durante o cativeiro, Lorene poderia convencê-lo a ir com ela de bom grado.

— Vou tirar esse esgoto do meu caminhão e sair daqui — anunciou ele de repente.

— Não! — Lorene disse depressa. Zeriam olhou para ela. Não havia suavidade em seu olhar. Ele desviou os olhos dela para Eli, questionador.

Eli encolheu os ombros.

— Ela gosta de você.

— Quem são vocês?

— Não somos outra família de estrada, cara, não se preocupe. Merda, só paramos aqui para pegar alguns suprimentos automotivos. Tentamos sair daqui quando vimos o que estava acontecendo, mas aqueles idiotas não deixaram.

— Eu vi. Odeio admitir, mas estou feliz por terem feito isso. Vocês provavelmente salvaram a minha vida. — Ele hesitou. — Escute... posso ajudá-lo a consertar aquele pneu?

— Obrigado — disse Eli. — O que aconteceu com o encarregado do posto?

Zeriam se virou.

— Meu Deus, acabei me esquecendo dela por alguns minutos. Uma das mulheres da família de estrada a atraiu para fora. A ratazana saiu do carro e entrou mancando, sozinha, fingindo estar com problemas no carro. Ela teve que passar meia hora fingindo tentar consertar o carro e chorando, uma encenação digna de tevê, antes que a encarregada viesse ajudar. Esse aqui é um posto estritamente de autosserviço, sabe. Coloque seu dinheiro ou cartão e aperte o botão. Mas a encarregada teve pena, saiu, e a gangue a pegou. Enquanto se ocupavam dela, eu consegui entrar no posto.

— Eles a mataram? — Eli perguntou.

— Não. Eles se divertem mais torturando as pessoas lentamente.

— Não parece que fizeram muita coisa com você — falou Lorene.

Zeriam se virou sem olhar para ela e se afastou rumo à caminhonete.

— Escute — disse Eli a Lorene —, deixe esse assunto de lado e mostre a ele quanto gosta dele. Assim não teremos de usar a força. Você o encontrará disposto agora, e mais tarde.

— Mas por que...

— Lori — explicou Meda, com mais compreensão do que Eli esperava. — Isso não é pedir muito. Você não o deseja o bastante para fazer isso?

Lorene umedeceu os lábios e foi atrás de Zeriam. Meda ficou ao lado de Eli.

— O sujeito não aparenta ser grande coisa — disse ela —, mas talvez seja mais do que eu imaginava.

— É.

— Quer ajuda para trocar o pneu?

— De jeito nenhum. O que quer fazer? Ter o bebê antes da hora? Por que você não vai até o posto e vê o que tem de útil. Sem a encarregada, este lugar está acabado, de toda maneira.

— Um helicóptero da Patrulha Rodoviária deve chegar mais cedo ou mais tarde — comentou ela. — A encarregada provavelmente tinha um horário de contato com eles, que não vai cumprir.

— Então vamos nos apressar.

Mas ela hesitou.

— Eli, o que acha do sujeito, de verdade?

Eli deu de ombros.

— Acho que está bom. Pode não querer voltar para casa agora. Acho que pode começar a ver em Lorene exatamente o que ele precisa.

Ela assentiu.

— Essa foi a minha impressão. — Ela entrou no posto, por fim. Foi quando Zeriam veio sem Lorene para falar com Eli.

— Você sabe que ela está tentando fazer com que eu me junte a vocês? — disse sem rodeios.

— Eu sei — respondeu Eli.

— A que diabos eu estaria me juntando?

Eli sorriu.

— Um pequeno rancho do século XIX nas montanhas que nem dá para ver daqui. Galinhas, porcos, coelhos… O lugar vai dar trabalho. Ela também, espero.

O homem não sorriu.

— Quantos mais?

— Um. Uma mulher.

— Três mulheres? Como diabos você acabou com três mulheres?

O sorriso de Eli desapareceu.

— Por acidente — disse. — Da mesma maneira como você veio parar aqui.

Eles se encararam por vários segundos. Zeriam claramente não tinha gostado da evasiva de Eli, mas não estava mais muito disposto a sondá-lo como antes.

— Então você mora em um rancho com seu harém. Precisa de mim para quê?

— Para nada — falou Eli. Apontou o polegar para Lorene, que esperava ao lado do Tien Shan. — Ela precisa de você.

— E o que pensa disso?

— Eu não me importo com nada, desde que você ajude no trabalho.

— E quanto a Lorene?

— O que tem ela?

Silêncio. Eli deu uma risada curta.

— Não sou dono de ninguém, cara. As pessoas fazem o que querem. Se ela gosta de você, ela gosta de você.

Zeriam passou vários segundos apertando os olhos para ele sob o sol.

— Por que acredito em você? — perguntou, por fim. — Depois daquela merda com a gangue automotiva, por que eu deveria acreditar em alguém?

— Você se livrou do lixo? — Eli perguntou.

— O corpo? Sim. Belo tiro.

— Então, por que não abastece? O rancho fica muito longe daqui, e o caminho tem muitas estradas de terra solitárias.

Eles se encararam por mais um momento, então Zeriam olhou para Lorene. Ela ficou onde estava, esperando ao lado da caminhonete dele, observando com atenção e, embora Zeriam não percebesse, ouvindo.

O rapaz finalmente foi até ela. Ela entrou na caminhonete com ele e eles manobraram até a bomba de combustível.

PRESENTE 18

Keira sabia o que queria.

Estava com medo de que Eli fosse embora sem satisfazer sua vontade porque ela era jovem e estava doente. Tinha receio de que apenas lhe tocar fosse o suficiente para ele. Mas ele não deu sinais de querer ir embora.

— Por quê? — perguntou ele, esfregando os braços dela sob as mangas largas do cafetã. — Nunca tentei tanto poupar alguém. Por que fez isso?

Ela gostava de sentir as mãos dele. Sem hematomas ou arranhões. Apenas o toque suave. Se tudo o que Eli dissera fosse verdade, ele estava gostando mais ainda. Ela fechou os olhos por um momento, imaginando se ele realmente queria que sua pergunta fosse respondida. Keira achava que não.

— Não queria ficar sozinha — disse. Era verdade, em parte. — E você? Por que não escolheu aquele sujeito, Kaneshiro, para mim quando ele perguntou a meu respeito?

A expressão dele endureceu e as mãos dele se fecharam em torno dos braços dela.

Ela sorriu.

— Acho que quero responder sua pergunta honestamente — comentou Keira. — Acho que posso dizer a verdade.

Ela o abraçou, então se afastou, escapando das mãos de Eli, que se contraíram. Ele deu um passo em direção a ela.

— Espere — pediu ela. — Só por um momento. Aguente por um momento enquanto falo.

Ele ficou parado.

Ela respirou fundo, olhou-o de maneira direta.

— Acho que... — começou. — *Sei* que parte do motivo pelo qual o desejo é que estou... morrendo. Mas é você que eu quero. Não apenas o calor de um corpo. Antes de você, eu não queria ninguém. Havia alguns caras que me queriam, mesmo depois que fiquei doente, mas eu nunca... Achei que nunca iria... — Ela se esforçou, impotente, incapaz de terminar a frase, desejando não ter começado a falar. Pelo menos ele não ria dela.

— Você pode morrer — disse Eli. Não havia convicção em sua voz. — Stephen Kaneshiro precisa de uma mulher cujas chances sejam as melhores. E as suas... E você... Eu queria que ficasse comigo.

Ela soltou um suspiro que não sabia que estava segurando e tentou voltar a se aproximar dele.

— Espere um minuto — pediu ele, segurando-a com o braço esticado. — Talvez eu tenha algumas coisas para dizer também. Quero que você me conheça. Sabe-se lá por quê. Sempre preferi que as pessoas não me conhecessem tão bem no início.

— Você sabe por quê — comentou ela, baixinho.

Eli não conseguia manter as mãos longe dela, então se contentou em segurar uma de suas mãos.

— Você tem um filho — falou ela. — Quem é a mãe?

— Meda.

— Meda?

— Eu e ela temos dois filhos.

— Vocês são casados, então?

Ele sorriu.

— Não formalmente. Além disso, tenho mais quatro filhos com outras mulheres.

Ela o encarou, primeiro com surpresa, depois imaginando o que a mãe dela teria dito sobre ele.

— Ouvi dizer que... homens que fazem isso — respondeu.

Ele sorriu com tristeza.

— Sua mãe lhe avisou para se manter longe de ratos de esgoto assim, não foi?

— No mínimo. — Ela se perguntou por que fazia aquilo, não puxava a mão que ele segurava. Seis filhos com cinco mulheres diferentes. Meu Deus. — Por quê? — perguntou.

— Mulheres jovens sobrevivem — explicou ele. — Neste momento, temos o melhor equilíbrio que já tivemos entre homens e mulheres. Kaneshiro é o único homem extra que já tivemos. Agora não é mais.

— Mas eu sou.

— Você e seu pai, porque são parentes.

— Então, quando as mulheres sobram, você fica com elas.

— Isso mesmo. E quando encontramos homens para elas, eu as deixo. Começamos assim por necessidade biológica. Eu estava sozinho com três mulheres. O organismo só torna o celibato possível por isolamento.

— Mas... E quanto a Meda?

— O que tem ela?

— Por que você tem dois filhos com ela?

— Ela é o mais próximo de uma esposa que provavelmente terei. — Ele parecia um pouco melancólico. — Sempre acabamos juntos.

— Mas... agora ela está com meu pai.

— Sim.

— Você não se importa?

— Eu me importo, mas não tanto quanto me importaria se ela já não estivesse grávida de alguns meses. Ela está cuidando de seu pai e eu estou cuidando de você.

E Rane estava sozinha, Keira pensou. Pelo menos era o que Eli tinha dito. Keira se perguntou por que era capaz de acreditar nele com tanta facilidade. Ela se perguntou por que as coisas que ele estava dizendo não eram mais perturbadoras. Ele era tudo aquilo contra o qual a mãe a havia advertido e muito mais. E ela não duvidava que sua mãe estivesse certa. Tudo o que ela lamentava, no entanto, era que não conseguiria mantê-lo por perto. Seus próprios sentimentos eram tão irracionais que a assustavam.

— E se eu lhe dissesse que não quero fazer parte do seu harém? — falou. — Você iria embora?

Ela sentiu a mão dele ficar rígida.

— Acho que não — disse. — Acho que não conseguiria.

Keira pensou que, se fosse para ter medo dele, aquele era o momento.

— Solte minha mão — sussurrou.

Eli a apertou ainda mais, o que se tornou doloroso, então de repente a soltou. As mãos dele tremiam. Ele olhou para elas com espanto.

— Pensava que não poderia fazer isso. — Ele engoliu em seco. — Não sou capaz de continuar fazendo isso.

— Tudo bem — afirmou ela. Pegou a mão dele de novo e sentiu o tremor parar. Ele deu um sorriso lento, que ela não tinha visto antes. Aquilo a confundiu, a enterneceu. Keira estendeu a outra mão para ele, mas se sentiu uma completa tola porque não podia mais encará-lo.

Como ele não fez nada por um tempo, pelo visto sem necessidade de se apressar, ela recuperou a compostura.

— Você gosta do que se tornou, não gosta? — perguntou ela.

— Não estou me importando muito com isso hoje.

— Por minha causa. — Ela conseguiu voltar a olhar para ele. — Mas você gosta do que se tornou na maioria das vezes. Acha que não deveria gostar de ser o mais forte, mas gosta.

Eli a segurou pelos ombros.

— Garota, se você acabar bem e ficar ainda mais perspicaz, será assustadora.

Ela riu, então olhou para as mãos dele.

— Você não tem que me arranhar ou algo assim?

— Eu faria isso se não tivesse tanta certeza de que não preciso.

— O quê?

Ele a puxou para junto dele e a beijou até que ela passasse da surpresa com a força de sua língua para o prazer pela forma como ele a aquecia com as mãos.

— Viu? — disse ele. — Quem diabos precisa morder e arranhar?

Keira riu e deixou que ele a carregasse para a cama.

Ela esperava se machucar. Tinha lido o suficiente e ouvido o suficiente para não esperar que a primeira vez fosse romântica e bela. E havia a enfermidade dela para piorar tudo. Ela nunca ouvira dizer que a doença tornava alguma coisa melhor. Pelo menos o remédio ainda estava fazendo efeito.

De alguma forma, ele conseguiu não a ferir demais. Tratou-a como uma boneca frágil. Ela achava que não suportaria isso de nenhuma outra pessoa, mas dele, foi um presente que aceitou de boa vontade. Keira tinha ideia de como era custoso para ele.

Depois, satisfeitos e cansados, ambos dormiram.

* * *

Eram dez para as duas quando Keira acordou. Ela cambaleou para o banheiro, sua mente mal acordada até que viu o relógio na estante. Dez para as duas. Duas. Ah, meu Deus.

O próprio Eli dera a ela um motivo para partir. Se ela ficasse e quem sabe sobrevivesse, ele a passaria para algum outro homem. Keira não queria ser passada adiante.

E não queria que o pai fosse embora sem ela, ou tentasse fugir e fosse morto porque ela não o ajudou quando poderia.

Quando saiu do banheiro, estava decidida. Mas como fugir de Eli?

A porta estava trancada. Ela não tinha ideia de onde estava a chave. Nas roupas dele, talvez.

Mas se ela vasculhasse as roupas dele e abrisse a porta, ele acordaria, impedindo-a de ir, e não haveria outra chance.

Teria que machucá-lo.

Keira se encolheu diante daquele pensamento. Eli se esforçara para evitar machucá-la. Não era exatamente um bom homem, mas ela gostava dele, poderia vir a amá-lo, pensou, mas em outras circunstâncias.

No entanto, para o bem de seu pai, ela tinha que machucá-lo. Afinal, ele não tinha apenas a chave da porta do quarto, mas a chave do Jeep. Sem a chave do carro, o pai poderia perder muito tempo para entrar no veículo e dar a partida. Seria pego antes de dirigir meio metro.

Lá estava o relógio — uma antiguidade analógica com um mostrador luminoso. Tiquetaqueava alto e não precisava nem de baterias, nem de eletricidade. Se ela batesse em Eli com aquilo, provavelmente o machucaria, mas o deixaria inconsciente? O relógio era pesado, mas desajeitado e grande. O suporte de livros em forma de elefante seria melhor. Ela o notou quando guardara o livro que tentara ler. O espaço entre a tromba do elefante e seu corpo oferecia um bom apoio para as mãos. A base era plana e causaria menos dano, menos arranhões e cortes quando Keira o atingisse. Era de ferro fundido sem pintura, cinza fosco, pesado, e já estava bem acima da cabeça de Eli na estante da cabeceira.

Ela voltou a subir na cama.

— Ei — disse Eli, sonolento. Ele estendeu as mãos para ela. A gentileza delas lhe dizia que ele provavelmente queria fazer amor de novo. Ela teria dado muitas coisas para ficar ali com ele.

Alcançou o elefante, porém, agarrou sua tromba e o derrubou com toda a força na cabeça dele.

Eli deu um grito não muito diferente do que tinha dado no orgasmo. Assustada, ela bateu nele outra vez. Ele ficou inerte.

Ela havia machucado as próprias mãos e os braços com a força de seus golpes. Sabia que era fraca, temia, a princípio, que não conseguisse o ferir de verdade. Agora temia tê-lo matado.

Verificou rapidamente se ele ainda estava respirando, ainda tinha um pulso forte. Viu sangue na cabeça dele, mas não muito. Era provável que estivesse bem.

Keira saiu da cama, vestiu seu cafetã e calçou os sapatos, então vasculhou as roupas dele, espalhadas. Logo encontrou a chave do carro, mas não conseguiu encontrar a do quarto. A porta estava definitivamente trancada, embora ela não se lembrasse de ele ter parado para trancá-la. E não havia chave.

Ela foi em direção a uma das quatro janelas. Não estava trancada, mas estava fechada com força, e ela não conseguia empurrá-la. Poderia quebrá-la, é claro, mas isso acordaria muitas pessoas.

Na cama, Eli soltou um gemido, e ela puxou a janela. Abria-se para dentro, não para cima, mas aparentemente tinha sido selada com tinta.

Ela tentou a outra janela grande e encontrou a mesma situação. Por fim, tentou as duas janelas menores do meio.

Quando uma delas se abriu, ela arrastou uma cadeira até lá, grata pelo tapete que abafava o som. Passou longos segundos desesperados tentando rasgar a tela.

No final, ela quebrou a trava, empurrou a tela para fora e pulou.

PARTE QUATRO

REUNIÃO

PASSADO 19

— Está tudo uma droga — sussurrou Andrew Zeriam. — Tudo cheira mal. A comida tem gosto de merda. A luz machuca meus olhos… — Ele gemeu.

— Quer que eu vá embora? — questionou Eli, em um tom muito baixo.

Zeriam estava sentado em um quarto escuro, pois recusava-se a ficar deitado, e cobria os ouvidos com as mãos naquele lugar deserto e silencioso, tentando bloquear os sons que não tinha notado antes. O que aconteceria, Eli se perguntou, se a doença se espalhasse para as cidades? Como ouvidos que acabavam de se tornar sensíveis suportariam o ataque de ruídos?

— Claro que não, não quero que você vá embora — sussurrou Zeriam. — Pedi para você vir, não pedi?

Silêncio.

— Você consegue me ver, Eli? Eu posso ver você, e isso é algum truque.

— Consigo ver você.

— Está escuro como breu aqui. Tem de estar. Está de noite. As janelas estão fechadas. As luzes estão apagadas. *Está escuro*!

— Sim.

— Fale comigo, Eli. Explique que diabos está acontecendo.

— Você sabe o que está acontecendo. Lorene lhe contou ontem.

Mais silêncio. Então:

— E o que você é para ficar aí e admitir que o que ela disse é verdade?

— Sou o mesmo que você, Andy, hospedeiro de milhões, ou mais provavelmente bilhões, de extraterrestres.

Zeriam investiu contra ele, atacando-o. Estava mais rápido e com a coordenação melhor do que fora antes, mas ainda não estava muito mais forte. Eli o pegou, segurou-o com facilidade.

— Andy, se você não se sentar ou se deitar, vai me obrigar a machucá-lo.

Zeriam fixou os olhos nele, então explodiu em uma risada amarga.

— Machucar? Cara, você me matou. Você matou... Merda, você pode ter matado todo mundo. Quem sabe até onde essa sua praga vai se espalhar.

— Acho que não o matei — respondeu Eli. — Acho que você vai sobreviver.

Aquilo deteve as palavras e a luta de Zeriam.

— Sobreviver?

— Seus sintomas são como os meus, estranhos, cansativos, mas não devastadores. As pessoas que não sobrevivem não conseguem nem ficar de pé quando estão no estágio em que você está. Diabos, você nem está tremendo.

— Mas... as pessoas morrem disso. O marido de Lorene, o de Gwyn...

— Sim. Algumas pessoas. As mulheres não morreram. Eu não morri. É capaz que você não morra.

— Mas você fez isso comigo. Você, em última análise, porque fez isso com Lorene. Você é pior do que uma maldita Maria Tifoide!

— Uma o quê? — Eli perguntou.

Zeriam se tornara professor de história alguns meses antes de ser capturado pela família de estrada. Eli estava acostumado a questionar ou ignorar suas alusões históricas.

— Uma transmissora — disse Zeriam. — Uma tão irresponsável que teve de ser presa para ser impedida de espalhar a doença.

— Não é irresponsabilidade — argumentou Eli. — É compulsão. Você ainda não sabe nada sobre isso, mas saberá. Se eu lhe trouxesse uma pessoa não infectada agora, você não seria capaz de evitar infectá-la. Se estivesse sem companhia, como Lorene estava, nada, exceto a morte, poderia impedi-lo de infectar uma mulher.

— Não acredito em você!

— Você acredita em cada palavra. Você sente isso. E não pode esconder seus sentimentos de nós.

Zeriam se virou, caminhou pelo quarto, depois voltou para onde estava. Encarou Eli. Olhou para todos os lados, como um animal preso.

— Andy? — Zeriam não respondeu. — Andy, tem uma coisa que você ainda não percebeu. Algo que pode ajudá-lo a aceitar que pode ter uma vida aqui.

— O quê?

— Lorene está grávida.

— Ela o quê? Já? Estou aqui há apenas três semanas.

— Vocês dois não perderam tempo.

— Não acredito em você. Você não pode ter certeza.

— É você quem não pode ter certeza. Notei a mudança porque já vivi isso antes.

— Que mudança em apenas três semanas?

— Ela está com um cheiro diferente — explicou Eli.

— Você é louco. Ela é cheirosa. Ela...

— Não disse que ela cheira mal. Apenas de um jeito diferente. É uma diferença que você aprenderá a reconhecer.

— Inferno, eu deveria dizer que cheiro você tem.

— Eu sei o cheiro que tenho, Andy. Especialmente para você. Já passei por tudo isso antes. E você deveria ter em mente que está começando a ter para mim o mesmo cheiro ameaçador, inadequado, que eu tenho para você. Mais tarde, vamos ter de nos acostumar um com o outro mais uma vez. O organismo parece unir as mulheres e afastar os homens, pelo menos no início. — Eli suspirou. — Agora podemos ser homens e resolver isso, trabalhar no rancho com as mulheres e manter a doença entre nós mesmos o máximo possível, ou podemos deixar o organismo nos transformar em animais e matar uns aos outros, à toa.

— Temos escolha? Não é outra compulsão?

— Não, apenas uma forte inclinação. Mas que vai dominá-lo se você deixar. Permita, e ela o conduzirá como um carro.

— Então o que você está fazendo? Mantendo tudo sob controle por pura força de vontade? Você é um merda, Eli!

Ele estava cedendo ao organismo, deixando o cheiro de um macho, um rival, enfurecê-lo. Sem dúvida era fácil. A raiva era muito mais satisfatória do que a incerteza que ele vinha sentindo. Ainda não entendia com que facilidade sua raiva poderia sair do controle.

Eli se levantou.

— Vou mandar Lorene entrar — disse, enquanto se dirigia para a porta. Zeriam era brilhante. Acabaria aprendendo a lidar com paixões inapropriadas. Enquanto isso, Eli decidiu que cabia a ele evitar lutas por dominância que Zeriam poderia perder facilmente, de forma definitiva.

Eli não conseguiu chegar à porta. Zeriam agarrou seu braço.

— Por que tem de mandá-la entrar? — perguntou. — Fique com ela! Você a teve antes. Pelo que sei, o filho que ela está carregando é seu!

Ele não acreditava no que estava dizendo. Havia se entregado ao organismo pela primeira vez. Não havia razão por trás de suas palavras, nem por trás do golpe que se seguiu.

Eli pegou e conteve a mão dele no meio do golpe e bateu nele com a mão aberta antes que Zeriam pudesse tentar um novo ataque. Eli bateu mais duas vezes. Estava no controle porque sabia que Zeriam não poderia machucá-lo. Se tivesse deixado o organismo controlá-lo, se tivesse agido como se houvesse uma ameaça real, teria matado Zeriam, talvez sem nem perceber antes de recuperar o controle.

Daquela maneira, Zeriam não ficou gravemente ferido. Ele teria caído, mas Eli o segurou e o colocou em uma cadeira, onde Zeriam ficou sentado, tocando o lábio cortado e contendo uma raiva que provavelmente o surpreendeu.

— Eli — chamou ele depois de um tempo. — Quanto do que você faz é o que realmente quer fazer? Ou ao menos o que decide fazer por conta própria? — Ele fez uma pausa. — Quanto resta de *você* mesmo?

— Está perguntando quanto vai sobrar de você — falou Eli.

— Sim.

— Muito. Na maioria das vezes, muito.

— E nas outras vezes... insanidade.

— Não é insanidade, Andy. Este é o momento mais irracional que terá de enfrentar. Supere isso, e será capaz de lidar com o resto.

Zeriam o encarou, depois desviou o olhar. Estava assustado, mas não disse nada.

Mais tarde naquela noite, ele se sentou à mesa da cozinha e escreveu a Lorene uma longa carta, amorosa de uma forma surpreendente. Não havia amargura, nem raiva. Escreveu uma carta mais longa ainda para o filho que ia nascer. Estava convencido de que seria um menino. Falou sobre a impossibilidade de passar a vida como portador de uma doença mortal. Falou sobre seu medo de se perder, de se tornar algo ou alguém diferente. Falou sobre coragem, covardia e confusão. Depois, colocou as cartas de lado e privou o micróbio daqueles últimos dias necessários para dominá-lo com mais força. Pegou uma das facas afiadas de açougueiro de Meda e cortou o pescoço.

PRESENTE 20

Blake estava preocupado por precisar usar os faróis para se manter no caminho de terra mal sinalizado. Usava óculos de visão noturna, óculos que se adaptavam à luz ambiente, mas estava com medo de confiar neles naquele lugar perigoso e desconhecido. Mesmo assim, sabia que estava dando ao povo de Eli um farol para seguir, e não tinha dúvidas de que o estavam seguindo.

— Vi alguma coisa — avisou Rane, nesse mesmo instante. Ela passara para o banco de trás porque os assentos na frente destinavam-se a apenas duas pessoas. — Pai, eles estão vindo. Três ou quatro deles. É possível vê-los quando as montanhas não formam uma cobertura para eles. Não estão usando luzes.

— Eles enxergam no escuro — falou Keira.

— É o que dizem — respondeu Rane com desprezo. — De qualquer forma, a menos que seus carros sejam tão diferentes quanto eles, não vejo como podem nos alcançar.

— Abaixe a cabeça — Blake disse. — Eles podem ter armas com miras noturnas. Se tiverem, podem mesmo enxergar muito bem no escuro. E conhecem essas estradas.

— Para onde estamos indo? — perguntou Keira.

Blake pensou, olhando para a bússola do painel. Estavam indo para o norte. Para chegar ao rancho no alto da montanha, dirigiram-se para o sudeste, depois para o sul.

— Kerry, dê uma olhada no mapa — pediu. — Use a I-40 como extremo norte e o leito do rio Colorado como extremo leste. Olhe a uns oitenta quilômetros a oeste do leito do rio e ao sul da rodovia. Procure cidades e uma estrada de verdade. Provavelmente teremos que voltar até Needles, mas pelo menos deve haver uma estrada.

— Eu não ficaria surpresa — disse Kerry enquanto ligava o mapa e digitava a área que o pai especificara. Ele deu uma olhada, viu Needles no canto superior direito da tela e assentiu.

— Nunca achei que um lugar pudesse ser tão isolado quanto aquele rancho parecia ser — acrescentou ela. — A US-95 vai para o norte até Needles. O problema é que não sei onde estamos, a que distância estamos de lá. Pode ser mais vantajoso seguir por esta estrada até chegarmos à I-40.

Blake analisou o mapa outra vez.

— Como não cruzamos a 95 no caminho para o rancho, ela tem de estar a leste de nós.

Keira assentiu.

— Sim, talvez dez ou onze quilômetros a leste, talvez muito mais.

— Droga! — Blake resmungou quando o carro passou por um buraco. — Vou desviar assim que tiver chance.

— Podemos acabar rodando o dobro do necessário — comentou Rane.

— Dê outra olhada para trás — falou Blake.

As duas garotas olharam. Keira ofegou quando viu como os perseguidores estavam perto.

— Procurem um desvio — pediu Blake. — Qualquer desvio. Preciso de uma estrada que possa ver.

Keira se recostou em seu assento, de olhos fechados.

— Pai, a 95 tem placas por toda parte dizendo "viaje por sua própria conta e risco".

Ele a encarou. Ela sabia que dizer aquilo não faria diferença, mas tinha que dizer.

— "Área de alta criminalidade" — Rane leu por cima do ombro de Keira. — É um esgoto! Não sabia que existiam no deserto.

Blake não falou nada. Havia tratado pacientes de esgotos da cidade, pessoas tão mutiladas que nem pareciam mais humanas, e que nunca mais voltariam a parecer humanas, apesar da medicina do século XXI. O que bandos de ratos faziam uns aos outros e aos habitantes desprotegidos das cidades não era algo a que ele queria expor as filhas. Elas sabiam disso, é claro. Os pequenos batalhões de polícia que patrulhavam os enclaves mantinham os intrusos afastados, mas não podiam conter as notícias. Ainda assim, por dezesseis anos, conseguira proteger as filhas do conteúdo de esgotos e fossas. Agora, ele as estava levando em direção a um deles.

O desvio pelo qual esperavam se materializou de repente, na escuridão da noite, marcado apenas por uma Árvore de Josué morta. Blake virou. A nova estrada era melhor: suave, nivelada, reta. Ele ganhou velocidade, lentamente se afastando dos perseguidores. O Jeep Wagoneer era um bom carro para viajar. Graças ao motor modificado, era muito mais rápido agora do que quando fora fabricado, desde que não estivesse percorrendo uma pista de obstáculos semiocultos.

Pouco mais de dez quilômetros depois, a segunda estrada de terra acabou em uma rodovia pavimentada: a US-95. Tinham passado de norte a nordeste. Agora estavam indo para o norte novamente em uma estrada que os levaria a Needles, à segurança.

De repente, havia faróis bem na frente deles: dois carros vindo em sua direção, na contramão. Dois carros que com certeza não pretendiam deixá-los passar.

Reagindo sem pensar, Blake girou para a direita. Para sua surpresa, descobriu que estava entrando em uma estrada que não havia percebido, outra superfície pavimentada que o levou de volta quase na mesma direção de onde tinha vindo. De volta para o rancho.

Estava sendo conduzido, Blake percebeu. Agora estavam no lado leste, o lado errado da 95, mas não fora preciso muito para forçá-lo a virar pela primeira vez. Poderia ser levado a virar outra vez, a cruzar a autoestrada de novo. Todo seu esforço até o momento poderia ser em vão.

Como o povo de Eli tivera vantagem sobre ele?

Blake apagou os faróis e saiu da estrada para o leito seco de um riacho. Quase no mesmo momento, Keira desligou a tela brilhante do mapa. Agora, o povo de Eli teria de demonstrar o quanto podia enxergar na escuridão. Nada, *nada*, forçaria Blake a voltar para o rancho, a abandonar a profissão de cura por uma vida de propagação de doenças. *Nada!*

Luzes.

Uma estrada de terra, lisa e nivelada, cortava a vala logo à frente. E por aquela estrada veio um carro. Apenas um. Podia ser uma coincidência, algum fazendeiro voltando para casa, algum eremita, parte de uma família de estrada, quem sabe turistas perdidos.

Mas Blake não estava com vontade de se arriscar. Virou na estrada de terra, em direção ao carro que se aproximava. Abruptamente, acendeu as luzes e acelerou.

O outro carro freou, derrapou na poeira, saiu da estrada e caiu em um arbusto de creosoto denso e antigo.

Blake acelerou, sabendo que a estrada de terra deveria levar de volta à 95. Apagou os faróis de novo, rezando.

— Era uma van — disse Rane. — O pessoal de Eli tem carros e caminhões, mas não vi nenhuma van.

— Você acha que eles nos deixaram ver tudo? — questionou Keira.

— Acho que aquela van não era de Eli.

— Não importa de quem era — afirmou Blake com firmeza. — Não vou parar até chegar a um hospital ou a uma delegacia. Não vamos passar essa maldita doença para mais ninguém!

— Quando Eli nos achar — falou Keira, baixinho —, será para nos matar, nos recapturar ou morrer tentando. Ele não vai ser empurrado para uma vala por faróis.

Blake a olhou. Ouviu convicção e medo em sua voz. Pela primeira vez, percebeu, concordava com ela. Eli e seu povo fariam absolutamente qualquer coisa para evitar a destruição de seu modo de vida. Compreendia isso. A vida que tinham em seu enclave quase autossuficiente no meio do deserto era melhor do que a da maioria das pessoas nos dias de hoje. Mas havia a doença: não, o nome certo era invasão. E ela tinha de ser detida a todo custo.

Ele se lembrou da criatura correndo ao lado de seu carro, sobre quatro patas. Correndo como um animal, como um gato. Jacob. Era possível, se aquela insanidade se espalhasse, *era possível*, que pudesse ter netos que se parecessem com Jacob. Criaturas. Jesus Cristo!

A estrada estava à frente, descendo uma encosta. Parecia vazia e segura. Blake sentiu que, se conseguisse alcançá-la, teria uma chance.

Ele acelerou, virou para a estrada e voltou a seguir para o norte.

— Conseguimos! — gritou Rane.

Keira olhou ao redor.

— Tem alguém lá atrás. Posso ver.

— Esgoto. Não vejo...

Luzes novamente. Luzes atrás deles, então, de repente, luzes à frente.

Blake não percebeu ter feito a escolha de não diminuir a velocidade. Aparentemente essa escolha tinha sido feita antes, de uma vez por todas. Pensou ter visto uma forma humana saltar de um dos carros, mas o veículo continuou se aproximando. No último instante, Blake tentou subir a encosta e dar a volta. Não conseguiu. A lateral dianteira esquerda do Wagoneer bateu no outro carro e a cabeça de Blake bateu no volante.

Acabou.

PASSADO 21

Zeriam conseguiu.

Quase falhou, quase sobreviveu. Havia feito um bom trabalho em seu pescoço, que estava parcialmente cicatrizado quando Meda o encontrou morto. Havia um buraco na parte da frente, mas as laterais tinham apenas sangue e cicatrizes.

Meda buscou Eli. Quando Eli conseguiu voltar a raciocinar, passados o choque, a tristeza, a terrível compreensão de que Zeriam teria que ser substituído em algum momento, examinou o pescoço do homem.

— Eu não teria conseguido — afirmou.

— Conseguido o quê? — perguntou Meda.

— Eu não teria morrido, mesmo se conseguisse cortar o pescoço. Eu me curaria por inteiro.

— De um corte no pescoço, sem ajuda médica? Não acredito em você.

— Eu me envolvi em algumas lutas por controle a bordo da nave. — Fez uma pausa, recordando, e estremeceu por dentro. — Na primeira vez, levei duas facadas no coração. E me curei. Na segunda, fui espancado até virar apenas uma coisa disforme, com um pedaço de metal. E me curei. Mal fiquei com uma cicatriz. É preciso muito para nos matar.

Ela o ajudou a limpar o sangue. Foi ela quem encontrou as cartas. Estavam lacradas em envelopes com os dizeres: *Para Lorene* e *Para meu filho*. Meda os encarou por vários segundos, depois olhou na direção dos quartos.

— Vou acordar Lorene — declarou.

Ele a segurou pelo ombro.

— Eu faço isso.

Meda olhou para baixo e desviou o olhar de Zeriam. Ele a sentiu tremer e soube que estava chorando. Ela não gostava que ele a visse chorando. Achava que parecia feia e fraca ao chorar. Eli achava que ela parecia humanamente vulnerável. Fazia com que se lembrasse de que ainda eram humanamente vulneráveis em alguns aspectos.

Dessa vez, ela se permitiu ser abraçada, reconfortada. Ele a tirou da cozinha, de volta ao quarto, e ficou com ela por alguns minutos.

— Vá — disse, por fim. — Vá falar com Lorene. Meu Deus, como ela vai aguentar isso uma segunda vez?

Ele não sabia, na verdade, não queria descobrir, mas se levantou para sair.

— Eli?

Ele a fitou, quase retornando; Meda parecia tão estranhamente infantil, tão assustada. Não entendia por que ela estava com medo.

— Não, vá. — Ela mudou de ideia. — Mas... cuide-se. Quero dizer... Por mais forte que você ache que essa coisa o tornou, não importa o que já lhe aconteceu... antes. Não faça nada imprudente ou estúpido. Não...

Não morra, era o que queria dizer. Meda acariciou a barriga e o encarou. *Não morra.*

PRESENTE 22

Blake recuperou a consciência em meio à escuridão.

Ficou imóvel, percebendo que não estava mais no carro. Estava deitado em uma superfície plana e dura, *um tapete no chão*, pensou depois de um momento. Sua cabeça doía, parecia latejar de dor. E estava com frio.

O desconforto o impediu de perceber de imediato que suas mãos e pés estavam amarrados. Mesmo quando tentou esfregar a cabeça e descobriu que tinha que mover os dois braços, não entendeu imediatamente o porquê. Pensou que havia mais alguma coisa errada com seu corpo. Quando compreendeu, afinal, debateu-se, tentou se libertar, tentou se levantar. Conseguiu apenas se contorcer e ficar sentado.

— Tem alguém aqui? — perguntou.

Não houve resposta.

Blake apertou os olhos, tentando esquadrinhar a escuridão, temendo estar cego. Lembrou-se de ter batido a cabeça ao se chocar com o carro que vinha na direção oposta. Provavelmente teve uma concussão. E o que mais? Por fim, zonzo, conseguiu se virar e ver uma luz fraca delineando as cortinas. Então, ainda podia enxergar.

— Graças a Deus — murmurou.

— Pai?

Ele se surpreendeu.

— Rane? — questionou. — É você?

— Sou eu. — Ela parecia semiacordada. — Você está bem?

— Estou bem — mentiu. — Onde diabos estamos?

— Uma casa de rancho. Outro rancho.

— Outro...?

— Não era o pessoal de Eli, pai. Quer dizer, eles também estavam nos perseguindo, mas não nos pegaram. Uma gangue de estrada nos capturou.

Aquilo demorou um pouco para ser compreendido.

— Ah, Deus.

— Eles acham que podem conseguir pedir um resgate. Fiz com que olhassem sua identificação. Enquanto isso, foram expostos à doença.

— Se não havia nenhum corte em suas peles...

— Havia. Eu mesma arranhei um. Ele rasgou minha camisa e eu arranhei um pouco o braço dele.

Aquilo tirou Blake de um tipo de sofrimento para outro.

— Você está bem?

— Sim. Alguns hematomas, só isso. Antes que alguém pudesse me estuprar, eles decidiram que eu poderia valer mais... intacta.

— E Keira?

— Eles a deixaram em paz também. Ela está bem aqui. Ficou acordada por um tempo, disse que se sentia de um jeito horrível. Falou que deixou todos os remédios na casa de Eli.

— Ela está amarrada?

— Nós duas estamos.

Blake tentou vê-las, achou ter visto Rane se sentar.

— Devo acordar Keira?

— Deixe-a dormir. Esse é o único remédio que lhe resta agora. Por quanto tempo fiquei inconsciente?

— Desde ontem à noite. Mas você nem sempre estava inconsciente. De vez em quando murmurava algo e se virava. E você vomitou. Eles me fizeram limpá-lo com as mãos ainda amarradas.

Concussão. E ele tinha perdido um dia. Também havia perdido a liberdade outra vez. Mas, o pior de tudo, disseminara a doença. Falhara em tudo que tentara fazer. Tudo...

— Vai haver uma epidemia — sussurrou Rane.

Blake avançou em direção a ela, hesitando.

— O você está fazendo? — perguntou Rane.

— Estenda as mãos.

— Pai, não estamos amarrados com cordas. É provável que esse seja o motivo de ainda conseguir sentir minhas mãos e meus pés. Estamos usando algemas... algemas de estrangulamento.

Blake se deitou de novo, pesadamente.

— Merda — murmurou.

Tudo que as pessoas de estrada fizeram para detê-los selou a desgraça deles e aumentou a probabilidade de uma epidemia. Blake pôs as algemas à prova, primeiro fazendo o possível para deslizar as mãos por elas, depois para quebrá-las. Eram de plástico, mas surpreendentemente leves e confortáveis, desde que não tentasse se livrar delas. Assim que começou a tentar, no entanto, elas o apertaram até ele sentir que decepariam suas mãos.

A dor o conteve. E no momento em que ele relaxou, as algemas se afrouxaram. As pessoas poderiam ser deixadas imobilizadas desta forma por tempo indeterminado. As algemas de estrangulamento eram chamadas de contenção humanitária. Blake ouvira que em prisões, inevitavelmente superlotadas, às vezes mantinham a ordem sob ameaça de utilizar a imobilização por meio de contenção humanitária. Prisioneiros contidos não eram isolados. Ficavam com a população geral: eram alvos fáceis. Muitas vezes não sobreviviam.

Deitado de costas, indefeso, consumido pela frustração e pelo medo, Blake soube como deviam se sentir.

Seria possível falar com a família de estrada? Haveria pelo menos um membro inteligente o suficiente para entender o perigo? E, se houvesse um, como Blake poderia lhe provar? A maleta estava perdida. Nem ele nem as meninas tinham sintomas ainda. Se Meda estivesse certa, começariam a aparecer em poucos dias, mas até que ponto uma família de estrada poderia espalhar a doença assim tão rápido?

— Esta é a base deles? — indagou a Rane. Sabia que uma verdadeira família de estrada não tinha base, exceto por seus veículos.

— Este lugar não é deles — contou Rane. — Eles invadiram. Mataram os homens e estupraram as mulheres. Acho que ainda estão mantendo algumas das mulheres vivas em algum outro lugar da casa.

Blake sacudiu a cabeça.

— Meu Deus, isso é um esgoto. Há apenas uma fonte de ajuda em que consigo pensar, e não quero pensar nisso.

— O quê? Quem?

— Eli.

— Pai... Ah, não. Aquela espécie... não são mais pessoas.

— Estes que estão aqui também não são, querida.

— Mas, por favor, eu dei a eles todas as informações de que precisavam para convencer a vovó e o vovô Maslin de que somos prisioneiros. Eles vão nos resgatar.

— O que te faz pensar que pessoas tão degeneradas como essas vão nos libertar depois que conseguirem o que querem?

— Mas eles disseram... quer dizer, eles não nos machucaram. — Ela buscava uma confirmação. — Vamos encarar a realidade. Vovó e vovô nos resgatariam se estivéssemos vivos, não importa o que tivesse sido feito de nós, mas o pessoal de estrada não fez nada.

Blake se ergueu, tentou vê-la na escuridão.

— Rane, não diga isso de novo. A ninguém. — Se ao menos ela pensasse antes de abrir a boca. Se ao menos ela não tivesse aberto a boca. *Se ao menos ninguém a tivesse ouvido!*

De repente, Keira falou no silêncio.

— Pai? Você está aí?

Blake passou da raiva que sentia por Rane para a preocupação com Keira.

— Nós dois estamos aqui. Como está se sentindo?

— Ok. Não, péssima, na verdade, mas não importa. Estávamos preocupadas. Você demorou tanto para recuperar a consciência. Mas agora que está acordado, e é noite... O que acha se uma de nós pular até uma daquelas janelas e sinalizar para o pessoal de Eli?

Silêncio.

— Rane não me deixou fazer isso — acrescentou Keira.

Blake tocou em Rane.

— Então você tinha pensado nisso.

— Eu não. Nunca teria pensado nisso. Foi ideia de Keira. Pai, por favor. O povo de Eli... eu não aguentaria voltar para eles. Prefiro ficar aqui.

— Por quê? — perguntou Blake. Ele pensou que sabia a resposta, e de fato não queria ouvi-la, mas precisava ser dita. Rane o surpreendeu.

— Não os suporto — disse. — Eles não são humanos. As crianças nem parecem humanas... Ainda assim, são sedutores. Eles poderiam ter me obrigado a fazer parte daquilo. Aquele cara, Kaneshiro...

— Ele te machucou?

— Você quer saber se ele me estuprou? Não! Não haveria nada de sedutor nisso. Ninguém me estuprou. Mas em pouco tempo, em questão de dias, ele não precisaria fazer isso. Tenho medo daquelas pessoas. Morro de medo delas.

— É assim que me sinto em relação às pessoas daqui! — comentou Keira. — Rane... e daí se você foi meio... seduzida pelo povo de Eli. Eu também fui. Para mim, tudo o que isso indica é que não eram pessoas realmente ruins... Não como bandos de ratos. São diferentes e perigosos, mas preferiria estar com eles do que aqui.

Blake começou a se mover pela sala, fazendo o mínimo de barulho possível. Pular teria sido muito barulhento.

— Pai, não! — implorou Rane.

Ele a ignorou. Se alguém do pessoal de Eli estivesse do lado de fora, queria que soubessem onde ele estava. Era possível, é claro, que apenas atirassem nele, mas Blake não acreditava nisso, já que poderiam ter feito isso há muito tempo. O pessoal da *Arca de Clay* queria recuperar seus cativos, seus convertidos. Talvez agora também quisessem quaisquer membros recuperáveis da gangue de estrada e da família do rancho. Mas queriam principalmente impedir que a doença se espalhasse, impedir que isso destruísse seu modo de vida. Foram pouco realistas em pensar que poderiam continuar se escondendo de maneira indefinida, mas no momento Blake estava do lado deles.

Alcançou a janela e conseguiu se levantar, quase derrubando as cortinas no processo. A contenção nas pernas ficou mais apertada quando ele se ergueu.

A lua estava minguando, mas ainda brilhava no céu límpido do deserto. Era possível que alguém de fora pudesse vê-lo sob o luar e a luz das estrelas, mas torcia para que o povo de Eli tivesse dito a verdade quando afirmou ser capaz de ver no escuro.

Empurrou as cortinas para o lado e ficou à vista de qualquer coisa que estivesse lá fora. Ele podia ver colinas, não muito distantes. À frente delas, havia um amontoado sombrio de rochas enormes, como se tivesse ocorrido um deslizamento ou, talvez, apenas a erosão do solo. As rochas poderiam fornecer excelente cobertura para quem estivesse por ali.

De um lado, havia uma construção que poderia ter sido um celeiro. Ao lado do celeiro, estendia-se um curral. O celeiro parecia simples e moderno. As pessoas daquele rancho não viviam no século XIX. Era possível que até as algemas fossem delas. Uma família de estrada não se importaria com contenções humanitárias.

Explorando com a máxima atenção possível, Blake não viu sinal de ninguém. Ainda assim, ficou por lá e, a certa altura, levantou as mãos para mostrar que estavam amarradas. Sentiu-se tolo, mas não se sentou até sentir que dera a algum observador, mesmo que eventual, a chance de vê-lo.

Depois, saltou para longe da janela e se deitou em silêncio para poder rolar de volta para perto das meninas. Ele ainda não havia feito isso quando a porta se abriu e alguém acendeu a luz. Ele se viu diante de um homem atarracado e corpulento usando camisa e calças que não lhe cabiam direito, quase trapos.

— Parece que vocês vão sobreviver — disse o homem a Blake, que rolou de costas e sentou-se.

— É a minha opinião.

— Seu povo quer vocês. Grande surpresa.

— Tenho certeza de que a maioria de suas vítimas também tem pessoas que as querem de volta.

O homem franziu a testa, como se achasse que Blake poderia estar zombando dele. Então, deu uma risada alta e ruidosa.

— A maioria de vocês, pessoas que vivem muradas, não dá a mínima para as outras, doutor. Você não sabe o que é família como nós. Mas que se dane. O que quero saber é quem mais quer você?

Blake se endireitou, olhando para o homem.

— O que quer dizer?

O homem empurrou Blake suavemente com o pé.

— Você gosta dos seus dentes, doutor?

Blake se contorceu para trás em uma posição sentada.

— Olha, vou contar o que sei. Só queria saber o que aconteceu depois que fiquei inconsciente.

— Nada. Agora, quem mais quer você?

Blake narrou uma história fantasiosa sobre o povo de Eli, fez deles apenas mais um bando de ratos com ideias não mais elevadas do que as daquele pessoal de estrada. Resgate. Não disse nada sobre a doença. Percebeu que não havia nada que pudesse dizer a um homem como aquele. Nada que não o fizesse perder os dentes. Ou, se o homem acreditasse nele, poderia atirar em Blake e nas duas garotas antes de fugir, baseando-se na teoria de que, se escapasse rápido o suficiente, poderia evitar a doença. Blake conhecera homens como aquele antes; confrontá-los com ideias desconhecidas era perigoso, mesmo em um ambiente hospitalar controlado.

Não obteve absolutamente nenhuma resposta do homem até que mencionou o rancho no topo da montanha. Assim que disse isso, soube que falara demais.

— Aquelas pessoas — murmurou o homem corpulento. — Há muito tempo venho planejando enterrá-las. Talvez não me dê ao trabalho de matá-las antes. Gente ossuda e indiferente. Merda, você é um médico. Qual é o problema com aqueles sujeitos?

— Eles nunca me deram a chance de descobrir — mentiu Blake. — Acho que estão usando alguma coisa. Drogas. — Aquilo era algo que um rato de esgoto poderia entender.

— Eu *sei* que estão usando alguma coisa — disse o homem. — Uma vez, vi alguns deles capturando e comendo coelhos. Quero dizer, como um coiote ou um lince, mordendo os coelhos antes que estivessem totalmente mortos.

Blake piscou, repugnado e surpreso.

— Você os *viu* fazendo *isso*?

— Falei que vi, não falei? O que eles têm, doutor, e quanto acha que vale?

— Isso não sei dizer. Nós éramos prisioneiros. Não nos disseram nada.

— Vocês têm olhos. O que viram?

— Pessoas perigosas, cadavéricas, mais rápidas e fortes do que a maioria, e fechadas.

— Fechadas como?

— Não dão a mínima umas para as outras. Escute, quem é você, afinal?

— Badger. Sou o líder desta família.

Ele parecia adequado ao cargo.

— Bem, Badger, não tive a impressão de que aquelas pessoas saibam perdoar e esquecer. Provavelmente nos enxergam como propriedade delas. Provavelmente nos querem de volta. Ou talvez concordem em compartilhar nosso resgate.

— Compartilhar? Você tomou sol demais, cara. Ou eles tomaram. O que estão fazendo, cultivando alguma coisa?

— *Não sei!*

— Eu preciso saber. Tenho que descobrir! Merda, deve ser coisa boa.

— Parece que um vento forte os arrastaria para longe, e você acha que eles têm coisas boas?

Badger chutou Blake de novo, desta vez com menos gentileza. Blake caiu.

— Você é médico — disse Badger. — Deve saber! Que diabos é essa coisa? — Outro chute forte. Através de uma névoa de dor, Blake ouviu uma das garotas gritar, ouviu Badger dizer: — Afaste-se de mim, puta! — Ouviu um tapa, outro grito.

— Escute! — Blake falou, ofegante, enquanto voltava a se sentar. — Escute, eles têm uma horta! — Sua cabeça e suas costelas latejavam. E se suas costelas estivessem quebradas? Meda havia dito que ossos quebrados seriam fatais para ele neste estágio. — Aquelas pessoas têm uma grande horta — repetiu. — Nunca nos deixaram ver o que plantam lá. Talvez se você pudesse...

Ele foi interrompido pelo estrondo de um tiro. O som ecoou várias vezes em um mundo que, exceto por isso, estaria em silêncio. Outro tiro. Aquele atingiu a janela perto deles, em algum ponto próximo ao teto, e ricocheteou com um zunido estranho. Mais vidro à prova de balas. Uma casa localizada naquele lugar provavelmente fora fortificada ao máximo contra qualquer forma de ataque.

Alguém do lado de fora talvez tivesse visto ou ouvido Blake. Alguém lá fora ou estava tentando matá-lo sendo ruim de mira ou era bom de tiro e estava tentando protegê-lo.

— Merda! — murmurou Badger. Virou-se e saiu correndo do quarto, batendo a porta atrás de si.

— Se conseguíssemos quebrar as janelas — sugeriu Keira quando ele se foi —, o pessoal de Eli poderia entrar para nos resgatar.

Rane rebateu:

— Se as balas não conseguiram quebrá-las, com certeza não conseguiremos com nossas próprias mãos.

— Mas temos que sair! Aquele tal de Badger é louco. Se ele chutar as costelas do papai, papai vai morrer!

Blake ficou ouvindo, pensando que deveria dizer algo tranquilizador, mas, agora que o perigo era menos imediato, ele não podia se esforçar. Suas costelas e sua cabeça estavam competindo entre si para ver qual era capaz de causar mais dor. Ele ficou imóvel, de olhos fechados, ofegante. Temia de modo desesperado que uma ou mais de suas costelas já estivessem quebradas, mas não podia fazer nada a respeito. Sentiu sua consciência se dissipar de novo.

— Vou tentar algo. — Ouviu Keira dizer.

— Não há nada para tentar — Rane a disse.

— Fique quieta. Deixe-me fazer algo para variar. — Keira fez uma pausa, então falou no tom de voz de sempre. — Eli ou quem estiver aí fora, se puder me ouvir, atire mais três vezes.

Não se ouviu nada.

— O que você esperava? — questionou Rane. — Toda aquela conversa idiota sobre enxergar no escuro e ser capaz ouvir melhor do que outras pessoas...

— Quer calar a boca? — Keira tentou novamente. — Eli — disse —, talvez possamos distraí-los. Nós podemos ajudar a capturá-los. Vocês vão querer ficar com eles agora que foram expostos à doença. Ajude-nos, e podemos ajudá-los.

Mais silêncio.

Keira falou outra vez, em voz baixa.

— Sinto muito por ter batido em você. — Ela hesitou. — Mas eu precisava. Você me falou que eu não poderia ter você, então me fez escolher entre o pouco que eu poderia ter e meu pai e minha irmã. O que você teria feito?

Por um longo tempo, não houve nenhum som. Então, em meio à dor, em meio à confusão diante das palavras da filha, Blake teve a impressão de ter escutado três tiros seguidos.

PARTE CINCO

JACOB

PASSADO 23

Meda queria uma menina.

Eli só queria que Meda sobrevivesse e ficasse bem. Quando isso estivesse garantido, ele se preocuparia com a criança.

Ele se preocupava com ela apesar de sua confiança na capacidade de o organismo manter seus hospedeiros vivos. Afinal, aquilo era algo novo. Nenhum dos tripulantes da *Arca* conseguira ter filhos durante a missão. Seus implantes anticoncepcionais foram programados para protegê-los e funcionaram mesmo com o organismo, já que nenhuma médica ou médico havia sobrevivido para removê-los.

Antes que a *Arca* partisse, houvera uma discussão sobre a possibilidade improvável (enfatizada pela mídia e pouco enfatizada por todas as pessoas ligadas ao programa) de que a tripulação se visse presa e brincando de Adão e Eva em algum mundo alienígena. Assim, a eficácia dos implantes foi programada para durar somente o tempo destinado à missão e o período de quarentena que se seguiria. Apesar de tudo, Eli ficara satisfeito ao descobrir que o seu tinha parado de fazer efeito na hora certa.

Outro medo ressaltado pela mídia e subestimado por todos os envolvidos no programa era a possibilidade de que viagens a uma velocidade superlumínica tivessem algum efeito negativo na concepção, na gravidez e no parto. O Propulsor Dana da *Arca* envolvia uma combinação exótica de partículas físicas e psiônicas que foi chamada de disparate parapsicológico quando Clay Dana o apresentou. Mesmo depois de provar tudo o que dissera, mesmo depois que outras pessoas conseguiram duplicar sua pesquisa e seus resultados, houve céticos declarados. Após anos de observação tediosa e incerta dos chamados fenômenos psíquicos, depois de anos de trapaça por charlatães "psíquicos", alguns cientistas consideraram seus preconceitos fortes demais para serem superados.

Mas a maioria foi mais flexível, aceitando o trabalho de Dana como prova do potencial psiônico, em especial do potencial psicocinético de praticamente todas as pessoas. Alguns entendiam esse potencial em termos militares: os primórdios de um sistema de distribuição de armas tão próximo do teletransporte quanto a humanidade teria chances de chegar. Outros, incluindo o próprio Clay Dana, viam-no como um modo de chegar às estrelas. Clay Dana e seus apoiadores reivindicavam as estrelas. Temiam de forma pública a irracionalidade da virada do século: excesso de zelo religioso de um lado, hedonismo destrutivo de outro, ambos estimulados pela intolerância ideológica e pela ambição. A facção Dana temia que a humanidade desaparecesse da Terra, o único planeta do sistema solar no qual poderia haver vida humana. Sempre houve indícios de que o pessoal de Dana sabia mais do que revelava sobre essa possibilidade. Mas o que disseram no Congresso, na Casa Branca, na mídia, para o povo, acabou sendo suficiente, para espanto da oposição. A facção Dana venceu. O programa *Arca* foi iniciado. Os primeiros verdadeiros astronautas, viajantes estelares, começaram a ser treinados.

Devido ao elemento psicocinético, uma tripulação humana era essencial. O Propulsor Dana amplificava e direcionava a habilidade psicocinética humana. De modo surpreendente, algumas pessoas tinham muito potencial. Não se podia confiar o propulsor a elas, pois o controlavam em excesso, afetando-o mesmo sem ter essa intenção, e faziam os protótipos da *Arca de Clay* "dançar" para fora do curso. O estranho foi que o velho Clay Dana, cuja grande habilidade fora comprovada, era capaz de controlar seu impulso com um leve toque psiônico. Tanto Eli quanto Disa tinham conseguido pilotar os protótipos e, depois, a própria *Arca*. Isso significava que eram psionicamente comuns. E, por alguma razão, o velho Dana tinha gostado deles, embora Disa admitisse ter um pouco de medo do homem. E o que ela sentia por Dana era o que muitas pessoas que assistiam a tudo em suas tevês de parede sentiam pela tripulação da *Arca* e sua equipe de apoio. As pessoas estavam curiosas, mas com um pouco de medo, e inveja. A Terra estava se tornando um lugar cada vez menos confiável e confortável para a vida. Assim, era necessário que a tripulação tivesse fragilidades e enfrentasse sérios problemas e perigos. As pessoas sabiam que crianças haviam nascido na lua e no espaço com segurança. Mas os programas de videofone, enquetes instantâneas, entrevistas e aulas de educação popular aumentavam a audiência dos canais de fofocas com horas de discussões a respeito de as viagens superlumínicas serem ou não perigosas para mulheres grávidas e seus bebês. Houve até um movimento retrógrado de proteção às mulheres destinado a mantê-las longe da *Arca*.

Eli e Disa estavam ocupados demais para prestar atenção ao que pensavam ser bobagens da tevê, mas passaram a acompanhá-las quando os implantes foram propostos. Por via das dúvidas, Eli deixou esperma congelado; Disa, vários óvulos maduros.

Agora, Eli desejava, de alguma forma, que seu esperma congelado pudesse ter sido usado para engravidar Meda. Sabia que não era um desejo razoável, dadas as circunstâncias, mas ele mesmo já não se sentia muito razoável. Observou Lorene caminhar com Meda de um lado para o outro da sala. Meda não queria andar, mas já havia tentado ficar sentada e deitada. As duas formas, segundo ela, faziam com que se sentisse ainda pior. Lorene caminhou devagar com ela, disse que não lhe faria nenhum mal. Lorene tivera um pouco de experiência como enfermeira de uma maternidade antes de se casar. Havia sido treinada para ser parteira de mulheres pobres demais para ir aos melhores hospitais e que tinham muito medo de ir aos outros.

Meda parou por um momento ao lado da cadeira de Eli, descansou a mão pesadamente em seu ombro.

— O que está fazendo? — perguntou. — Sentindo-se culpado e impotente?

Ele apenas a encarou.

Ela deu um tapinha no ombro dele.

— Os homens devem se sentir assim. Pelo menos é assim nos livros que li.

Ele não pôde evitar. Riu, levantou-se, beijou a testa molhada dela e depois caminhou com ela um pouco, até que Meda quis se sentar na grande poltrona. Ficou surpreso por ela não querer se deitar, mas Lorene não pareceu achar estranho, então Eli não disse nada. Pegou outra cadeira e sentou-se ao lado dela, segurando sua mão e ouvindo enquanto ela ofegava e às vezes fazia ruídos guturais baixos à medida que as contrações iam e vinham. Estava apavorado por ela, mas ficou parado, tentando mostrar força e firmeza. Afinal, ela estava fazendo todo o trabalho, empurrando, suportando a dor e o risco, dando à luz o bebê dele sem a ajuda médica de que poderia necessitar. Se ela podia fazer isso e se manter bem, ele também poderia.

Meda não gritou nem proferiu qualquer blasfêmia que aprendera com ele. Na verdade, pareceu surpresa, pois o parto correu com muita facilidade. Eli pensou que, quando nasceu, o bebê parecia um macaquinho cinza, sem pelos. No momento em que Lorene amarrou e cortou o cordão e limpou o bebê, ele já não estava cinza, e sim com um tom marrom saudável. Lorene o embrulhou em um cobertor e o entregou a Meda, ainda na cadeira. Meda o examinou minuciosamente, tocando nele, olhando-o, chorando um pouco e depois sorrindo. Por fim, ela entregou o bebê a Eli. Ele o pegou, ansioso, precisando segurá-lo e olhá-lo, entendendo que aquele era seu filho.

O bebê não chorou, mas estava claramente respirando bem. Seus olhos pareciam calmos e surpreendentemente vivos. Seus braços eram longos e esguios, sem o tecido adiposo dos bebês que Eli esperava encontrar, mas na verdade não fazia ideia da aparência que um recém-nascido deveria ter. Talvez eles ficassem gorduchos depois, ou talvez os bebês da *Arca de Clay* nunca engordassem. Bastava que aquele bebê parecesse saudável e alerta. Suas pernas estavam dobradas contra o corpo, mas, livres do cobertor, elas se endireitaram um pouco e chutaram o ar. Eram tão longas e esguias quanto os braços. E os pés eram longos e estreitos. Eli olhou para o rostinho da criança, que pareceu retribuir com curiosidade. Ele se perguntava quanto a criança, que tinha uma cabeleira preta, de fios grossos e encaracolados, e orelhas grandes, conseguia enxergar. Quando o bebê bocejou, Eli viu que já tinha vários dentes. Isso poderia dificultar a amamentação de Meda.

Eli pegou a mãozinha fina, e o menino segurou seu dedo com uma força incomum. Depois de um momento, Eli sorriu.

A criança o surpreendeu sorrindo para ele. De alguma forma, não parecia estar imitando-o. O sorriso do menino pareceu quase astuto, o gesto nada infantil de alguém que conhecia um segredo que não ia revelar.

PRESENTE 24

Blake acabou perdendo a noção do tempo. Estava ciente dos tiros esporádicos, ciente de que a casa estava sob cerco, de que Rane e Keira estavam com ele e depois desapareceram. Ficou preocupado quando percebeu que não estavam mais lá, se perguntava onde estariam. Ele se preocupava com o próprio estado de desamparo e confusão.

Uma vez o homem chamado Badger entrou para vê-lo, trazendo várias outras pessoas. O grupo gritava e fedia e fez Blake se sentir mais doente do que nunca: todos, menos uma mulher. Não estava mais limpa do que os outros, mas seu cheiro era diferente, atraente. Ela era apenas mais um rato da gangue, mas ele se viu tentando se aproximar dela, buscando por ela com as mãos algemadas. Ele ouviu gritos alegres e depois a voz grave e debochada dela.

— Oi — disse, pegando nas mãos dele. — Você não vai morrer aqui com a gente, vai? Ninguém vai pagar para resgatar só o corpo.

Ela tinha uma voz profunda e gutural que seria atraente se não fosse desprovida de carinho. Ele sabia que ela estava rindo dele — de sua dor, de seu desamparo, até mesmo de seu interesse por ela. Blake sabia, mas tudo o que conseguia pensar era que a desejava. Não podia evitar. O cheiro dela o atraía de forma irresistível. Ele tentou puxá-la para baixo com ele. Ela riu e se afastou.

— Talvez mais tarde, muradinho — sussurrou. Pelo menos teve a gentileza de sussurrar, sem gritar como o outros. Blake ficou confuso quando ela o chamou de muradinho. Ela sabia o seu nome. Todos sabiam. Então, percebeu que ela estava se referindo ao fato de que ele vivia em um enclave murado. Ele se perguntou se iria vê-la outra vez.

A mulher o cutucou com o pé.

— Que tal isso? — falou. — Quer que eu volte quando estiver se sentindo melhor?

Os amigos dela gargalharam aos berros.

Mas ela voltou mesmo naquela noite. E desta vez apenas fingiu zombar dele enquanto soltava suas mãos e seus pés.

— Não faça nada estúpido. Se me machucar ou sair desse quarto, Badger vai arrancar sua cabeça.

Blake abriu os olhos e viu que ela estava nua, ajoelhada ao lado dele no tapete do quarto. Ela se atrapalhou com o cinto dele.

— Vamos ver o que você tem aí, muradinho. Um rifle grande ou um revólver pequeno.

Por um momento, ele pensou que ela era Meda, mas o cabelo, agora livre do lenço que usava antes, era de um branco surpreendente. Era uma mulher alta, bronzeada, roliça, mas não muito. O cheiro dela era incrível e o dominava de tal forma que ele não conseguia verificar se ela era bonita ou não. Isso não importava.

Ele não imaginava que teria forças para segurá-la como fez com suas mãos recém-libertadas e fazer amor com ela uma, outra e outra vez. No fim, a mulher parecia surpresa e satisfeita, disposta a deixar de lado parte de sua armadura emocional de rata de estrada. Sem que ele pedisse, ela buscou um cobertor em algum lugar. Blake se lembrou de Rane e Keira implorando para conseguir um cobertor para ele, sem sucesso. Quando ele pediu comida, a mulher trouxe uma cerveja gelada e um prato de pão com rosbife que haviam sobrado do jantar do bando. A gangue, isolada como era, vivia da grande despensa e do congelador da família do rancho.

A carne estava passada demais e muito temperada para o novo paladar sensível de Blake, mas ele comeu mesmo assim. A gangue o alimentava tão bem quanto a si mesmos, mas não era suficiente. Nunca era o suficiente. Ele consumiu a refeição extra vorazmente.

— Você come como um maldito coiote — reclamou a mulher. — Quer mais?

Blake assentiu, ainda com a boca cheia.

Ela buscou mais e o observou enquanto comia. Ele se perguntava por que ela tinha ficado, mas não se importava. Não queria ficar sozinho. A comida o fez se sentir muito melhor, menos concentrado no próprio desconforto.

— Quem diabos é você, afinal? — perguntou.

— Smoke — respondeu ela, tocando o cabelo.

— Smoke — murmurou. — Primeiro Badger, um gambá, agora Smoke, fumaça.

— São nomes de família — explicou ela. — Não mantemos o nome quando somos adotados por uma família. Meu nome antes era Petra.

Blake sorriu.

— Gosto mais desse. Obrigado, Petra.

Para sua surpresa, ela corou.

— Minhas filhas estão bem? — questionou ele.

Ela pareceu surpresa.

— Estão bem. Disseram que você gritou para que saíssem daqui. Caramba, nós ouvimos você gritando. E pelas coisas que disse para as duas, não imaginamos que fossem suas filhas biológicas. Pensamos que poderia machucar as duas.

Gritando? Ele não se lembrava. Gritando com Rane e Keira? Por quê?

Fragmentos do que parecia ser um sonho começaram a ressurgir. Mas era um sonho com Jorah, sua esposa, não com as meninas. Jorah, aveludada e escura como chocolate meio amargo, suave e gentil, pelo menos era o que as pessoas pensavam quando a viam ou ouviam sua voz. Depois descobriam a dureza de aço que a brandura disfarçava.

O sonho o tomou de novo, devagar, e ele pôde vê-la com as crianças da fossa que ensinava. As crianças gostavam dela, ou pelo menos a respeitavam. Sabiam que se importava com elas. As maiores, mais problemáticas, sabiam que ela tinha uma arma. Jorah era idealista demais para seu próprio bem, mas não era suicida.

Blake a viu como era quando a conheceu na UCLA. Ele ia combater as doenças do corpo; ela, as doenças de uma sociedade que, na sua opinião, parecia míope e indiferente demais para sobreviver. Dava-lhe sermões sobre causas antiquadas e perdidas: direitos humanos, idosos, ecologia, crianças abandonadas, governança corporativa, a vasta lacuna entre ricos e pobres e a classe média cada vez menor... Jorah deveria ter nascido uns vinte ou trinta anos antes. Ele não podia se envolver pessoalmente nas causas dela. Não acreditava que havia algo que pudesse fazer para impedir que o país, o mundo, acabasse indo pelo ralo. Ele pretendia cuidar dos seus e fazer o que pudesse pelos outros, mas tinha poucas ilusões.

Ainda assim, não conseguia ficar longe dela. Ela era uma compulsão mais antiga e feliz. Blake deixava que ela fizesse seus sermões porque temia que, caso contrário, encontraria outra pessoa mais disposta a ouvir. Sabia que a família dela não aprovava o interesse dela por ele. Eram pessoas que haviam se esforçado para sair de uma das piores fossas no sul. Alimentaram a consciência social de Jorah por muito tempo para deixá-la ser vítima de um homem branco que nunca, nem por um dia, sofrera na vida e que achava as causas sociais ultrapassadas.

Casaram-se mesmo assim e tiveram duas filhas, e ele até adquiriu certa consciência social por meio dela. Com o tempo, passou a trabalhar em um dos hospitais da fossa. Era como tentar drenar o Pacífico com uma colher, mas ele continuou, assim como ela continuou ensinando, até que uma jovem lesma de esgoto explodiu a parte posterior da cabeça dela com uma submetralhadora nova. A lesma tinha treze anos. Ele não conhecia Jorah. Tinha acabado de roubar a arma e queria experimentá-la. Jorah viera a calhar.

Por que Blake sonhara com ela, e agora se lembrava dela de modo tão vívido? E o que ela tinha a ver com o fato de ter mandado Rane e Keira embora?

— Elas são mesmo suas filhas?

Blake pulou e olhou ao redor, surpreso ao ver que Petra ainda estava lá.

— As duas garotas. São suas filhas?

— É claro.

— Merda, senti pena delas. Você as chamou de vadias, putas e lesmas de esgoto... tudo o que puder imaginar. Uma delas estava chorando.

— Mas... por que eu faria isso?

— E pergunta para mim? Caramba, vai saber? Você bateu a cabeça com força no volante. Vai ver, ficou doido por um tempo.

— Mas... — Mas por que sonhara com Jorah? Um sonho tão realista, como se ela estivesse com ele novamente. Como se a matança totalmente sem sentido nunca tivesse acontecido. Como se ele pudesse tocá-la, amá-la novamente.

Keira.

Sua mente recuou ao pensar nela. Keira era uma versão muito mais magra, muito mais frágil, mais jovem de Jorah. Tinha aquela mesma pele incrível. E herdara, Blake sabia, muito da firmeza da mãe, mais do que a maioria das pessoas percebia.

Cristo, tinha tentado estuprar Keira?

Tinha?

A menina era tão fraca. Poderia ter tentado e fracassado?

— Jesus — sussurrou.

— Você está bem? — perguntou Petra.

Blake a fitou, percebendo que era apenas alguns anos mais velha do que Rane e Keira. Uma jovem, ainda capaz de abandonar a identidade de rato de estrada com prazer.

— Estou bem — mentiu. — Escute, agora que você me falou das meninas, preciso vê-las. Uma delas, pelo menos. Tenho que me desculpar.

Ela desviou o olhar.

— Não sei se posso trazê-las.

Ele a compreendia e desejava não ter compreendido. As meninas poderiam não estar sozinhas.

— Tente — insistiu —, por favor.

— Ok. — Mas ela parou para beijá-lo e ele foi capturado de novo pelo cheiro e pela sensação dela. A garota riu como uma criança encantada e deitou-se com ele outra vez.

Quando ela saiu e voltou com Keira, Blake estava muito assustado. Não tinha mais controle de si mesmo. Minúsculos micróbios o controlavam, o haviam forçado a transar com uma jovem, quando um instante antes o sexo tinha sido a coisa mais distante de sua mente. O que o haviam levado a fazer com a filha?

Keira entrou no quarto da mesma forma que entrara em outro quarto... quantos dias atrás? Eli a libertara naquele dia, por alguns minutos dolorosos. Quem a libertara dessa vez? Deus, o que Jorah pensaria da maneira como estava cuidando das filhas?

— Pai?

Ela tinha um hematoma na lateral do rosto. Estava inchado e intumescido. Ela não conseguia esconder o fato de que não queria chegar perto dele. E, que Deus o ajudasse, o cheiro dela era tão bom quanto o de Petra.

— Eu bati em você? — perguntou, olhando para o rosto inchado da filha.

Keira balançou a cabeça.

— Foi Rane.

— Por quê?

Ela o encarou por vários segundos.

— Você não se lembra, não é? — Deu um passo para trás. — Meu Deus, eu gostaria de não lembrar.

Blake não disse nada, não conseguiu se obrigar a falar.

Ela foi até a janela, empurrou a cortina para o lado e pareceu examinar a moldura.

— Esta casa não vai queimar — disse. — Ela arde um pouco quando ateiam fogo, depois ele se apaga. O pessoal de Eli tentou incendiá-la algumas vezes. Acho que um deles foi baleado enquanto tentavam.

— Tentaram incendiar a casa conosco dentro?

— Badger pediu ajuda pelo rádio. Eles ouviram Eli. Ou, se não o ouviram, escutaram quando eu repeti o que disse antes perto da janela da cozinha. — Keira virou-se para encará-lo. — Posso ouvi-los às vezes, pai. Quando o pessoal de estrada não está fazendo muito barulho, posso ouvi-los falando. Eu ouvi Eli.

— Dizendo o quê?

— Que, se tudo correr bem, essas pessoas irão até ele quando os sintomas começarem. Se não, se o socorro que Badger pediu realmente vier, Eli pode ter que nos sacrificar.

— Sacrificar?

— Eles já têm alguns explosivos plantados. Não querem fazer isso, mas... não podem deixar ninguém da casa sair.

— Kerry, eu estuprei você? — Agora havia dito as palavras. E de alguma forma, elas não o sufocaram.

Ela engoliu em seco, foi até a porta e parou ao lado dela.

— Quase.

— Ah, Deus. Ah, Deus, me desculpe.

— Eu sei.

— Rane me impediu?

— Sim. — Ela hesitou. — Rane nos impediu. Eu... não estava exatamente lutando.

Blake franziu a testa, repugnado e confuso.

— Não me olhe assim — disse Keira. — Eu sei o cheiro que tenho para você, e o cheiro que você tem para mim. Tinha que vir vê-lo para ter certeza de que estava bem. Mas... tenho medo de você... e de mim mesma. É tão louco. Rane me bateu para chamar a minha atenção, para que eu parasse de lutar com ela quando tentou me afastar. Ela disse que, quando bateu em você, você não pareceu sentir. — Keira esfregou o rosto. — Eu, com certeza, senti.

Blake se afastou porque queria muito se aproximar dela.

— Você foi ferida de outra maneira?

— Não.

— Como está se sentindo?

Ela olhou além dele, surpreendendo-o com o início de um sorriso.

— Com fome — falou. — Com fome, de novo.

Keira acreditava que ia sobreviver. Sentia-se mais forte e faminta. Sua audição aguçada a surpreendia. Para ela, isso era o suficiente. O fato de ainda ser refém, ainda ser portadora de uma doença perigosa, ainda estar presa entre gangues em guerra era quase irrelevante.

Aquelas coisas não podiam ser irrelevantes para Blake. Quando Petra levou Keira embora, ele circulou pelo quarto vazio de um jeito que não poderia ter feito com pés e mãos amarrados. Arrastou o tapete, procurando por tábuas soltas. Examinou as paredes, até mesmo o teto. Por fim, verificou o banheiro, que parecia um armário com vaso sanitário, pia e uma pequena janela trancada. Nenhuma das janelas abria. O ar-condicionado era bom. O ar permanecia fresco e era capaz que permanecesse assim até que Eli decidisse estragar tudo, mas os dutos de ar-condicionado eram pequenos demais para serem utilizados.

Como estava desesperado, Blake tentou empurrar o vidro, ou o acrílico, da janela. Era apenas um pequeno painel. Talvez se quebrasse.

Não quebrou. Mas a moldura cedeu um pouco. Blake tirou a camisa, envolveu a mão direita e, tão silenciosamente quanto pôde, começou a tentar empurrar a janela inteira para fora. Mesmo que a soltasse, o buraco seria quase pequeno demais para ele. Mas ele se sentia mais forte agora, e qualquer coisa seria melhor do que ficar parado como um animal enjaulado, esperando que outra pessoa decidisse seu destino.

Quando sua mão direita se cansou, ele continuou a bater com a esquerda. O som abafado lhe parecia alto, mas ninguém mais pareceu notar. Ele percebeu, então, que não podia confiar em sua audição para lhe dizer que sons podiam ser ouvidos por pessoas normais.

Finalmente, a janela caiu, fazendo um grande barulho quando atingiu o chão e bateu contra a casa. Blake ouviu alguém gritar, depois o som de motores se aproximando. Assustado, ele hesitou. Keira havia dito que Badger pedira reforços. E se ele escapasse de um grupo e caísse nas mãos de outro? Por outro lado, se ficasse onde estava, a janela o denunciaria e ele seria algemado mais uma vez. Não correriam mais riscos com ele.

À medida que os sons dos motores ficaram mais fortes, ele se decidiu. Estava na parte de trás da casa. Não podia ver a estrada nem os carros ou motocicletas que se aproximavam, então tinha certeza de que os recém-chegados não conseguiriam vê-lo. O pessoal de Eli, sim, mas ele achava que não atirariam. Esperava escapar deles também e obter ajuda real. Ajuda médica, por fim. Enquanto isso, rezava para que resgatassem as garotas e as mantivessem a salvo, já que ele não podia mais confiar em si mesmo perto delas.

Temia que, se chegasse a uma cidade, a um hospital, suas chances de ver as garotas outra vez seriam pequenas. Elas teriam entrado no mundo de Eli, ido para o subsolo, tornando-se seja lá o que o organismo fizesse delas. Ele estaria começando uma guerra contra o organismo.

Conseguiu se espremer pela janela, deixando um pouco de pele para trás, e caiu no chão sem fazer barulho. Correu em direção às rochas, esperando a cada momento ser atingido nas costas por balas ou por pedras do pessoal de Eli. Mas os carros chegaram à frente da casa, e um tiroteio começou. Todas as hostilidades estavam naquela área.

Blake correu. Das rochas, podia escalar as colinas e dar uma olhada ao redor. Poderia descobrir onde ficava a estrada, descobrir para que lado ficava o norte. Poderia ir para Needles, a pé desta vez. Poderia fazer o que precisava: dar o aviso, começar as pesquisas.

Ele se moveu rapidamente, mas sem nenhum sentimento de triunfo desta vez. Imaginava se Rane e Keira entenderiam por que as deixava. Imaginava se o perdoariam. Ele sabia que perdoaria a si mesmo.

Um coelho saltou em seu caminho e, sem pensar, ele pulou atrás dele, pegou-o, quebrou seu pescoço. Antes que pudesse refletir sobre o que havia feito, ouviu passos humanos. E, antes que pudesse se esconder nas rochas, alguém atirou nele.

Sentiu uma ardência nas costelas esquerdas. Aterrorizado, largou o coelho morto e fugiu para o abrigo entre as rochas. Momentos depois, assustado e ferido, parou. Alguém o estava seguindo ruidosamente, talvez tentando disparar uma segunda vez. Ele se escondeu atrás de uma reentrância na rocha e esperou.

PASSADO 25

Quando tiveram certeza de que Jacob Boyd Doyle não era normal, havia mais dois bebês com as mesmas anormalidades.

Jacob nunca engatinhou. Aos seis meses, ele rastejava como uma grande lagarta. Dois meses depois, começou a andar de quatro: semelhante com o andar de um filhote desajeitado de cão ou gato era perturbadora. Ele andava sobre as mãos e os pés, em vez de engatinhar sobre as mãos e os joelhos. Com a ajuda de um adulto, podia se sentar como um cão ou gato implorando por comida. Com o passar do tempo, ficou forte o suficiente para fazer isso sozinho. Aprendeu a se sentar sobre as ancas confortavelmente enquanto usava as mãos.

Era uma criança linda e inteligente, mas era um quadrúpede. Seus sentidos eram ainda mais aguçados do que os de seus pais, e sua força teria feito dele um verdadeiro problema para adultos de força mediana. E era portador da doença. Eli e Meda não tiveram certeza disso até mais tarde, mas suspeitaram desde o início.

O mais importante, no entanto, era que o menino não era humano.

Eli não podia aceitar isso. Várias vezes, tentou ensinar Jacob a andar ereto. Uma criança humana andava ereta. Um menino, um homem, andava ereto. Nenhum filho de Eli correria de quatro como um cachorro.

Dia após dia, ele segurava Jacob até que o garotinho se esparramasse de bruços e gritasse, revoltado.

— Querido, ele é muito jovem — disse Meda, não pela primeira vez. — Ele não tem equilíbrio. Suas pernas ainda não são fortes o suficiente.

Pelo visto, nunca seriam, e ela sabia disso. Tentava proteger o menino de Eli. Aquilo envergonhava e irritava Eli a ponto de ele não conseguir falar a respeito.

Ela tentava proteger o próprio filho dele!

E talvez Jacob precisasse da proteção. Houve momentos em que Eli não conseguia nem olhar para a criança. O que diabos aconteceria com um garoto que corria de quatro? Uma aberração que não conseguia esconder como era estranha. Que tipo de vida poderia ter? Mesmo naquela porção isolada do deserto, seria confundido com um animal e levaria um tiro. E o que, em nome de Deus, seria feito com Jacob se fosse capturado em vez de morto? Seria enviado para um hospital para ser "estudado", ou enjaulado e confinado como acontecia até com os melhores primatas capazes de se comunicar em língua de sinais? Ou ele simplesmente seria encarado, assediado, atormentado por pessoas comuns? Se Jacob espalhasse a doença, rapidamente a causa seria atribuída a ele. Então, com certeza acabaria enjaulado ou morto.

Eli amava o menino de forma desesperada e desejava dar a ele o dom da humanidade que as crianças em qualquer outro lugar da Terra tinham como certo. Às vezes, sentava-se e observava o menino brincar. No começo, Jacob se aproximava, exigia atenção e até tentava, acreditava Eli, confortar o pai ou entender sua desolação. Depois, o menino parou de se aproximar dele. Eli nunca o havia rejeitado, havia até mesmo parado de tentar para fazê-lo andar com as costas retas. Na verdade, Eli estava começando a aceitar a ideia de que Jacob nunca andaria sobre as patas traseiras com mais facilidade ou graça que um cão fazendo truques. No entanto, o menino começou a evitá-lo.

Eli demorou a perceber. Foi só quando chamou Jacob e viu que o menino se encolheu de medo que notou: fazia muitos dias que Jacob não chegava perto dele por própria vontade.

Muitos dias. Quantos? Eli tentou recordar.

Uma semana, talvez. O menino havia parado de se aproximar dele ou de tocar nele justo na época em que Eli começou a se perguntar se não seria crueldade deixar uma criança para a qual não havia esperanças continuar vivendo.

PRESENTE 26

Rane estava sentada entre os membros da família de estrada, assustada e solitária. Eles a tinham colocado no chão, contra uma parede no que havia sido a sala de estar da casa do rancho. Ela ainda estava algemada, sentindo-se infeliz e cansada. Seus braços, pernas e costas doíam pela necessidade de mudar de posição. Uma vez, afastou-se da parede e se deitou. No instante em que fechou os olhos, uma mão tocou em seu seio esquerdo e outra em sua coxa direita.

Sentou-se de imediato e se contorceu para longe das mãos. Os ratos de estrada apenas riram. Eles poderiam estuprá-la. Talvez o fizessem, mais cedo ou mais tarde, pensou. Naquele momento, estavam ocupados com as mulheres do rancho: uma mãe e sua filha de treze anos. Havia também um filho de doze anos. Rane ouviu que alguns dos ratos de estrada também o haviam estuprado. Ela não duvidou. Eles a colocaram diante da porta aberta de um salão que ficava bem em frente à porta do quarto-cela onde estava o que restara da família do rancho. Não podia deixar de ver ratos de estrada entrando ou saindo, fechando ou abrindo o zíper de suas calças. Não podia evitar ouvir gemidos, súplicas, orações, choros, gritos sempre que a porta do quarto se abria. A casa do rancho era uma construção sólida. Os sons não eram facilmente transmitidos, a menos que as portas estivessem abertas. Rane suspeitava que os ratos de estrada a tinham colocado onde estava para que pudesse ver e ouvir o que lhe estava reservado.

Eles estavam assistindo a um filme da biblioteca da família do rancho, um clássico de 1998 sobre o Segundo Advento de

Cristo. Havia todo um gênero de filmes assim antes da virada do século. Alguns eram religiosos, alguns antirreligiosos, alguns apenas oportunistas, filmes de Sodoma e Gomorra. Alguns serviam a uma causa: Deus retorna como mulher, um golfinho ou uma criança abandonada. E alguns eram de ficção científica. Deus vem da estrela 82 Eridani 7.

Bem, talvez Deus tivesse chegado alguns anos depois, vindo de Proxima Centauri 2. Deus na forma de um pequeno micróbio mortal que, para sua própria procriação, fez um pai tentar estuprar sua filha moribunda e a filha não se importar.

Rane apertou os olhos com força, desejando que as lágrimas não voltassem, mas falhou. O que era pior? Ser estuprada por três ou quatro ratos de estrada antes de ser resgatada ou se submeter ao povo e ao micróbio de Eli? Ou era tudo a mesma coisa, já que a gangue de estrada estava infectada? Não, ela com certeza estaria mais segura de volta com Stephen Kaneshiro, que poderia tê-la machucado, mas não o fez; que tentou compartilhar algo de si mesmo com ela, embora Rane não tivesse compreendido.

Mas havia Jacob. Todos os Jacobs. Stephen Kaneshiro não poderia dar a ela um filho humano. Não importava o que a gangue de estrada fizesse. Eles a libertariam assim que tivessem o dinheiro do resgate. Então, poderia ver um médico para cuidar da doença e de uma eventual gravidez. Se a família de estrada não a matasse antes que o resgate fosse pago.

De algum modo, apesar do barulho do outro lado do corredor, apesar de seu efeito sobre ela, Rane adormeceu sentada. Se houve mais mãos, não as sentiu.

Quando acordou, estava com muita fome. O filme tinha acabado e os ratos de estrada estavam atirando, gritando e exalando um suor tão fétido que ela quase podia sentir o gosto.

Seu primeiro impulso foi tentar se arrastar para longe deles, mas sua fome era muito intensa. Sua cabeça até latejava por conta disso.

Ela implorou por comida ao rato de estrada mais próximo, mas ele a empurrou para o lado com um pé e continuou recarregando as armas que chegavam até ele. Mas a maioria não era passada para ele. Os próprios usuários as recarregavam em dois segundos. Outras eram mais velhas, mais lentas, mais propensas a enguiçar. O recarregador cuidava dessas.

Sem ajuda, de forma automática, Rane avançou em direção à cozinha. Sabia onde ela ficava. Ela e Keira haviam sido deixadas lá quando foram resgatadas do pai.

Rane sacudiu a cabeça dolorida, não querendo pensar nisso. Não sabia o paradeiro de Keira nem o que estava acontecendo com ela. Estava preocupada, mas não queria pensar nisso agora. Nem sequer tinha certeza de onde o pai estava. Preocupava-se com ele porque era evidente que estava doente. Talvez ferisse a si mesmo sem perceber. Talvez os ratos de estrada o machucassem porque não poderia cumprir as ordens que davam. Por mais preocupada que estivesse com o pai, porém, não conseguia se concentrar nele. Estava muito fraca, doente de fome, e a cozinha parecia muito distante.

Não tinha certeza da distância que tinha percorrido, cruzando o amplo salão, quando alguém a deteve.

— Onde diabos você pensa que vai, mana? Qual o seu problema?

— Estou com fome. — Ela estava ofegante.

— Com fome? Merda, você está doente. Está encharcada de suor.

Rane conseguiu olhar para cima, viu que era uma mulher de voz grave que a tinha parado, não um homem, como imaginara. É claro. Ela cheirava como uma mulher. Rane balançou a cabeça, tentando se lembrar se homens e mulheres sempre haviam tido cheiros tão diferentes. Mas não conseguia se concentrar na questão.

— Por favor — implorou —, apenas me dê um pouco de comida.

— Você provavelmente nem tem força suficiente para comer.

— Por favor. — Estava chorando. Chorara mais nos últimos dias do que nos últimos anos. O que aconteceria se a mulher a impedisse de chegar até a comida? Ela já estava com mais dor do que considerava possível que a fome causasse.

— Volte para seu lugar e evite ser pisoteada — falou a mulher. Ela era grande e ampla. Rane não conseguiria passar por ela nem mesmo em sua melhor forma. Agora, praticamente indefesa, viu-se sendo arrastada de volta para seu lugar na parede.

— Fique parada! — mandou a mulher, depois saiu pisando forte com suas botas pesadas. Rane começou de imediato a rastejar de volta na direção da cozinha. Não podia evitar.

Teve sua mão pisoteada uma vez, dolorosamente, e alguém gritou e a xingou, mas ninguém a deteve. Quando chegou à cozinha, notou que alguém havia encontrado uma portinhola ao lado da pia. Um homem careca e sem camisa estava ali, atirando mecanicamente. O homem tinha pelos suficientes pelo corpo para cobrir várias cabeças.

Um gorila, pensou Rane. Não mais humano do que as criaturas em quem estava atirando. Jesus, será que alguém estava negociando com seus avós, ou estavam todos ali tentando matar o povo de Eli? Quanto tempo já durava o cerco? Dois dias? Três? Mais? Não podia se lembrar.

Rane conseguiu se erguer usando as alças da geladeira, depois ficou de pé enquanto abria uma das portas. Havia pouca comida. Alguns legumes frescos: tomates, uma cenoura mole, dois pepinos, cebolinha, vagem.

Ela comeu tudo o que encontrou. No momento em que o tiroteio parou e o homem peludo do outro lado da cozinha teve tempo de prestar atenção nela, Rane estava abrindo a outra porta da geladeira, onde encontrou vários bifes, provavelmente destinados ao jantar da noite. Estavam crus, alguns ainda congelados. Também havia um pouco de carne cozida, o que restava de dois grandes assados, reunido em uma travessa.

Sem pensar, Rane escolheu a carne crua. A temperatura a incomodou, mas o fato de estar crua nem mesmo lhe passou pela cabeça até que ela roeu o osso do primeiro bife e estava começando a devorar o segundo. Crua cheirava melhor do que cozida, simples assim.

Por fim, ela começou a se sentir mais forte, consciente, pois suas mãos ensanguentadas e a carne ensanguentada que segurava a surpreenderam. Nunca gostara de carne ao ponto, sempre a comia bem passada ou, como Keira dizia, queimada. Mas aquela carne, apesar de estar muito fria, era a melhor coisa que já havia provado.

Agora o rato de estrada percebeu o que ela estava fazendo e, espantado, veio tirar o segundo bife das mãos de Rane. Ela se esforçou ao máximo para morder dos dedos dele. Se suas mãos e pés atados não tivessem restringido seus movimentos, teria conseguido. Do jeito que estava, sua inesperada rapidez e ferocidade fizeram o rato recuar.

— Maldita — rosnou, olhando para Rane enquanto ela arrancava um pedaço de bife. — Porra, você enlouqueceu, junto com toda a sua família.

Ele era um primata. Sobrancelhas grossas, nariz achatado, quebrado, tantos pelos no corpo que ninguém acreditaria. Mas agora que ela tinha comido, agora que se sentia mais forte, percebeu que o cheiro dele era interessante.

Rane terminou o bife enquanto ele observava, repugnado e fascinado. Então, limpou a boca e sorriu.

— Não vou machucar você — disse, sabendo que ele iria rir.

Ele riu sem achar graça.

— Com certeza não, mana.

— Eu estava com fome.

— Você estava... *está louca.*

Ele gostava dela. Ela percebeu isso com tanta clareza quanto se houvesse um olhar malicioso naquele rosto cauteloso dele.

— E quem diabos não está louco hoje em dia? — falou, dando de ombros. Um dos pacientes de seu pai tinha dito isso para ela, um jovem ladrão de pele tão lisa quanto a de Keira, exceto onde fora marcado pelo ácido. Tinha sido levado ao hospital do enclave para tratamento especial e rira dela quando tentou dissuadi-lo de fugir do hospital e voltar para a gangue. Ele não poderia acertar as contas com quem tinha atirado o ácido nele até que estivesse com sua gangue de novo, explicara. Mesmo que sua gangue tenha fugido e o abandonado se contorcendo no chão.

— *Você está louco!* — gritara para ele.

— *E quem não está louco hoje em dia?* — perguntara.

— *Eu não estou.* — Foi a resposta de Rane. — *E nunca ficarei. Vá em frente e jogue sua vida pelo ralo se quiser!*

Seu pai acabara de aceitar que ela começasse a trabalhar como voluntária no hospital. A teimosia autodestrutiva do garoto a aborreceu, mas ela se confortou com a compreensão de que era mais forte do que ele. Ele poderia ter se curado completamente e conseguido um emprego em um dos enclaves. Rane havia dito a ele que convenceria seu pai a ajudá-lo. Mas ele havia escolhido os esgotos. Ela era mais forte e mais inteligente.

Ou será que apenas não tinha sido posta à prova?

Rane sabia que os organismos da doença a estavam jogando nos braços daquele homem repulsivo. E ela estava cedendo sem pensar. Stephen Kaneshiro resistira, não a estuprara. Ela poderia resistir, também.

De propósito, pegou outro bife. Já não estava com tanta fome, mas a carne ainda cheirava bem. Não foi difícil devorar o pedaço da forma mais porca possível. Ela deixou o sangue escorrer pelo queixo e pelos braços, mastigava com a boca aberta, às vezes estalando os lábios. Então, ouviu o macaco fazer um som de nojo e se afastar.

O tiroteio havia parado. Rane era a única na cozinha e estava feliz por isso. Pensou que poderia conseguir sair pela porta dos fundos se conseguisse se livrar das algemas. Muito provavelmente, nada na casa as cortaria. O plástico só parecia frágil. Mas ela pensou que se não lutasse contra as algemas, poderia fazê-las deslizar. Tinha visto o pai tentar aquilo e falhar. Mas parecia a ela que ele não tinha usado seus músculos efetivamente, e ele não tinha gordura para ajudá-lo. Ela tinha que tentar. Qualquer coisa era melhor do que apenas ficar esperando para ver o que seus captores ou o organismo da doença fariam com ela.

Vários minutos depois, quando Rane estava liberando uma das mãos com uma flexibilidade e um controle que a surpreenderam, uma jovem de cabelos brancos a flagrou.

Se Rane tivesse tido tempo de soltar os pés, poderia ter conseguido silenciar a mulher antes que esta desse um grito de alarme. Naquelas circunstâncias, tudo o que Rane pôde fazer foi pular em direção a ela, sendo contida pelo primata, que veio correndo para ver o que havia de errado.

O primata agarrou os pulsos dela e os segurou.

— Filha da puta — disse, sorrindo. — Essa é a primeira vez que vejo alguém sair das algemas. Merda, eu mesmo tentei escapar umas duas vezes. O que você fez, mana? — Ele estava muito perto dela. *Muito perto!* Tinha um cheiro quase comestível. Irresistível. Ela se pressionou contra ele.

— Jesus — disse a mulher de cabelos brancos. — O que há com essas pessoas?

— Você que o diga — falou o macaco, segurando Rane. Ela se esfregou contra seu corpo peludo, sorrindo por fora e gritando por dentro. Era como se fosse duas pessoas. Uma queria, precisava, estava sendo totalmente forçada a ter aquele homem, qualquer homem, quem sabe. As mãos dela se atrapalharam com o cinto dele.

No entanto, uma parte dela ainda era *ela*. Essa parte gritava, chorando em silêncio, e se imaginava arranhando o rosto feio e estúpido do primata.

Seus dedos verdadeiros tremiam, hesitando por um momento antes de abrir o cinto. Então, o organismo a controlou completamente. Seu corpo se movia de acordo com a compulsão da doença e seus sentimentos se reconciliaram com suas ações. Parte dela pareceu morrer.

— Deixe-a em paz — mandou a mulher de cabelos brancos. — Dá para ver que ela está no limite. Quem sabe que loucura poderia fazer? Além disso, temos que mantê-la em boa forma para o resgate.

E o primata rosnou:

— Cuide da sua vida, Smokey. Os compradores desta daqui só terão que pegá-la de volta um pouco usada. — O primata ergueu Rane, com os pés amarrados, no ar. — Pelo menos essa garota é jovem. O que diabos está fazendo com aquele velho doente que você pegou? — Ele riu enquanto carregava Rane para outro quarto.

O quarto não estava vazio. Havia pessoas ali, atracadas, gemendo, fazendo outros sons aos quais Rane não prestou atenção. O primata a atirou em uma cama vazia. Parecia haver várias camas no quarto. Libertou os pés dela, então rasgou sua roupa. Por fim, subiu em cima dela e a machucou tanto que ela gritou em voz alta. Mas mesmo enquanto gritava, sabia que o que estava fazendo era *necessário*. Poderia tê-lo machucado de volta. Ele não percebia o quanto estava vulnerável, curvando-se entre suas coxas; ela poderia matá-lo. Houve um tempo, do qual ela se lembrava vagamente, em que teria tirado proveito de sua vantagem. Mas esse tempo passara. A garganta, os olhos, a virilha dele estavam a salvo. Ela suportou a dor e, quando ele terminou, ela estava sangrando, indiferente, enquanto ele a amarrava de novo. Desta vez, ele a amarrou à cama, de braços abertos.

Algum tempo depois, veio outro homem. Rane não o conhecia, não se recordava de tê-lo visto antes. Ele não a machucou tanto. Antes que ele a tocasse, seu corpo parecia quase intacto. Ela não se importou com o que ele fez, não se importou com o homem que veio depois dele. Até então, estava ciente de que seu corpo se recuperava. O organismo estava cuidando dela.

Perdeu a noção do tempo, dos homens. Em um momento, quando começou a sentir fome, pediu ao homem que estava com ela para comer. Ele riu, mas depois trouxe comida: carne e vegetais crus. Ele a desamarrou e a observou, espantado e enojado, enquanto ela comia. Várias pessoas vieram assistir. Tinham cheiro de gente suja e cautelosa, mas como não a incomodaram, ela as ignorou.

Quando alguém tentou algemá-la novamente, ela resistiu. Agora, parecia-lhe perigoso demais ser amarrada a uma cama, ou simplesmente algemada. Estava mais forte agora, mais consciente do que estava acontecendo ao redor dela.

Em um canto, um menino, nu, coberto de sangue, jazia como lixo descartado. Ele não se movia. Tinha sido claramente torturado, mutilado. Suas mãos ainda estavam algemadas. Rane tinha certeza de que estava morto, provavelmente sangrara até a morte. Suas orelhas e seu pênis haviam sido cortados.

A mulher na cama perto dela emitia um choro rouco. Agora, imunda e amarrada como uma águia de asas abertas em uma cama pequena, estava inconsciente.

Rane conseguia ver e ouvir a respiração superficial dela.

Uma jovem, amarrada em outra cama, estava deitada observando o que acontecia com Rane. O pulso e os tornozelos da garota sangravam, apesar da relativa delicadeza das algemas de segurança. Seu corpo estava ferido e ensanguentado e havia algo de errado com seus olhos.

A garota soltou um grito abrupto, longo e estridente. Ninguém a estava tocando ou prestando atenção nela, mas ela continuou a gritar até que um dos homens se aproximou e lhe deu um tapa. Então, ficou em um silêncio abrupto e completo.

— Não quero ser amarrada — falou Rane, séria, para o homem que se esforçava para segurar seus braços. Percebeu que não estava tendo dificuldades em evitar as algemas. O homem parecia mais fraco do que os outros que tinham lidado com ela, embora sua aparência não revelasse isso. Talvez ela estivesse mais forte.

Outras pessoas riram quando abriu a boca, mas o homem que tentava amarrá-la, não.

— Ajudem aqui — disse. — Essa garota é forte como um maldito caminhão! Está brincando comigo!

Ela não estava brincando. De repente, quando um segundo homem a agarrou, Rane empurrou os dois para longe e se levantou. Ainda estava nua, suja e ensanguentada como a outra jovem. Mas estava começando a entender que estava mais forte. Talvez não tão forte quanto viria a ser. Achava que não. Mas era mais forte do que qualquer um esperaria que fosse, forte o suficiente para escapar. Até mesmo sair dali nua seria melhor do que ficar, com os seus organismos a mantendo viva enquanto os ratos de estrada pensavam em outras coisas novas para fazer com ela.

Uma mulher negra de cabelos ruivos lhe apontou um dos fuzis automáticos mais novos enquanto Rane lutava contra um segundo atacante. Quando ela viu a arma, pensou que seria seu fim. Mas, naquele momento, ouviu gritos pela porta aberta.

— Ei, Badger — gritou alguém —, o velho se foi. Ele arrebentou a janela!

— Hã! — disse a ruiva. — Ninguém poderia arrebentar uma daquelas janelas sozinho. Ele teria de arrebentar metade da parede. Alguém deve ter ajudado! — E, reconsiderando: — Onde está Smoke?

O pai dela fugira.

Ele havia escapado! Usara sua nova força e fugira! E Keira? Talvez ela também tivesse escapado. As pessoas tendiam a não prestar muita atenção nela porque parecia muito frágil para tentar qualquer coisa. Mas talvez...

Rane se lançou sobre a ruiva. A atenção da mulher tinha sido desviada. Agora ela parecia reagir em câmera lenta enquanto Rane se movia.

Pegando a arma, Rane golpeou a lateral da cabeça da mulher com a coronha, então girou a arma, apontando para os outros ratos de estrada. Tinha um cartucho de duzentas balas, totalmente carregado, ajustado no automático. Alguns segundos se passaram, então alguém riu. Talvez uma garota nua segurando um rifle parecesse engraçado. Que rissem.

Alguém tentou agarrar o cano. Esse era um grau de estupidez que Rane não esperava. Ela disparou, conseguindo atirar apenas no homem que apontara a arma para a própria barriga. Ela resistiu ao impulso de pulverizar o grupo todo.

O homem ferido gritou, dobrou-se, caiu no chão. Rane se afastou dele depressa, olhando para ver se alguém mais tinha um impulso suicida. Por acaso, ninguém mais estava armado. As pessoas não iam àquele quarto com suas armas.

Ninguém se mexeu.

— Tire a roupa — disse Rane a uma das mulheres menores.

A mulher entendeu. Ela se despiu depressa, jogou suas roupas para Rane, olhando de lado para o rato ensanguentado que gemia no chão. A ruiva se ajoelhou ao lado dele, tentando parar o sangramento com pressão direta.

— Deem o fora daqui — falou Rane. — Todos vocês, fora!

Eles se espalharam, saindo pela porta da frente, e ela seguiu logo atrás, esperando que sua velocidade lhe desse uma vantagem sobre a quantidade e a organização deles. Ela mal parou para pegar as roupas descartadas. Poderia se vestir quando estivesse a salvo, quando se juntasse ao pai e eles estivessem a caminho de Needles outra vez.

Saiu correndo pela porta, atravessou o corredor, passou pela grande sala de estar. Pôde perceber a movimentação à sua volta, mas era tão lenta, ela sabia como estava se movendo depressa.

Mas havia barulhos lá fora. Motores, veículos se aproximando, pessoas gritando. Era disso que tinha de desviar sua atenção. Famílias de estrada novas chegando. Ratos de estrada novos do lado de fora, para onde tinha que ir. Já estavam atirando, lutando com o povo de Eli. Mais fogo cruzado que poderia atingi-la.

Apoiou as costas na parede perto da porta da frente e apontou a arma para um dos ratos.

— Abra essa porta — mandou.

— Não posso — mentiu ele. — Preciso de uma chave especial. — Era tão óbvio para ela que estava mentindo como se estivesse com uma placa dizendo isso.

Ela disparou uma rajada curta e ele caiu. Agora os gritos de dentro dela voltaram. Estava atirando em pessoas, matando pessoas. Ela ia ser médica um dia. Os médicos não matavam pessoas; eles ajudavam a curá-las. Seu pai carregava uma arma há anos e nunca tinha atirado em ninguém. Ele escapara sem atirar em ninguém.

Mas ela não podia.

No instante em que mostrasse indecisão, fraqueza, misericórdia, aquelas pessoas a deixariam em pedaços. Naquele cômodo, havia várias pessoas tão fortemente armadas quanto ela. Tudo o que tinha a seu favor era uma velocidade aterrorizante e talvez a crença deles de que logo se livrariam dela, de um jeito ou de outro, sem que ninguém bancasse o herói. Nada do que Rane ouvira sobre bandos de ratos indicava que eram heroicos. Na melhor das hipóteses, confundiam crueldade com heroísmo.

— Abra a porta — ordenou a um segundo homem.

Ele cambaleou, na pressa em obedecer.

— Você! — Ela escolheu um terceiro. — Ajude-o!

— Ele não precisa de merda... Não!

Rane estava prestes a atirar nele. Ele correu até o primeiro homem e ficou parado enquanto o outro abria a porta.

Claro, no instante em que a porta se moveu, o pessoal de Eli abriu fogo naquela direção. Alguém... alguém dos novos grupos de ratos de estrada, talvez... conseguiu correr para a varanda, mas não chegou à porta.

Rane ouviu tudo aquilo enquanto saía da sala correndo. Nunca tivera a intenção de entrar na batalha na frente da casa.

Nunca teria ido para lá se soubesse o que estava acontecendo. No entanto, uma vez ali, teve que criar uma distração para poder chegar à porta dos fundos.

Alguém atirou nela enquanto corria, mas ela era muito rápida. Na cozinha, parou, virou-se, disparou um rajada curta na direção da porta pela qual tinha acabado de passar. Aquilo deveria deter qualquer perseguidor. Ela hesitou, viu uma cintilação de onde veio e atirou de novo. Então, foi para a porta dos fundos. Se fosse necessária uma chave, talvez ficasse presa. Dependia de quanto a casa era à prova de balas.

Sua mão voou sobre as várias fechaduras que não exigiam chaves. Teve que atirar na última, ao menos para que se soltasse. Quando ela disparou, no entanto, outra pessoa atirou contra ela, atingindo-a na lombar.

Caiu de joelhos, tentou se virar, mas foi baleada novamente. Desta vez, o impacto da bala a fez girar. Ela segurou o rifle da melhor forma que pôde e conseguiu alvejar o outro lado do cômodo. Ouviu gritos, sabia que tinha atingido alguma coisa.

Só tirou o dedo do gatilho quando, por um breve instante, através de uma névoa, pensou ter visto a irmã olhando para ela por uma porta, sobre um balcão. Então, porque estava encostada na porta, incapaz de mover as pernas, incapaz de sequer sentir suas pernas, disparou a última de suas balas nos ratos de estrada que apareceram. Teve a satisfação de ver o primata cair antes que alguém atirasse nela outra vez.

O organismo da doença era impiedoso. Manteve-a viva mesmo quando ela sabia que deveria estar quase dilacerada ao meio. Manteve-a consciente e ciente de tudo até o momento em que alguém se jogou sobre ela, gritando, e, em seguida, agarrou-a pelos cabelos e ergueu sua cabeça enquanto começava a serrar lentamente seu pescoço com alguma lâmina cega.

PASSADO 27

As mulheres ficaram com medo de Eli. Temiam por seus filhos. A filha de Gwyn com Eli estava começando a andar de quatro e a filha de Lorene com Zeriam claramente tinha as mesmas anormalidades físicas. Seria outra quadrúpede, outra precoce, forte, linda, pequena não humana. Eli podia perceber isso. Observava as crianças em um silêncio sombrio.

As mulheres fizeram Eli se sentar para conversar.

Gwyn falou por todas elas, para variar, enquanto Meda ficou sentada, retraída e calada.

— Não gostamos de ter medo de você — disse, inclinando-se na mesa de jantar onde todos haviam se reunido. — Precisamos de você. — Ela olhou de lado para Meda. — E amamos você. Mas estamos com medo.

— Medo de quê? — questionou ele, com aspereza. Ele não se importava com o que as mulheres tinham a dizer. Seu próprio sofrimento pelas crianças o consumia.

— Você sabe de quê — afirmou Gwyn. — Até as crianças sabem. Elas não entendem, mas estão morrendo de medo de você.

Ele olhou para ela com raiva e amargura. Gwyn tinha unido as outras contra ele. Elas nunca tinham se unido contra ele antes. Eli era o pai ou como um pai para todas as três crianças, todas irremediavelmente não humanas. Ninguém tinha o direito de lhe dizer como deveria se sentir em relação a elas.

— Eli, você as ama — sussurrou Meda finalmente. — Ama a todas elas. Teria de passar por cima de seus sentimentos mais profundos para machucá-las.

— Não vamos deixar que as machuque — falou Lorene.

— Não podemos mudá-las — complementou Gwyn. — E não importa como se sinta... se tentar fazer algo contra elas, vamos te matar.

Eli a olhou, espantado. Ela era a mais gentil das três mulheres, a mais propensa a necessitar de segurança e querer proteção.

— *Vamos te matar* — repetiu, baixinho. Sem se esquivar do olhar dele. Ele olhou para Meda e Lorene e viu os sentimentos de Gwyn refletidos no rosto das outras.

Estendeu a mão sobre a mesa, pegou as mãos de Gwyn.

— Não posso evitar o que sinto — admitiu. — Sei que dói em vocês. Dói em *mim*. Mas...

— Isso nos apavora!

— Eu sei. — Ele fez uma pausa. — O que vai acontecer, neste mundo, com crianças de mentes humanas e quatro patas? Pensem nisso!

— Quem disse que elas têm a mente humana? — perguntou Meda.

Eli a fuzilou com os olhos.

— Elas são obviamente brilhantes — retrucou ela —, mas sua mente pode ser tão diferente quanto o corpo. Podemos ensiná-las, mas não podemos saber de antemão o que elas se tornarão.

— Não — concordou ele. — Não podemos. Mas conhecemos o mundo em que elas terão de passar suas vidas. E eu sei como será a vida delas se não puderem se encaixar... e, é claro, não vão conseguir. Acham que esgotos e fossas são ruins? Experimentem uma jaula. Grades, sabem? Fechaduras.

— Ninguém...

— Merda! Elas não serão criancinhas fofas para sempre. Para outras pessoas, nem mesmo agora são criancinhas fofas. E não vamos viver para sempre para protegê-las.

As mulheres olharam para ele com frieza.

— Vou lhes falar outra coisa — disse ele. — Essas crianças são apenas as primeiras. Vocês sabem que haverá outras. Se algo acontecesse comigo, vocês sairiam e encontrariam mais um ou dois homens. Inferno, vocês vão fazer isso mesmo que nada me aconteça. Provavelmente vamos trazer mais mulheres também. O organismo não nos deixa ignorar todas aquelas pessoas não infectadas lá fora.

Ninguém o contradisse. As mulheres podiam sentir a verdade do que ele estava dizendo tão intensamente quanto ele.

— O que estamos fazendo? — sussurrou Lorene. — O que estamos criando?

Eli se inclinou para trás, de olhos fechados.

— É isso que venho me perguntando — recomeçou. — Tenho uma resposta agora.

Todas o observavam, esperando. Ele percebeu então que as amava. Perguntou-se quando tinha começado a amá-las, três mulheres simples, com calos nas mãos. Dar a resposta a elas não seria um ato de amor, mas era necessário. Se alguém merecia saber o que pensava, eram elas.

— Nós somos o futuro — falou por fim. — Somos os esporângios da forma de vida dominante de Proxi 2, os receptáculos que produzem os esporos dessa forma de vida. Se sobrevivermos, *se nossas crianças sobreviverem*, será porque cumprimos nosso propósito, porque espalhamos o organismo.

— Espalharemos a doença? — perguntou Lorene.

— Sim.

— De propósito? Quer dizer... para todos? Depois do que disse...

— Eu não disse que deveríamos espalhá-la de propósito. Não disse que *deveríamos* espalhá-la de forma alguma. Disse que não vamos sobreviver, que as crianças não vão sobreviver, se não o fizermos. Mas digo-lhes que não acho que elas ou nós estejamos correndo nenhum perigo real. Assim que soubemos o que procurar em Proxi 2, encontramos o organismo em quase todas as espécies animais vivas ali. Algumas eram imunes, como os herbívoros tendiam a ser, e embora eu não possa provar, suspeito que muitas espécies tenham sido levadas à extinção.

— Algumas seriam extintas aqui — disse Lorene. — Cães.

Eli assentiu.

— Cães, sim. Talvez coiotes, lobos, qualquer canino. Eu não daria muito pelos gatos também, e algumas cobras, talvez todas as cobras, ratos, a maioria dos roedores. Só Deus sabe o que mais.

— E as pessoas? — sussurrou Lorene. — Também vão morrer. Quatro em sete morreram aqui. Cinco, se você contar o bebê de Gwyn. Dez dos catorze da tripulação morreram. E Andy? Quantos outros Andy Zeriam teríamos, Eli? — Lorena começou a chorar. — Quantos?

Eli se levantou e foi até ela, que o empurrou com raiva no início, mas depois estendeu a mão e o puxou para perto.

— E as pessoas? — repetiu encostada nele. Depois de um momento, ele a afastou e se sentou ao lado de Meda.

— O que quer fazer? — Meda perguntou.

Ele balançou sua cabeça.

— Nada. Apenas continuar como estamos.

— Mas...

— O que mais? Vocês estão certas sobre as crianças. Elas são o que são. Eu também estou certo. Elas não sobreviverão neste mundo como ele é. Mas não vou fazer nenhum movimento para espalhar a doença além deste rancho. Nem mesmo por elas. Teremos que trazer pessoas aqui de vez em quando, mas isso é tudo.

— Está dizendo para deixarmos tudo ao acaso — comentou Meda.

— Não — respondeu. — Não exatamente. Estou falando de reprimir o acaso, fazendo tudo o que posso para manter a doença aqui. Tudo. E vou precisar de vocês três comigo.

— Mas as crianças... — Meda começou a dizer.

— Sim. — Ele suspirou. — Eu não seria capaz de machucá-las. Mesmo sem vocês três me impedindo, eu não conseguiria. Mas... desta forma, também não posso ajudá-las. Vocês podem? — Ele as encarou, uma de cada vez. Ninguém respondeu. — O que será, será — continuou Eli. — Não vou fazer nada disso acontecer. Pessoas mortas, animais mortos, o fim das cidades, porque enlouqueceríamos em cidades. O fim de muitas outras coisas em que talvez nem tenhamos pensado. — Ele fitou a mesa por vários segundos. — Mas vai acontecer — disse. — Mais cedo ou mais tarde, de alguma forma, isso vai acontecer. E, em última análise, eu serei o responsável.

PRESENTE 28

Keira tinha acabado de comer uma farta refeição, cozida demais, temperada demais, mas satisfatória. Estava se sentindo bem até que a garota de cabelos brancos veio para levá-la ao pai. Ela estava se sentindo *bem!* Mal conseguia se lembrar de quanto tempo fazia desde a última vez que se sentira bem de verdade.

A família de estrada a trancara em um armário perto da entrada. Ela estava com dor e Badger tinha exigido saber por quê. Quando ela disse que tinha leucemia, ele deu de ombros.

— E daí? — disse. — Existe cura para isso, algum tipo de remédio que faz as células ruins se transformarem em normais.

— Já tomei — contou a ele. — Não funcionou.

— Como assim, não funcionou? Funciona. Funcionou na minha mãe. Ela tinha a mesma merda que você.

— Comigo não funcionou.

Por isso, ele a trancou no armário. Algumas pessoas do grupo dele, ignorantes e temerosas, não conseguiam acreditar que a doença dela não era contagiosa. Badger a prendeu longe deles para o bem dela. Keira vira como estavam ansiosos para tirá-la de vista. Perguntou-se o que fariam se soubessem o que ela e sua família realmente haviam transmitido a eles, a que estavam realmente condenados. Logo descobririam. Era isso que Eli estava esperando. Era por isso que os mantinha presos ali. Ele não precisava fazer nada além disso para vencer. Ela o tinha ouvido falar sobre explosivos, mas então a família de estrada começou a assistir a um filme barulhento e as vozes fracas do lado de fora foram abafadas.

Ainda assim, havia explosivos. Eli faria qualquer coisa para deter aquele pessoal de estrada se ameaçassem escapar antes que estivessem prontos para se juntar a ele. E certamente não deixaria os amigos que chamaram se aproximarem. Keira não sabia o que aconteceria com ela, mas, de alguma forma, não estava com medo. Estava sentada no chão do armário com mãos e pés amarrados, lendo revistas antigas que estavam em caixas de papelão. O pródigo uso do papel a fascinava. Uma revista de cento e vinte páginas por apenas cinco ou seis dólares. Item de colecionador. Bibliotecas virtuais como a de seu pai faziam mais sentido, ocupavam menos espaço, podiam ser atualizadas mais facilmente, mas, de alguma forma, não eram tão divertidas de se ver.

A luz no armário era fraca, mas Keira preferia assim. Pensou que talvez não fosse capaz de tolerá-la se tivesse o brilho usual. Estava folheando uma *National Geographic* antiga quando a garota de cabelos brancos abriu a porta.

— Seu pai quer ver você — falou a garota, em sua voz baixa e rouca.

Keira ergueu os olhos da revista, olhou para a garota, imaginou como seria ser como ela... Suja, sabichona, durona, sem rumo, mas ainda assim jovem e nada feia. A pele bronzeada da menina contrastava estranhamente com seu cabelo branco.

— Ele pode querer ver minha irmã — disse Keira —, mas acho que não vai querer me ver.

— Foi com você que ele brigou? — perguntou a garota.

Keira não hesitou.

— Sim.

— Não importa. Ele só quer ver uma de vocês para se certificar de que não atiramos em vocês. Vamos. — Ela desatou as amarras das mãos e das pernas de Keira.

Keira começou a resistir. Achava que a garota não a forçaria. Então, percebeu que, apesar do que havia acontecido entre os dois, ela queria ver o pai, era provável que pela mesma razão que ele queria vê-la. Só para ter certeza de que estava bem. Blake parecia tão fraco e doente quando Keira o vira pela última vez. O organismo parecia tê-la deixado forte e ele fraco. Foi isso que possibilitou que ela escapasse dele quando Rane a fez perceber o que estava acontecendo.

Ocorreu-lhe que, do jeito que as coisas estavam agora, cada vez que o visse poderia ser a última. O pensamento a assustou, e ela tentou rejeitá-lo, mas era indelével.

— Tudo bem — concordou, levantando-se. A garota a olhou com atenção.

— Ele é mesmo seu pai?

— Sim.

— Então ele tem ascendência negra, ou é só sua mãe?

— Minha mãe era negra. Ele é branco.

A garota assentiu.

— Minha mãe era da Suécia. Só Deus sabe por que veio parar aqui. Foi estuprada na primeira semana. Foi daí que eu vim.

Chocada, Keira falou as primeiras palavras que lhe ocorreram.

— Mas por que ela não fez um... — Keira parou, olhou para baixo. Havia algo de errado em perguntar a uma pessoa por que ela não tinha sido abortada. Ela se perguntou por que a garota lhe contaria uma coisa tão secreta e vergonhosa.

— Ela não conseguia se decidir — comentou a garota, impassível. — Queria se livrar de mim, mas não se livrou, depois não tinha mais certeza, aí eu nasci e já era tarde. Mas ficou comigo até os meus catorze anos. Aí ela enlouqueceu e, quando a levaram para tratamento, fui embora. — A garota suspirou. — Depois disso, a vida foi uma merda até que fui adotada pela comunidade. Quantos anos você tem?

— Dezesseis — respondeu Keira.

— Sério? Quantos anos ele tem?

Keira olhou para ela com hostilidade. A garota desviou o olhar. Por um momento, Keira a odiou, queria ficar longe dela. A raiva a surpreendeu, depois a envergonhou, porque ela não podia ignorar sua causa: ciúme. A garota dormira com Blake, assim como Keira quase fizera. O cheiro dele pairava nela como uma assinatura. Por um momento Keira se perguntou como conseguia distinguir essas coisas. O cheiro dele... Ainda assim, não havia dúvidas em sua mente, e ela estava quase rígida de um ciúme raivoso.

Depois veio a vergonha.

— Quarenta e quatro — respondeu, falando devagar. — Ele tem quarenta e quatro.

Nem ela nem a garota disseram mais nada.

A garota deixou Keira entrar para ver o pai e, minutos depois, deixou-a sair. Só então Keira conseguiu olhar para a garota e entender que o pai precisava de uma aliada entre o pessoal de estrada. A garota gostava dele, e poderia ser útil para o pai de um jeito que Keira certamente não podia.

— Quarenta e quatro não é velho — disse Keira, enquanto a garota a levava de volta ao armário.

A garota a olhou.

— O que aconteceu? Decidiu que está tudo bem se eu transar com ele?

Keira se surpreendeu. Não pela primeira vez, ela estava grata por não ter a pele tão clara quanto Rane. Nada fazia Rane corar. Tudo fazia Keira corar.

— Achei que gostasse dele — murmurou Keira.

— E se eu gostar? Ele é seu pai, não o contrário.

Keira tentou de outra forma.

— Foi você que trouxe o cobertor para ele? — perguntou. — E a comida? — Ela tinha visto um prato vazio no chão perto dele.

— Sim, e daí?

— Obrigada — Keira agradeceu, com sinceridade. Voltou para o armário, esperou para ver se a menina colocaria as algemas de volta nela. Mas a garota apenas a encarou e fechou a porta. Keira esperou até ouvir o clique suave da fechadura, mas não ouviu. Instantes depois, escutou os passos da garota se afastando.

Keira estava quase livre. Com seus sentidos acentuados, poderia ser capaz de escapar da casa, fugir.

Sozinha.

Mas a garota de cabelos brancos deu a Keira uma escolha que ela não queria: enfrentar a família de estrada tentando escapar, abandonando a própria família, ou permanecer em um cativeiro perigoso. Ali ela certamente não podia ajudá-los. A qualquer momento, Badger poderia decidir matar seus cativos, estuprá-los, usá-los como escudos, qualquer coisa. Havia chutado o pai dela quase a ponto de deixá-lo inconsciente, sem motivo algum. Ele e seu povo eram imprevisíveis, implacáveis e, o pior de tudo, estavam encurralados. O que aconteceria quando começassem a perceber que também estavam doentes?

E o que quer que decidissem fazer, como a permanência dela os afetaria? Será que os impediria de fazer algum mal? Claro que não.

Mas se escapasse, a gangue poderia descontar a raiva e a frustração em seu pai e em Rane. Keira enganchou os braços em volta das pernas, puxou os joelhos para perto do peito. Ficou sentada ali, sofrendo como se ainda estivesse amarrada, presa.

Cada vez que pensava no pai, sua mente se afastava, então se fixava nele de novo, a lembrança do que quase tinha acontecido invadindo sua mente, deixando-a confusa, com medo, vergonha, assombro, desejo...

Então ela se lembrava de como Eli a olhara, a sensação de seu corpo junto e dentro dela, dolorosa, mas boa de alguma forma. Aquilo não aconteceria outra vez. Meda estaria lá e o pai de Keira, não. Eli a uniria a outra pessoa; ele a prevenira. Isso doía, mas não faria diferença.

Prestou atenção aos sons por vários segundos, ouviu o filme terminar, ouviu o tiroteio explodir e acabar. No final do corredor, as pessoas estavam fazendo amor, ou as mulheres do rancho estavam sendo estupradas. Keira já tinha ouvido aquilo antes e não queria ouvir mais. Havia pessoas andando por ali, falando, às vezes atirando em alvos que provavelmente não podiam enxergar. Alguém comentou sobre comer carne crua.

As palavras a deixaram com água na boca. Sua fome ainda não era dolorosa, mas seria em breve. Nada mais doía em seu corpo agora, mas a fome poderia fazer aquilo mudar depressa. Se esperasse muito, se deixasse que a trancassem de novo, poderia morrer de fome. A gangue não entenderia. Poderia ignorá-la. Aquele armário poderia se tornar sua cova.

Ela segurou a maçaneta, girou-a devagar, sem fazer barulho. Não ouviu nada por perto, nem mesmo uma respiração.

No entanto, no instante em que abriu a porta, algo pequeno, silencioso e incrivelmente rápido saltou para o armário com ela. Apenas seu reflexo acelerado a salvou. O instante de confusão e terror passou muito depressa, e ela foi capaz de evitar um grito. Logo fechou a porta do armário, em silêncio, e virou-se para encarar Jacob.

Ele estava nu e tremia. Antes que ela percebesse o que pretendia fazer, ele saltou de novo, desta vez para ela.

Para sua surpresa, Keira o pegou. Ele era pesado, mas ela não tinha dificuldade em segurá-lo. Alguns dias antes, não imaginaria poder erguê-lo do chão, muito menos pegá-lo no ar. Ele agarrou-se a ela, calado, mas sem dúvida aterrorizado.

— O que está *fazendo* aqui? — sussurrou Keira, abraçando-o e esfregando os ombros trêmulos dele. Ficou surpresa ao perceber sua felicidade em vê-lo, e o quanto temia por sua presença naquele lugar perigoso. — Jacob, você pode se machucar! Você poderia... — Ela parou. — Você tem que fugir!

— Você também — respondeu ele. — Ninguém sabia onde você estava na casa, então vim encontrar você. Todo mundo lá de casa está do lado de fora.

— Seus pais sabem que está aqui?

— Não! — Ele se afastou um pouco dela, seu tremor diminuiu. — Não conte a eles. Certo?

— Não vou contar nada. Vamos só sair daqui. Como você entrou?

— Tem um quarto com um buraco no lugar do vidro da janela. Você estava lá antes. Tem o seu cheiro, e o de outras pessoas.

— Um quarto com um buraco na janela?

Ao longe, Keira ouviu tiros e passos apressados. Parecia uma briga dentro de casa. Gente de estrada brigando entre si.

Jacob olhou para a porta.

— Eles a machucaram — disse. — Ela tem uma arma e atirou em um deles. Agora ela está atirando mais.

— Quem?

— Sua irmã. Ela está fugindo.

— Está? Meu Deus, vamos!

— Seu pai também se foi, acho. Senti o cheiro do quarto onde ele estava. Havia o mesmo cheiro no quarto com o buraco.

Deus, enquanto ela estava sentada se preocupando em abandoná-los, eles a abandonaram. Ela abriu a porta e saiu do armário, ainda segurando o menino.

— Vou mostrar onde fica o buraco — falou Jacob. Ele se contorceu contra ela, saltou para o chão de modo silencioso, acelerou pelo corredor em direção ao quarto do pai dela. Claro que o buraco estaria lá. Mas como o pai quebrara o vidro?

E Rane. Será que estava bem? Será que conseguiria fazer aquilo sozinha? Keira se virou, rastejou de volta pelo corredor até o quarto da família, que era contíguo à cozinha e à sala de jantar. Do corredor, pela porta do quarto, Keira pôde ver pessoas da família de estrada agachadas atrás do balcão, às vezes olhando ao redor ou para a cozinha por cima dele. Keira conseguiu enxergar a cozinha por cima do balcão, viu Rane sentada na porta dos fundos, segurando um rifle automático. Por um instante, os olhos de Rane encontraram os de Keira. Então, Jacob puxou o vestido de Keira.

— Vá! — sussurrou Keira. — Saia!

— Venha você também — implorou o menino. — A casa inteira cheira a sangue. As pessoas estão morrendo.

Rane começou a atirar de novo, e pessoas morreram. Keira viu uma delas levantar a cabeça na hora errada e perdê-la.

Aterrorizada e repugnada, Keira agarrou Jacob e fugiu. Mesmo sendo filha de médico e estando doente, nunca vira ninguém morrer. Ela correu quase em pânico, chegou ao quarto vazio do pai e olhou em volta loucamente.

— Ali! — O menino apontou para outra porta. O banheiro. Não era maior do que o armário onde ela ficara trancada, mas tinha uma janela.

Keira correu para o banheiro, fechou a porta e trancou-a, então levou o menino até o parapeito da janela. Jacob escalou e desceu em um instante. Ela subiu atrás dele. Não estava mais impressionada com sua força, não estava mais impressionada com nada. Tinha que sair da casa, voltar para Eli e para um lugar seguro. O pai dela provavelmente já estava a salvo e Rane logo estaria.

Pulou para o chão e correu.

***

Keira correu pelas rochas, esperando que elas a camuflassem e a protegessem enquanto circundava a casa. Estava a meio caminho e já consciente do cheiro distinto do povo de Eli quando reconheceu outro cheiro familiar. O cheiro novo a confundiu por um momento, por ser muito evidente. Ela tinha tanta certeza de que era seu pai que, por um instante, pensou tê-lo visto.

O vento a favorecia. Soprou do povo de Eli para ela, atravessando o rastro de seu pai. Ela olhou para baixo da encosta através das rochas. Seu nariz lhe revelou que aquele era o caminho que o pai havia seguido para fugir da casa e do povo de Eli, em direção à estrada.

É claro.

O olfato aguçado a fez seguir as manchas do sangue dele, algumas ainda úmidas sobre as rochas. Em determinado ponto, perto de uma reentrância na rocha marrom, o sangue se acumulava, uma quantidade assustadora. Antes de encontrar a poça, Keira havia pensado em ir até Eli e não falar nada sobre o pai. Correndo à frente e voltando para ela como um cachorrinho ansioso, Jacob poderia ter ou não notado o cheiro. Se ele falasse sobre aquilo, ela teria de admitir o que o sentira, mas talvez a essa altura seu pai já tivesse escapado. Keira o teria deixado escapar, mesmo sabendo o que isso significaria para Eli e seu povo. Aquilo era tudo o que poderia fazer pelo pai. E à sua maneira, ele não estava errado. Estava tendo uma visão de longo prazo, tentando evitar uma futura epidemia. Eli e o povo dele estavam tentando sobreviver um dia depois do outro, tentando criar suas crianças estranhas em paz, tentando controlar sua compulsão mortal. Em algum momento, inevitavelmente falhariam. Já deviam saber disso. Se não fosse pelo sangue, Keira teria deixado que aquele fracasso acontecesse agora.

Mas o sangue estava ali, secando lentamente em uma depressão natural na rocha. Seu pai estava ferido, precisava de ajuda. Eli tinha a maleta, talvez até estivesse com ela ali para tratar seu próprio povo. Talvez Eli não fosse capaz de usá-la, mas Keira suspeitava que sim, e o pai dela poderia morrer antes que conseguisse obter ajuda externa.

Ela se virou para seguir o rastro de sangue. Quando Jacob correu na direção dela outra vez, aproximando-se em silêncio absoluto e oculto, exceto por seu cheiro, até o último instante, ela o deteve.

— Vamos — disse ele. — Vou levá-la até onde papai está.

— Vá você — falou ela. — Diga a ele que meu pai está ferido e que tenho que encontrá-lo. Diga a ele para enviar alguém depois, com a maleta do meu pai. Certo?

— Sim.

— Ótimo. Agora vá. E tenha cuidado.

O menino saltou para longe, pulando entre as rochas como se elas não representassem nenhum obstáculo. As crianças dela fariam aquilo um dia. Teriam quatro patas e seriam capazes de pular como gatos, e seriam lindas. Talvez já estivesse grávida.

De alguma forma, quando ela encontrasse o pai, quando Eli o ajudasse, ele teria de ser convencido a ficar e se aquietar. *Ele tinha que fazer isso!* Viver o dia a dia livre no deserto era melhor do que ser uma cobaia em quarentena em um hospital ou laboratório; melhor do que observar Jacob e Zera serem tratados como animaizinhos; melhor, talvez, do que ser esterilizado para que não nascessem mais crianças como eles. Melhor do que desaparecer.

Keira desceu a encosta rochosa com velocidade e agilidade novas, que mal percebeu. Parecia que sempre podia encontrar um espaço para seus pés, um apoio quando necessário. Sentia-se tão segura quanto uma cabra-montesa. Em um momento, parou para examinar o corpo de um homem careca de barba ruiva. Ele não era do povo de Eli, nem do bando de Badger. Era provável que fosse de um dos outros grupos que Badger havia chamado. Morrera há pouco tempo, com o pescoço quebrado. O cheiro de seu pai era especialmente forte perto dele, e ela percebeu que o homem provavelmente fora morto por Blake. Era possível até que aquele homem fosse responsável pelo ferimento dele, embora Keira não tenha visto nenhuma arma. Talvez o pai a tivesse levado. Isso significaria que ela tinha que ser cuidadosa. Se Blake estava ferido e armado, poderia estar em pânico e atirar sem nem olhar em quem.

Ela continuou descendo a encosta com mais cuidado. Não tinha a habilidade de Eli ou Jacob para se deslocar em total silêncio, mas se moveu o mais quieta que pôde, sem pisar em rochas e areia que poderiam se soltar, evitando as plantas secas que estalavam, acalmando a própria respiração.

Keira fez uma breve pausa para ouvir. O vento, soprando na direção dela a partir de seu pai, trazia o som dos passos irregulares dele. Estava mancando um pouco. A respiração, porém, era regular, sem esforço. Keira admirou por um instante o poder de realmente ouvir a respiração dele a uma distância tão grande. O organismo tinha dado muito a ela. Devia ter dado algo a ele também. Caso contrário, como Blake poderia sobreviver depois de ser baleado e perder tanto sangue? Caso contrário, como ele poderia continuar? Se ao menos algo pudesse ser feito para impedi-lo de matar tantas pessoas enquanto ajudava outras...

Ela ouviu um ronco abafado atrás de si. Olhando para trás, viu um caminhão, um grande caminhão, provavelmente carregando algo ilegal para ousar transitar por um esgoto identificado no mapa. Buscou se esconder enquanto o caminhão vinha por uma elevação. Talvez o motorista estivesse no compartimento de descanso e não visse nem ela, nem o pai. Talvez. Mas que motorista deixaria o veículo no automático em um esgoto? Ele estaria ao volante. E o caminhão estaria armado e blindado para combater gangues e a polícia.

O caminhão passou roncando por Keira, sem diminuir a velocidade, embora a pedra por trás da qual ela estava agachada não fosse grande o suficiente para escondê-la por completo. Imóvel como estava, talvez o motorista não tivesse percebido que ela era mais que um pedaço de rocha.

Mas um pouco à frente, além da colina que agora escondia seu pai, o caminhão diminuiu a velocidade e parou. Assustada, Keira caminhou em direção ao caminhão, depois correu até ele. Pessoas que viajavam legalmente não se atreviam a parar para pegar andarilhos. O pai lhe contara sobre uma época em que era possível ficar com o polegar estendido em uma determinada posição e os carros e caminhões paravam e ofereciam carona. Mas Keira não trazia essa época na memória. Durante toda a vida, ouvira histórias de andarilhos que viravam iscas para famílias de estrada e gangues de motociclistas. Os verdadeiros andarilhos eram pessoas que tiveram problemas com o carro e não tinham um telefone ou que tinham sido expulsas de carros por amigos que, de repente, tornaram-se menos amigáveis. As pessoas que davam carona a eles podiam ser apenas perigosamente ingênuas ou bandidos, assassinos, traficantes de prostitutas ou, o que parecia mais assustador, traficantes de órgãos... De acordo com o pai, porém, o mais provável era que os doadores involuntários de órgãos viessem de certos hospitais privados que eram pocilgas. Mas, para um caminhoneiro autônomo, os andarilhos eram alvos legítimos.

Keira correu, sem saber o que faria quando chegasse ao pai e ao caminhão, e não refletiu sobre isso. Tudo o que conseguia pensar era que seu pai poderia ser baleado com uma arma tranquilizante e carregado para dentro de um caminhão frigorífico.

De repente, enquanto corria, houve uma explosão, depois várias explosões. Por um momento, ela parou, confusa, e o chão tremeu sob seus pés.

A casa do rancho. Eli fez o que ela temia: acionou seus explosivos, explodiu o pessoal de estrada, até mesmo a garota de cabelos brancos que tinha sido gentil.

E Rane? Ela tinha saído? Foi por isso que Eli decidiu resolver as coisas? Ou foi porque Keira e o pai escaparam tão facilmente? Era quase certo que Eli não tivesse gente o suficiente para cercar a casa *e* lutar contra a nova gangue. Dois fugitivos eram tudo o que ele estava disposto a arriscar?

Fumaça preta e poeira subiram acima das colinas. Keira fitou aquilo, assustada, cheia de perguntas. Então, ouviu o caminhão arrancar e o viu partir.

Correu de novo em direção ao pai, exigindo mais de si mesma, temendo não encontrar nada onde ele estivera. Encontrou o pai, porém, esmagado ao meio pelas rodas do caminhão.

As pernas e toda a parte inferior do corpo dele pareciam presas ao chão partido, ensanguentadas, arruinadas. Ele não poderia estar vivo ferido daquele jeito.

Blake gemeu. Keira caiu ao lado dele, enojada, revoltada. Mal conseguia encará-lo, mas ele estava vivo.

— Meu Deus — sussurrou Blake. — Meu Deus!

Chorando, Keira pegou a mão dele entre as suas. Estava ensanguentada, e Keira a tocou com cuidado, mas estava ilesa. Segurava firmemente um pedaço de pano azul: uma manga ensanguentada, que não era da camisa que vestia.

— O que acabei de fazer... — gemeu. — Ah, Jesus, o que acabei de fazer...

— Pai? — Ela queria colocar a cabeça dele em seu colo, mas tinha medo de machucá-lo mais.

— Kerry, é você? — Blake parecia não estar olhando diretamente para ela.

— Sou eu.

— O que acabei de fazer... Jesus!

— O que você fez? — Keira não conseguia pensar. Ela mal conseguia falar em meio às lágrimas.

— Ele estava procurando minha carteira... ou algo para roubar. Ele me atingiu de propósito, precisou desviar para me atingir. Só queria roubar.

Keira balançou a cabeça, sem acreditar. Nunca tinha ouvido falar em caminhoneiros atropelando pessoas para roubá-las. As famílias de estrada eram mais propensas a fazer isso. Mas em um esgoto, tudo podia acontecer.

— Eu o agarrei — disse seu pai. — Não pude evitar, não pude controlar. Ele cheirava tão... não pude evitar. Deus, eu o rasguei como um animal. — Assim como a manga azul, o sangue que estava em sua mão não era dele.

Blake havia espalhado a doença.

— Por favor — implorou. — Vá atrás dele. Detenha-o.

— Deter quem? — Eli perguntou. Ela não o ouvira chegar. Com os sentidos aguçados ou não, Keira se levantou, assustada. Então, viu a maleta do pai na mão dele. Ela sabia como aquilo seria completamente inútil e desabou.

Chorando, ela permitiu que Eli a pegasse pelos ombros e a afastasse. Ele se ajoelhou onde ela estivera. Quando ela foi capaz de ver claramente outra vez, viu que Eli segurava a mão ensanguentada de seu pai. Ela sentiu que algo estava acontecendo entre eles, um momento de comunicação não verbal. Então, com um suspiro longo e lento, seu pai fechou os olhos. Um tempo depois, abriu-os de novo, arregalados. Seu peito parou de se mover por conta da respiração. Seu corpo estava imóvel. Eli estendeu a mão e fechou os olhos dele uma última vez.

Keira se ajoelhou ao lado do pai, ao lado de Eli. Olhou para Eli, incapaz de falar com ele, desejando que ele não falasse, embora soubesse o que diria.

— Ele está morto — declarou. — Sinto muito.

Keira sabia. Ela tinha visto. Inclinou-se para a frente, chorando, quase gritando num protesto angustiado. De olhos fechados, ela não conseguia imaginar o pai morto. Não sabia como lidar com algo tão inimaginável.

Eli tirou a camisa e cobriu as partes mais danificadas do corpo de Blake. O sangue encharcou o tecido imediatamente, mas pelo menos os ferimentos horríveis estavam escondidos.

Eli se levantou, pegou as mãos dela e a colocou de pé. No ponto em que ele as tocou, as mãos dela formigavam, quase ardiam. Confusa, ela tentou se afastar, mas, de alguma forma, seu desejo de se afastar não alcançou suas mãos. Elas não se moveram.

— Fique parada — disse. — Acabei de passar por isso com seu pai. Os organismos dele "sabiam" algo que os meus querem saber. Os seus também.

Aquilo não tinha sentido para ela, mas não fazia diferença. Ela não estava sendo machucada. Achava que não notaria se ele a machucasse. Ainda estava tentando compreender que o pai estava morto. Eli continuava falando. Até que o ouviu.

— Quando mudamos — explicou —, quando o organismo "decide" se vamos viver ou não, ele compartilha as diferenças encontradas em nós com outras pessoas que mudaram. Pelo menos é o que concluímos. Tínhamos uma mulher que havia feito uma laqueadura antes que a pegássemos. Os organismos dela se comunicaram com os de Meda e as trompas se abriram. Ela está grávida agora. Tivemos um cara que conseguiu regenerar três dedos que havia perdido anos atrás. Você... não há precedente para isso, mas acho que você pode estar se curando de sua leucemia. Ou talvez o organismo tenha até encontrado uma maneira de usar sua leucemia para o próprio bem, e para o seu. Você vai sobreviver.

— Eu deveria morrer — sussurrou Keira. — Meu pai era forte e morreu.

— Você não vai morrer. Você parece mais saudável do que quando eu a conheci.

— Eu *deveria* morrer!

— Jesus, que bom que não vai. Isso compensa muitas coisas.

Ela não disse nada.

— Kerry?

— *Não me chame assim!* — gritou.

— Sinto muito.

Eli colocou o braço em volta dela assim que conseguiu soltar suas mãos, assim que os organismos terminaram a comunicação. Como diabos os micro-organismos podiam se comunicar, ela se perguntava, em termos não tão precisos.

Eli respondeu como se ela tivesse feito a pergunta em voz alta. Talvez tivesse.

— Nós trocamos alguma coisa — explicou. — Talvez algum tipo de sinais químicos. Essa é a única resposta que posso dar. Já conversamos sobre isso em casa, e ninguém tem outra ideia.

Keira não entendia por que Eli falava sem parar sobre o organismo. Ele achava que ela se importava? Com o canto do olho, ela viu a coluna de fumaça da casa do rancho e pensou em algo com que se importava.

— Eli?

— Sim?

— E Rane?

Silêncio.

— Eli? Ela escapou?

Mais silêncio.

— Você explodiu a casa com ela dentro!

— Não.

— Sim! Você matou minha irmã!

— Keira! — Ele a virou, para que o encarasse. — Não fui eu. Não fomos nós.

Ela acreditou nele. Não entendia por que acreditara tão depressa, por que observá-lo falar fazia com que tivesse certeza de que estava dizendo a verdade. Keira se ressentiu por acreditar nele.

— O que aconteceu com ela? — exigiu saber. — Onde Rane está?

Eli hesitou.

— Ela está morta.

Outra morte. Outra. Todo mundo estava morto. Ela estava sozinha.

— O pessoal de estrada a matou — contou Eli.

— Como pode saber disso?

— Keira, eu sei. E você sabe que não estou mentindo.

— *Como você poderia saber que ela estava morta?*

Ele suspirou.

— Querida... — Ele inspirou fundo outra vez. — Eles deceparam a cabeça dela e a jogaram pela porta da frente.

Ela se separou dele, dando alguns passos cambaleantes pela estrada.

— Sinto muito — disse pela terceira vez. — Tentamos salvar todos vocês. Nós... nos esforçamos para não perder pessoas durante a conversão.

— Vocês são como crianças para nós nessa fase — anunciou outra voz.

Keira olhou para cima, viu que um jovem oriental saía da colina atrás dela. O homem falou com Eli.

— Vim ver se precisava de ajuda. Acho que não.

Eli encolheu os ombros.

— Leve-a de volta à colônia. Levarei o pai dela.

O homem pegou o braço de Keira.

— Conheci sua irmã — falou ele, baixinho. — Ela era uma garota forte.

Não forte o suficiente, Keira pensou. Não contra a família de estrada. Não contra a doença. Não forte em tudo.

Começou a seguir o homem de volta até a casa do rancho, então parou. Tinha se esquecido de algo, alguma coisa importante. Devia ser importante para perturbá-la naquele momento. Então ela se lembrou.

— Eli? — chamou.

Ele estava curvado sobre Blake. Endireitou-se quando ela falou.

— Eli, alguém escapou. O caminhão que atingiu meu pai. Ele estava indo para o norte.

— Era um caminhoneiro autônomo?

— Sim. Ele saiu e tentou roubar meu pai. Meu pai o arranhou.

— Ah, Jesus — sussurrou Eli. O tom dele foi quase o mesmo das últimas palavras de Blake.

Então ele se virou e falou com o outro homem.

— Steve, conte a Ingraham. Ele é o nosso melhor piloto. Dê a ele algumas granadas. Diga que não há regras.

O homem chamado Steve subiu aos saltos com mais agilidade do que Jacob teria feito.

— Jesus — repetiu Eli.

De alguma forma, ele conseguiu levantar o pai dela e carregá-lo de volta como se ele estivesse meramente ferido, não esmagado ao meio. Havia feito uma espécie de saco com a camisa. Keira caminhou ao lado dele, mal notando quando um carro passou em alta velocidade pela estrada.

No alto da colina, Steve (Stephen Kaneshiro, ele se apresentou) juntou-se a ela novamente. Trouxera comida para ela, que comeu vorazmente, com culpa. Parecia que nada perturbava seu apetite.

Stephen a manteve longe das ruínas da casa. Ele ficou com ela, em silêncio, mas de um jeito reconfortante. Encontrou um carro vazio e sentou-se com ela lá dentro. O povo de Eli pelo visto expulsara ou matara todas as pessoas do segundo grupo, não contaminado, de gente de estrada. Agora estavam arrumando tudo. Alguns estavam cavando uma cova coletiva. Outros carregavam os carros e caminhões de que se apropriaram com coisas que julgavam ser úteis para o enclave.

— Peguem alguns rádios — disse Stephen a uma mulher que passou perto deles. — Acho que, para variar, vamos precisar deles.

A mulher assentiu e foi embora.

Jacob encontrou Stephen e Keira sentados juntos no carro. Sem dizer uma palavra, ele subiu no colo de Keira e adormeceu. Ela acariciou os cabelos dele, aceitando sua presença e sua juventude, sem pensar em nada. Era possível suportar, se ela não pensasse em nada.

Algum tempo depois, Ingraham voltou. Havia dirigido até a entrada de Needles, mas não encontrara o caminhoneiro. Todos se reuniram perto dele para ouvir sobre a busca. Enquanto ouviam, todos encaravam Eli.

Eli fechou os olhos e esfregou a mão no rosto.

— Tudo bem. — Ele falou muito baixo. Keira não o teria ouvido sem sua audição recentemente aguçada. — Tudo bem, sabíamos que isso aconteceria mais cedo ou mais tarde.

— Mas era um caminhoneiro — disse Stephen. — Eles percorrem o país todo, o continente. E lidam com pessoas que percorrem o mundo.

Eli assentiu friamente. Parecia muitos anos mais velho, sofrendo de um cansaço agonizante.

— O que vamos fazer? — perguntou Ingraham.

Meda respondeu.

— O que acha que vamos fazer? Voltar para casa!

Eli colocou o braço em volta dela.

— Isso mesmo — afirmou. — Em alguns meses seremos um dos poucos enclaves sadios remanescentes no país, talvez no mundo. — Ele balançou a cabeça. — Usem a imaginação.

Imaginem como será nas cidades e vilas. — Fez uma pausa, abaixou-se e pegou Zera, que estava sentada a seus pés, apoiada em sua perna direita. — Lembrem-se das crianças — disse, em voz baixa. — Elas vão precisar de nós mais do que nunca agora. Não importa o que fizerem, lembrem-se das crianças.

EPÍLOGO

Stephen Kaneshiro esperou até começar a ouvir notícias no rádio sobre a nova doença. Então, vestiu suas luvas e foi de carro com Ingraham até Barstow. De lá, por telefone, tentou localizar a esposa e o filho. Tinha ficado com Keira até então, parecia contente com ela, mas sentia que tinha o dever de trazer a esposa e o filho para um lugar de relativa segurança, embora talvez o dessem como morto há muito tempo.

Eli o alertou de que ninguém sabia que efeito a doença poderia ter em uma criança pequena. Stephen compreendia, mas queria dar à família o que acreditava ser a única chance que tinham.

Não pôde. Precisou de dois dias de telefonemas anônimos e ligações mudas para descobrir que a esposa tinha voltado a morar com os pais e recentemente se mudara com eles para o Japão.

Ele voltou para o rancho no topo da montanha e para Keira. O cabelo dela crescia, espesso e escuro. Ela estava grávida, talvez de Stephen, talvez de sua noite com Eli. Stephen não parecia se importar com isso mais do que Keira.

— Você vai ficar comigo? — perguntou ela.

Stephen era um bom homem. Ele a ajudara naquela época terrível depois da morte do pai e da irmã. Ele não a atraía como Eli. Não sabia o quanto se importava com ele, o quanto precisava dele, até sua partida. Quando voltou, tudo o que ela conseguiu pensar foi: *Sem a esposa! Graças a Deus!* Então, ficou envergonhada. Passado algum tempo, Keira fez a pergunta.

— Você vai ficar comigo?

Estavam no quarto ao lado do berçário. O quarto deles na casa de Meda. Stephen estava na cama e ela na cadeira da escrivaninha, de onde não podia tocar nele. Não suportaria tocá-lo enquanto não soubesse que não tinha planos de a deixar.

— Teremos que nos isolar ainda mais do que temos feito até agora — disse ele. — Trouxe novas armas, munição e alimentos que não podemos cultivar. Acho que vamos ter que ser autossuficientes por um tempo. Pode ser por muito tempo. Eu e você não poderíamos nem ter uma casa. Não há madeira suficiente.

— Não importa — respondeu ela.

— San Francisco está em chamas — continuou ele. — Comprei um monte de jornais impressos na cidade. Não há notícias suficientes pelo rádio. Incêndios estão sendo ateados em todos os lugares. Talvez as pessoas não infectadas estejam esterilizando a cidade da única maneira que conseguem imaginar. Ou talvez sejam pessoas infectadas, ensandecidas por causa dos sintomas, do barulho, dos cheiros e das luzes. Los Angeles também está começando a queimar, e San Diego. Em Phoenix, alguém está explodindo casas e prédios. Três refinarias de petróleo foram pelos ares no Texas. Na Louisiana, há um grupo que decidiu que a doença foi trazida por estrangeiros, então estão atirando em qualquer pessoa que pareça minimamente de fora, do ponto de vista deles. Principalmente asiáticos, negros e pardos.

Keira o encarou. Ele retribuiu com olhos inexpressivos.

— Em Nova York, Seattle, Hong Kong e Tóquio, médicos e enfermeiros foram pegos espalhando a doença. A compulsão já está em ação.

Ela pensou no pai, então balançou a cabeça, afastando o pensamento indesejado. Ele havia estado tão certo, tão equivocado, e, por fim, tão impotente.

— Tudo estará um caos em breve — prosseguiu Stephen. — Houve surtos na Alemanha, Inglaterra, França, Turquia, Índia, Coreia, Nigéria, União Soviética... Será um caos. Depois, haverá uma nova ordem mundial. Um inferno, novas espécies. Jacob sairá vitorioso, sabe? Vamos ajudá-lo. E ele acha que pessoas não infectadas cheiram a comida.

— Teremos de ajudá-lo para nosso próprio bem — disse ela.

— Ficaremos obsoletos, você e eu.

— Eles serão nossos filhos.

Stephen baixou os olhos, olhou para a barriga dela, que começava a revelar sua gravidez.

— Serão tudo o que temos — falou ele —, nós dois. — Houve uma longa pausa. — Também perdi toda a minha família. Você ficará comigo?

Ela assentiu, em um gesto solene, e foi até ele. Os dois se abraçaram até que não pudessem mais dizer qual deles estava tremendo.

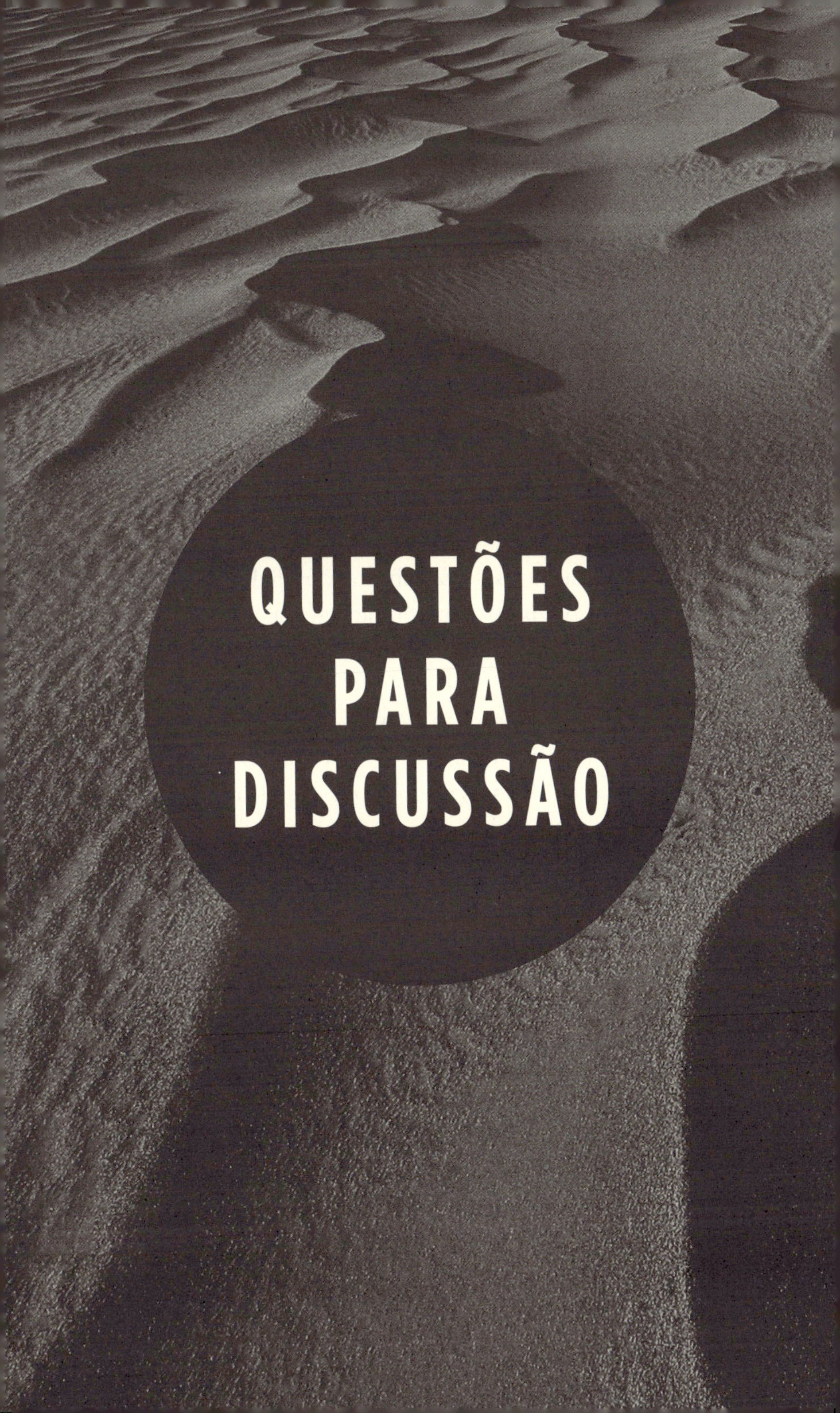

QUESTÕES PARA DISCUSSÃO

1. No enredo podemos encontrar algumas referências bíblicas, como a espaçonave *Arca de Clay*, que trouxe um novo tipo de vida para dominar a Terra — uma alusão à Arca de Noé, que repovoou o mundo depois do Dilúvio. Há também Eli, que, no Antigo Testamento, é descrito como o sacerdote que foi punido por Deus por se omitir diante dos diversos atos irresponsáveis de seus filhos. Quais relações são possíveis de serem feitas entre as arcas citadas? E entre as atitudes do Eli bíblico e do Eli de *Arca de Clay*? Além disso, é possível encontrar alguma outra referência bíblica na obra?

2. Nos capítulos referentes ao passado são apresentados os dilemas morais de Eli. Ao mesmo tempo que procura combater os instintos da doença, ele também se recusa a procurar as autoridades depois de pousar na Terra. Como esses impasses guiam as decisões da personagem? Suas ações são condizentes com os arrependimentos que sente? Existiria outra maneira de lidar com a situação?

3. A doença advinda de Proxi 2 causa algumas mudanças nos hospedeiros. Ela aprimora atributos físicos, como audição, visão e força, mas também causa compulsões para contaminar outros seres e procriar. Se os hospedeiros não satisfizerem os desejos de contágio e reprodução, podem ficar loucos e morrer. Por que o vírus funciona dessa maneira? E por que os hospedeiros humanos tentam

conter tais desejos e ensinar novos valores às crianças que já nascem contaminadas?

4. O livro apresenta violências cometidas contra crianças e jovens em graus distintos. Exemplos disso são a discriminação e a repulsa que alguns sentem por Jacob e Zera ou os abusos psicológicos e sexuais que Rane, Meda, Keira e muitas outras sofrem durante a narrativa. Como tais personagens lidaram com as violências a que foram submetidas? As pessoas responsáveis consideraram, de fato, a situação de cada uma das vítimas? O discurso de proteção às crianças é concretizado ou apenas usado como justificativa para a tomada de decisão das personagens?

5. Zera e Jacob são temidos e considerados aberrações por outras pessoas. Apesar de demonstrarem comportamentos infantis e ingênuos condizentes com a idade, as crianças também apresentam outras características, como o desejo de andar sobre quatro patas e de se alimentar de pessoas não infectadas. Essas crianças devem ser isoladas e estudadas, por conta do perigo que oferecem, ou devem ser protegidas das pessoas que não as aceitam? Zera e Jacob devem lutar contra os próprios instintos para se adequarem aos outros ou devem seguir os próprios desejos? Qual é o papel dos adultos no tratamento que essas crianças devem receber?

6. As irmãs Rane e Keira são expostas à mesma situação: são capturadas e contaminadas pelo grupo de Eli, porém, cada uma delas age de modo diferente. Qual seria a razão disso? A sensação de controle e força que Rane tem é genuína

ou fruto da sua criação? Em quais momentos as duas têm sua visão de mundo questionada?

7. Desde o momento que descobre sobre a doença e de onde ela é oriunda, Blake tem a certeza de que vai escapar de Eli e do enclave a fim de obter ajuda em algum hospital ou centro de pesquisa, com o objetivo de encontrar uma cura. O pensamento racional e os conhecimentos médicos guiam as ações de Blake, mas é ele quem, no fim, inicia a contaminação mundial. Por que ele tinha tanta certeza de que seria bem recebido em um hospital e de que uma cura seria encontrada, diferentemente de Eli?

8. Keira é considerada a mais fraca de sua família, mas se adapta ao grupo de infectados e é a única da família que consegue sobreviver. Por que ela é capaz de sentir afinidade com Eli e seu grupo, ao contrário de Rane e Blake? E por que você acha que ela foi a única da família que conseguiu ficar viva ao fim do livro?

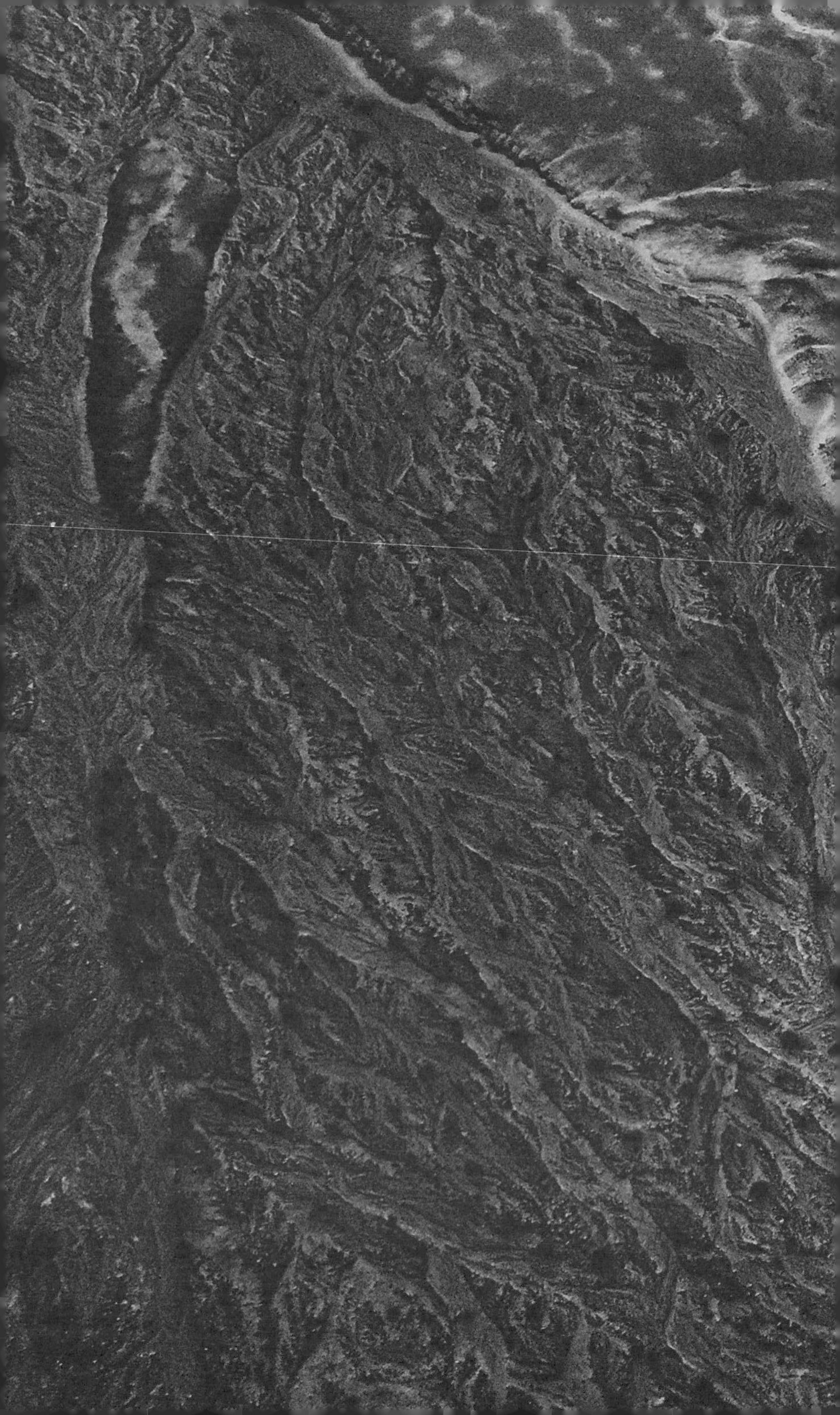

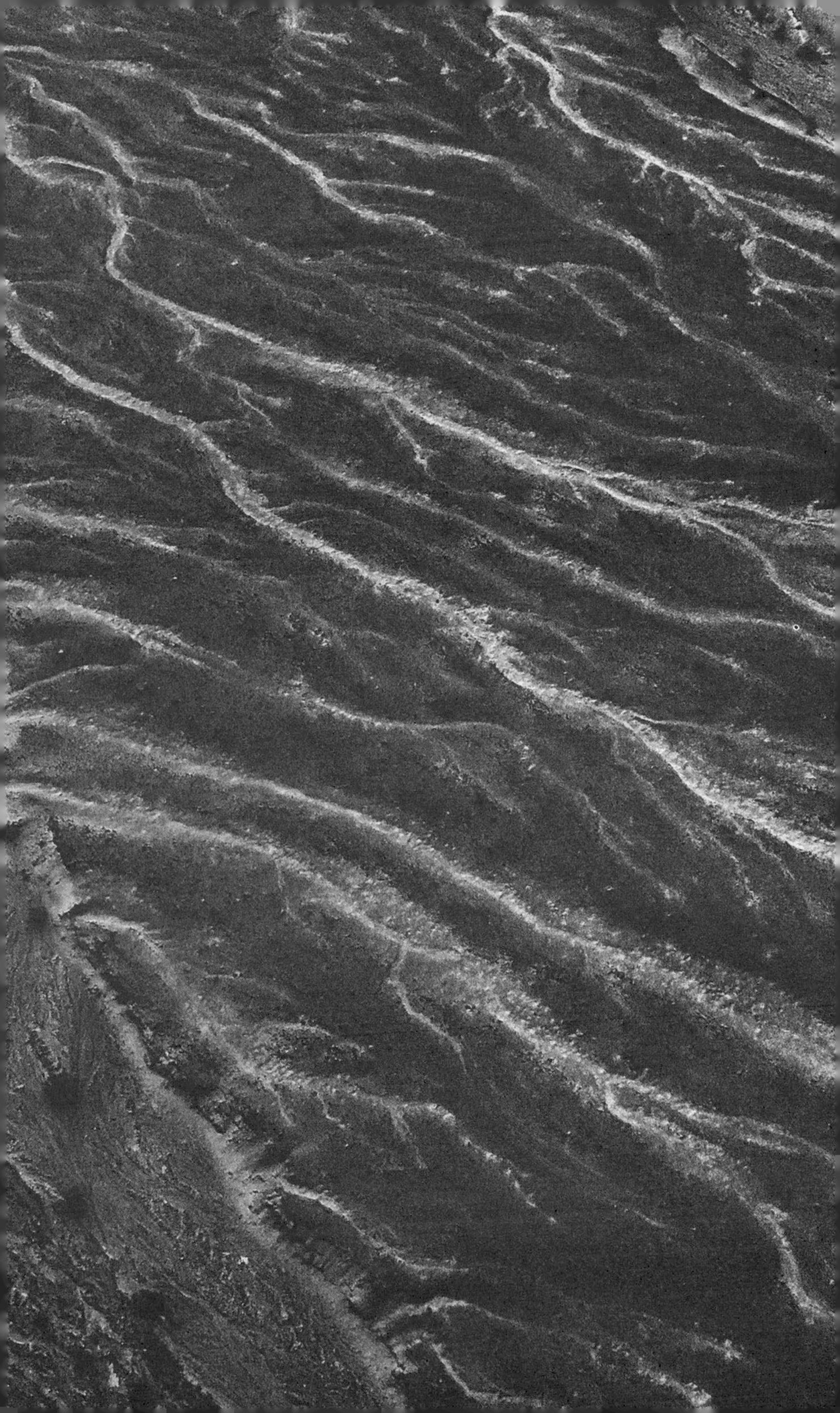

Esta obra foi composta em Caslon Pro e
impressa em papel Pólen Natural 70g com
capa em Cartão 250g pela Gráfica Corprint
para Editora Morro Branco
em março de 2023.